Georg von Ande

Recht und Rache

Krimi Case n° 04

emons:DMAX

Bibliografische Information der Deutschen Nationalbibliothek
Die Deutsche Nationalbibliothek verzeichnet diese Publikation in der Deutschen Nationalbibliografie; detaillierte bibliografische Daten sind im Internet über http://dnb.d-nb.de abrufbar.

FSC
www.fsc.org
MIX
Papier aus verantwortungsvollen Quellen
FSC® C019821

Die Originalausgabe erschien 2015.
Umschlagmotive: iStock/EnricoFianchini; iStock/36clicks; iStock/EasyBuy4u; iStock/ABBPhoto; *Duisburg (Nordrhein-Westfalen) – Innenhafen am Abend – Werhahnmühle und ehemaliges Sacklager (heute Museumsnutzung) mit Silogebäude*, Carschten, 2012, license: Creative Commons 2.0: https://commons.wikimedia.org/wiki/File:Duisburg,_Innenhafen,_2012-09_CN-01.jpg; *Eine Panoramaansicht vom Rhein in Duisburg, bei Duisburg-Rheinhausen und Hochfeld*, Oceancetaceen Alice Chodura, 2010, from Wikimedia Commons: https://commons.wikimedia.org/wiki/File:Panorama_vom_Rhein_in_Duisburg.jpg
Gestaltung Innenteil: César Satz & Grafik GmbH, Köln
Druck und Bindung: Druckerei C.H. Beck, Nördlingen
Printed in Germany 2017
ISBN 978-3-7408-0092-5
Krimi Case n° 04
Neuausgabe

Gewidmet meiner Marion,
ohne die das Buch niemals vollendet worden wäre

PROLOG

Als der Hammer niedersauste und seinen linken Daumen zertrümmerte, wusste Kollmann, dass diese Geschichte für ihn nicht gut ausgehen würde. Der brutale Schmerz, der ihm die Tränen in die Augen trieb und sich in seiner Kehle zu einem kreischenden Schrei entlud, war fast nichts angesichts der Erkenntnis, es nicht mit normalen Entführern zu tun zu haben und dass der erste Schlag nur der Anfang sein würde. Damit hatte er recht.

Sie nahmen ihn sich methodisch vor, zerschlugen systematisch Finger für Finger, und als sie damit fertig waren, beschäftigten sie sich mit seinen Unterarmen. Elle und Speiche zerbrachen mit einem Knacken, als hätte man einen Ast zum Feuermachen übers Knie gebrochen. Zu diesem Zeitpunkt gab Kollmann nur noch eine Mischung aus Winseln und Röcheln von sich. Dann wurde es schwarz um ihn.

Ein Eimer Wasser, der ihm über den Kopf gegossen wurde, brachte Kollmann wieder zu sich. Als er die Augen öffnete, blendete ihn der Schein einer ultrastarken Taschenlampe.

»Warum?«, krächzte Kollmann. »Warum tut ihr mir das an? Was habe ich euch getan?«

Wider Erwarten erhielt er tatsächlich eine Antwort, allerdings in einer brutalen Eindeutigkeit. Der Schlag gegen sein Kinn riss seinen Kopf nach hinten, und ihm wurde übel. »Nichts hast du uns getan«, hörte er eine Stimme durch den Nebel in seinem Kopf, »aber anderen, die sich nicht wehren konnten wie wir.«

»Aber ich habe für alles bezahlt«, jammerte Kollmann. »Ich habe danach nichts mehr getan. Lasst mich laufen, bitte!«

Leises Lachen erklang, und aus dem Hintergrund des Raumes schob sich eine Gestalt an Kollmann heran, größer und breiter als die anderen. »Nun gut, dann geh. Wenn du es bis zur Straße schaffst, hast du gewonnen. Wir lassen dir fünf Minuten Vorsprung, dann folgen wir dir. Wenn wir dich einholen … du hast sicher genug Phantasie. Schließlich hast du sie schon zur Genüge ausgelebt. Macht ihn los«, wandte sich die Gestalt an eine andere, die zu

Kollmann eilte und die Riemen löste, mit denen er an die Lehnen eines wuchtigen Holzstuhls gefesselt war.

Ganz automatisch versuchte sich Kollmann mit den Armen beim Aufstehen abzustützen. Der Schmerz war unbeschreiblich, aber als noch grausamer empfand er das Lachen der ihn umstehenden Gestalten. »Noch viereinhalb Minuten«, sagte der Anführer, und trotz der Skimaske wusste Kollmann, dass der Mann breit grinste. Kollmann wuchtete sich aus den Beinen hoch und torkelte in Richtung der Tür, die er trotz des Halbdunkels erkennen konnte. Einer seiner Peiniger zeigte wie zum Hohn auf die Klinke. »Viel Spaß beim Runterdrücken«, meinte er hämisch. Kollmann biss die Zähne zusammen und drückte die Klinke mit dem Ellbogen hinunter, und obwohl der gebrochene Unterarm scharf protestierte, gelang es ihm, die Tür aufzustoßen und ins Freie zu torkeln.

Erst als ihn der kühle Nachtwind traf, bemerkte Kollmann, dass er völlig nackt war. Wo sind meine Kleider, dachte Kollmann verwirrt, mein Armani-Anzug, das Van-Laack-Hemd und die Rolex? War es das, worum es ihnen ging? Aber warum haben sie mich dann gefoltert? Er war stehen geblieben und atmete tief durch, um den Kopf wieder klarzubekommen. Rings um ihn herum standen hohe Bäume. Wald, dachte Kollmann. Ich bin in einem Wald, aber wo ist hier eine Straße? Im Dämmerlicht der dünnen Mondsichel, die den verzweifelten Versuch machte, etwas Licht durch die nackten, aber dicht stehenden Bäume zu senden, bemerkte er plötzlich einen matschigen Weg vor sich, und als er sich umdrehte, sah er die Waldhütte, aus der er gerade geflohen war.

Sofort begann er mit ungelenken Schritten den Weg entlangzulaufen, als er vor sich etwas schimmern sah. Er hielt an und sah nur wenige Zentimeter vor seinen Beinen einen dünnen Draht, der quer über den Weg gespannt war. Eine Falle, durchfuhr es ihn, und als er darüber hinwegspähte, sah er kleine Buckel, die zu gleichmäßig waren, um natürlich entstanden zu sein. Er kannte sie nur zu gut. Minen, dachte er matt. Sie haben den Weg vermint. Was nun?

Kollmann schlug sich instinktiv in die Büsche. Er war erst wenige Meter weit gekommen, als er hörte, wie die Tür der Hütte aufgerissen wurde und drei johlende Gestalten herausstürzten. »Freu dich, Kollmann! Wir kommen!«

Kollmanns Blut gefror zu Eis. Verzweifelt versuchte er sein Tempo zu erhöhen, doch schon bald hatten die Verfolger seine Fährte aufgenommen, und er konnte hören, wie sie mit jeder Sekunde näher kamen. Er drehte sich im Laufen halb um und begriff beim nächsten Schritt, dass genau dies ihre Absicht gewesen war.

Das Fangeisen grub sich mit urtümlicher Gewalt in seinen rechten Unterschenkel, und Kollmann stürzte schreiend zu Boden. Er hätte nicht sagen können, wo der Schmerz größer war, ob im Bein oder in den beim Fallen instinktiv ausgestreckten Armen, auf denen er hart landete. Auf alle Fälle ließ die Agonie ihn sofort das Bewusstsein verlieren.

Noch einmal erwachte Kollmann. Er saß wieder in dem Folterstuhl, und das Blut floss an seinem Bein hinab, von dem man die Bärenfalle entfernt hatte. Hoffnungslos sah er den großen Mann an, der vor ihm stand. »Ihr habt mir nicht die geringste Chance gelassen«, flüsterte Kollmann.

Der Mann schüttelte den Kopf. »Nein. Du hattest auch keine Chance verdient.« Und mit diesen Worten zog er sich die Skimaske vom Gesicht.

Dass Kollmann sein Gegenüber erkannte, zeigte sich, als er trotz halber Bewusstlosigkeit die Augen weit aufriss. »Du?«, flüsterte er. »Oh mein Gott …«

»Ja. Möge er dir gnädig sein – obwohl ich das bezweifle.« Als sich der Hammer dieses Mal hob, begann Kollmann erneut zu schreien.

Aber nur seine Peiniger hörten ihn.

EINS

13. Januar 2013

»Komm, noch etwas fester.« Gespannt sah Klaus Heppner Marion Paschen an, die mit zusammengepressten Lippen auf der anderen Seite ihres Küchentisches saß. Ihre linke Hand lag in seiner, und er wartete wie seit einem Jahr darauf, dass sie endlich mehr Druck auf seine Hand ausüben würde. Marion hatte den Anschlag von Petra Hammer, die aus Wut und Rachsucht versucht hatte, ihren Schädel zu zertrümmern, weitestgehend ohne bleibende Schäden überstanden; Ausnahmen bildeten dabei aber ihre regelmäßig wiederkehrenden Alpträume, die sie schreiend aus dem Schlaf hochschrecken ließen, und die Teillähmung ihrer linken Hand.

Professor Dr. von der Groeben hatte ihnen erklärt, dass es für die Taubheit keinerlei physiologische Gründe gab und dass die schockbedingte Nervenlähmung mit der Zeit abklingen würde. Doch jetzt, gut zweieinhalb Jahre nach ihrer Kopfverletzung, kam, wie schon länger befürchtet, ein weiterer Faktor hinzu. Marion lebte nach der Devise: »Gott, gib mir Geduld – aber dalli!« Ihre linke Hand seit einem Jahr quasi nur in Zeitlupe und mit äußerster Konzentration benutzen zu können, zerrte an ihren Nerven. Sie wurde zusehends launisch und aggressiv, und alle Versuche, sie zu beruhigen, schienen ihre Frustration nur noch zu steigern.

»Drück doch selber, wenn du meinst, es besser zu können«, fauchte sie Klaus Heppner an, der diese Ausbrüche bereits kannte.

»Es geht nicht um meine Hand, sondern um deine.«

»Fein, vielleicht können wir zur Abwechslung mal tauschen. Ich habe keinen Bock mehr, mir etwas vorzumachen.« Marion sprang auf und rannte durch das Wohnzimmer auf die Terrasse. Heppner folgte ihr langsam.

Beide wohnten mittlerweile in Wanheimerort, nachdem sie den Beschluss gefasst hatten, zusammenzuziehen, und Marion ihr Haus in Walsum verkauft hatte. Genauer gesagt hatten sie das Mehrfamilienhaus auf der Erlenstraße von den Erben Tobias Kastners gekauft und ein wenig umgebaut. Ihre Wohnung umfasste das gesamte Erdgeschoss nebst kleinem Garten und der ersten Etage. Die Verbindung wurde durch eine Wendeltreppe zwischen den beiden Fluren hergestellt. Das Haus selbst war über hundert Jahre alt und zeichnete sich insbesondere durch die drei Meter hohen Decken aus. Die Wände waren derart dick, dass selbst bei fünfunddreißig Grad im Schatten die Hitze draußen blieb – oder wie jetzt im Winter die Kälte.

Im Gegensatz zu populären Vorurteilen war Wanheimerort ein durchaus attraktiver Stadtteil. Von der Erlenstraße gelangte man direkt zum Wanheimerorter Markt, wo man sich zweimal pro Woche mit frischen Lebensmitteln eindecken konnte, und die Fischerstraße, eine Basarstraße mit vielen Geschäften, grenzte direkt daran an. Von den Bewohnern der Straße waren beide herzlichst aufgenommen worden. Besonders der ihnen mit seiner Familie gegenüber wohnende Mann zeigte sich begeistert, dass ein Polizist das Haus gekauft hatte.

»Kannst du von Glück sagen! Ist eine tolle Gegend hier, keine Zigeuner und so.« Er selbst war Türke.

Als Heppner seiner Freundin die Hände auf die Schultern legte, bemerkte er, dass sie bebten. Marion weinte unhörbar, und als er sie behutsam umdrehte, rannen Tränen an ihren Wangen herunter. »Warum wird es nicht besser, Klaus?«, fragte sie stockend.

Heppner widersprach. »Es wird aber doch besser. Noch vor zwei Monaten warst du noch nicht in der Lage, die Finger einzeln zu bewegen. Das klappt jetzt schon prima. Und bei dem Versuch, eine Faust zu machen, kommst du auch schon viel weiter als noch vor kurzer Zeit.«

»Aber ich muss mich auf jede einzelne Bewegung unsagbar konzentrieren. Keine einzige Bewegung ist selbstverständlich, und nichts klappt, wenn ich meine Hand dabei nicht ansehe. Ich glaube, es ist hoffnungslos.«

Sie hatten diese Diskussion schon etliche Male geführt, und Heppner wusste, dass sie sich im Kreis drehten. Bevor er jedoch zu einer Antwort ansetzen konnte, klingelte das Telefon. Er klopfte Marion auf die Schulter, küsste ihren Nacken und ging zurück ins Wohnzimmer. Na klar, ein Anruf mit unterdrückter Nummer an einem Samstagvormittag, das konnte nur eins bedeuten. Er hob ab und wappnete sich schon mal für das Schlimmste.

»Heppner.«

»Hallo, Klaus, ich bin's, Helmut Schiller. Wenn meine Liste stimmt, hast du dich mal wieder für die falsche Woche als Bereitschaftsbeamter der Mordkommission eintragen lassen.«

»Falsche Woche?«, knurrte Heppner sarkastisch. »Bei unserem Personalmangel bin ich schon froh, mal eine Woche nicht auf der Liste zu stehen. Fast die Hälfte unserer Leute ist doch auf der Suche nach diesem vermissten Großindustriellen. Und die Kriminalwache hat mal wieder einen merkwürdigen Todesfall?«

Helmut Schiller lachte leise. »Ja und nein, mein Freund. Nicht wir, sondern die Wasserschutzpolizei hat eine Leiche aus dem Rhein gefischt. Der Bootsführer von WSP 1 ist in heller Aufregung und meinte, es soll mal schnellstmöglich jemand vom KK 11 rüberkommen. Und da du auf der Liste stehst ...«

»Schon gut, du musst dich nicht entschuldigen. Ich bin in einer Viertelstunde im Präsidium.«

Als Heppner auflegte und sich umdrehte, stand Marion bereits hinter ihm. »Ich habe schon gehört, die Arbeit ruft. Geh du mal schön Mörder fangen und lass deine arme, verkrüppelte Lebensabschnittsgefährtin allein zu Hause sitzen«, sagte sie. »Das war ein Scherz«, fügte sie schnell hinzu, als sie sah, wie seine Gesichtszüge entgleisten.

»Aber kein besonders guter«, versetzte Heppner gepresst. »Es lag zu viel von der Wahrheit, wie du sie siehst, darin. Merk dir eins: Du bist nur deshalb noch meine Lebensabschnittsgefährtin und nicht meine Ehefrau, weil du gesagt hast, du willst mich nicht heiraten, solange du noch nicht wieder vollständig geheilt bist. Du musst doch allmählich gemerkt haben, dass ich nicht aus Mitleid mit dir zusammen bin. Und verkrüppelt bist du noch lange nicht.«

Seine Freundin sah bekümmert aus. »Ich glaube, ich muss noch einiges über schwarzen Humor lernen. Dieser Versuch ist jedenfalls gründlich danebengegangen. Hast du schon eine Ahnung, wie lange du weg sein wirst?«, wechselte sie schnell das Thema.

Heppner zuckte die Achseln. »Wie üblich gar keine. Ich weiß nur, dass wir es mit einer Wasserleiche zu tun haben. Je nachdem, wie lange der Körper im Wasser gelegen hat, kann das ganz schön unappetitlich sein.«

Marion schüttelte sich, und Heppner konnte das nur zu gut verstehen. Er wertete es als gutes Zeichen, dass sie ihm zum Abschied mit der linken Hand über die Wange strich.

Der Nachteil des Umzugs nach Wanheimerort bestand darin, dass Heppner seither nicht mehr zu Fuß zum Präsidium laufen konnte. Der Vorteil: Sein Auto stand jetzt in einer Garage. Dementsprechend war sein BMW beim Einsteigen zwar kalt, aber nicht eisig, und er brauchte auch keine Scheiben freizukratzen. Heppner warf die Zeitung auf den Beifahrersitz und startete den Motor. Respekt, dachte er. Achtzehn Jahre alt und springt immer noch beim ersten Versuch an. Er setzte aus der Garage zurück, fuhr durch das Hoftor und musste erst an der nächsten Ampel wieder bremsen.

Gewohnheitsmäßig warf er einen Blick auf die Schlagzeilen und stellte fest, dass die Meldungen nach wie vor vom rätselhaften Verschwinden des Kamp-Lintforter Großindustriellen beherrscht wurden. Heute lautete die Meldung: »Steuerflucht oder Entführung? Nach wie vor keine Spur vom Vorsitzenden der KMP-Gruppe«.

Ein Hupen hinter ihm riss ihn von der Zeitung los. Heppner wedelte dem schimpfenden Fahrer hinter ihm entschuldigend mit der Hand zu und machte, dass er weiterkam.

Zur Kriminalwache zu kommen war an diesem Sonntag im Januar 2013 nicht ganz so einfach. Seit etwa einem halben Jahr liefen Umbaumaßnahmen im Foyer des Präsidiums, sodass man nur durch den Nebeneingang an der Kantine ins Präsidium gelangen konnte. Während wochentags ein Pförtner Wache hielt, musste man am Wochenende klingeln und darauf warten, dass jemand von der Hauptwache der PI Mitte herbeieilte und die Tür öffnete. Das konnte mitunter dauern, wobei dies nicht auf die Böswilligkeit der Kollegen zurückzuführen war, sondern auf den Personalmangel und die Einsatzbelastung der restlichen Kräfte.

Diesmal ging es recht flott, und Stefan Kurz, den alle wegen seiner Ähnlichkeit mit Captain Picard von der Enterprise nur Jean-Luc nannten, ließ Heppner sogar ausnahmsweise durch den Sicherheitsbereich im Erdgeschoss. Helmut Schiller war beeindruckt, als der Mordermittler plötzlich aus der Tür in seinem Rücken auftauchte.

»Man sieht, dass du Beziehungen hast«, grinste er. »Sogar mich haben sie letztens den Umweg laufen lassen. Sieh zu, dass du dir einen Wagen schnappst und nach Ruhrort düst. Die WSP 1 hat schon an der Wache am Vinckeufer angelegt, und die Leute sind in heller Aufregung. Soll ich schon mal die gesamte Bereitschaft zusammentrommeln?«

Heppner schüttelte den Kopf. »Lass das erst mal, Helmut. Vorher will ich mir ansehen, wen oder was die WSP da aus dem Rhein gefischt hat.«

Im Gegensatz zu seinem BMW war der Dienstgolf, in den er einstieg, eiskalt. Der Nieselregen der letzten Stunden hatte zudem dazu geführt, dass der ganze Wagen mit einer dünnen Eisschicht bedeckt war. Heppner verschwendete fünf Minuten mit der natürlich vergeblichen Suche nach einem Eiskratzer und holte dann seinen aus dem BMW. Nur nachher nicht liegen lassen, ermahnte er sich selbst. In einem Dienstwagen vergessene private Dinge lösten sich gewöhnlich binnen weniger Stunden auf. Nicht dass er seinen Kollegen zutraute, seine Handschuhe oder seinen Schirm zu klauen. Nein, die Sachen lösten sich tatsächlich auf.

In Ruhrort war es saukalt. Irgendwie hatte Heppner den Eindruck, dass der Fluss, an dessen Seitenkanal sich der Bootssteg der WSP befand, auch das letzte bisschen Wärme aus der Luft sog. Trotz dicker gefütterter Lederjacke, Handschuhen, Schal und Stiefeln begann er zu zittern, als er den Steg zum modernsten Boot der WSP-Flotte hinabstieg. Unten begrüßte ihn der Bootsführer, der sich als Hauptkommissar Thomas Sielmann vorstellte.

»Wir waren auf unserer üblichen Streifenfahrt, also den Rhein flussabwärts bis Emmerich, als wir in Höhe Stromkilometer 788,5 etwas im Wasser treiben sahen. Es –«

»Moment, ich bin nicht vom Fach«, unterbrach Heppner den Kollegen. »Stromkilometer 788,5 – was heißt das im Klartext?«

PHK Sielmann lächelte milde. Offenbar war er diese Art von Dilettantismus von den Landratten-Kollegen gewohnt. »Das ist in Höhe der Einmündung der Alten Emscher, also im Duisburger Norden in der Nähe des Hamborner Industriegeländes. Wir haben da etwas Helles im Wasser gesehen und sahen nach. Als wir feststellten, dass es sich um einen menschlichen Körper handelt, haben wir die Gig zu Wasser gelassen und den Körper geborgen. Wir sind dabei vorsichtig vorgegangen, um keine eigenen Spuren zu hinterlassen.«

Bevor Heppner auch nur Anlauf dazu genommen hatte, nahm

PHK Sielmann seine Frage vorweg: »Der Körper befindet sich noch an Bord. Er liegt auf dem Vorschiff. Damit meine ich, da vorne in Richtung Bug.« Und er zeigte in die entsprechende Richtung.

Nachdem Heppner die schützende Plane zurückgeschlagen hatte, sah er einen aufgedunsen wirkenden Leichnam vor sich liegen. Über das Geschlecht konnte kein Zweifel bestehen, denn der Tote war nackt. Dennoch wirkten seine Genitalien merkwürdig deformiert.

»Fischfraß?«, fragte er Sielmann, doch dessen Widerspruch kam sofort und aus tiefster Überzeugung.

»Nee. Barsche hätten von den Genitalien gar nichts übrig gelassen. Und das sind auch keine Bisswunden, sondern es sieht so aus, als wär ihm der Schwanz geplatzt. Entschuldigung«, murmelte er. »Wir sehen so viele Wasserleichen, dass man sich eine furchtbare Schnodderigkeit angewöhnt.«

»Take it easy, Kollege. Geht uns doch genauso.« Heppner grinste Sielmann zu, der sich sichtlich entspannte. Sein Blick fiel auf schartige Verletzungen an einem Bein des Toten, und er wies Sielmann darauf hin.

»Könnten vielleicht von einer Schiffsschraube stammen«, sagte dieser, »aber … Ich weiß nicht. Die Wunden sind zu gleichmäßig und viel zu klein für die Schraube eines Frachters. Ein Sportboot hätte den Muskel komplett durchtrennt. Nein, das muss was anderes gewesen sein.«

Trotz starken Widerwillens begann Heppner damit, die Leiche abzutasten. Das Fleisch war noch fest und löste sich noch nicht von den Knochen, was auf eine relativ kurze Liegezeit im Wasser schließen ließ. Der Bauchbereich war hart und aufgebläht. Nicht überraschend bei einer Wasserleiche, die lange unter Wasser gelegen hatte und durch die Darmgase wieder an die Oberfläche gestiegen war. Dafür war die Leiche aber noch zu frisch.

Merkwürdig, dachte Heppner und tastete die Leiche weiter ab, bis er zu den Rippen kam. Entsetzt hielt er inne. Während sich auf der Haut des Brustkorbs nur schwache dunkle Spuren von Gewalteinwirkung zeigten, hatte irgendeine furchtbare Kraft die Rippen des Mannes in Mus verwandelt. Heppner trat einen Schritt zurück, und jetzt bemerkte er die unnatürlichen Stellungen von Unterarmen und Fingern.

»Mann, hat dieser Bursche überhaupt noch einen heilen Knochen im Leib? Sieh dir das an, Thomas. Waren das Schiffsschrauben, oder hat er sich die Verletzungen zugezogen, als der Körper über Grund schleifte?«

Erneut schüttelte sein Kollege den Kopf. »Keinesfalls! An der Haut sehe ich keine offenen Verletzungen, wie sie vom Schotter auf Grund verursacht worden wären. Keine Chance. Das war massive äußere Gewalt. Ob ante oder post mortem, das wird uns nur ein Rechtsmediziner sagen können.«

Heppner nickte nachdenklich und sah dem Toten zum ersten Mal direkt ins Gesicht. Was er sah, ließ ihn die Brille abnehmen, die Augen reiben und nochmals genauer hinsehen. Tatsächlich, er war es. Obwohl er durch das Liegen im Wasser etwas aufgedunsen war und das ansonsten sorgfältig gescheitelte Haar jetzt platt an seinem Kopf klebte, ließen die markante Nase und die breite Narbe auf seinem rechten Jochbein, die von seiner Mitgliedschaft in einer schlagenden Studentenverbindung stammte, keinen Zweifel zu. Heppner hatte sein Bild in den letzten drei Wochen oft genug gesehen, und so griff er zum Handy und rief Helmut Schiller an.

»Trommle alles zusammen, was Beine hat, Helmut. Schick die Gesellschaft für Leichenwesen her und lass schon mal alles für eine Autopsie vorbereiten. Ja, heute, Helmut. Benachrichtige Professor Kürten vom Rechtsmedizinischen Institut; der wartet nur auf solche Anrufe. Und: Ist noch jemand von der Soko François im Haus? Dann verbinde mich mal mit ihnen.«

Nur wenige Sekunden später hatte Heppner seinen Kollegen Detlef Schall in der Leitung. »Hallo, Detlef«, flötete er zuckersüß in den Apparat, »soviel ich weiß, sucht ihr immer noch den Vorsitzenden der KMP?«

»Na klar, du Blödmann. Würde ich mir sonst das Wochenende versauen?«

»Tja, dann habe ich eine gute und eine schlechte Nachricht für dich«, sagte Heppner und blickte auf den Toten zu seinen Füßen. »Die gute ist: WSP 1 hat ihn gerade gefunden. Und die schlechte, dass er mit Sicherheit nicht freiwillig nackt in den Rhein gesprungen ist, nachdem man ihm alle Knochen gebrochen hatte.«

ZWEI

Dreißig Minuten später hatte die Gesellschaft für Leichenwesen, im Dienstjargon kurzerhand zu »der Gesellschaft« abgekürzt, die sterblichen Überreste von François Kollmann abgeholt und zur Pathologie der Uniklinik Düsseldorf transportiert, wo die Autopsie stattfinden sollte. Heppner fuhr gleich hinterher, da bei einer Sectio, so der Fachbegriff, ein Polizeibeamter als Zeuge anwesend sein musste. Der Weg nach Düsseldorf ließ ihm Zeit, sich die Informationen über Kollmanns Verschwinden ins Gedächtnis zu rufen.

François Kollmann war einundsechzig Jahre alt und mit dem Tod seines älteren Bruders vor knapp zehn Jahren Vorstandsvorsitzender der KMP AG geworden. Das Kürzel stand für »Kollmann Martial Projects«, was unschwer darauf schließen ließ, dass er sein Geld mit der Produktion und dem Verkauf von Kriegswaffen verdiente. Dies brachte ihm natürlich etliche Feinde ein, insbesondere seitdem er in einem Fernsehinterview vor einem Jahr den Film »Lord of War« mit Nicolas Cage als seinen Lieblingsfilm bezeichnet hatte. Kurz darauf hatte es einen Vorfall gegeben, als eine Friedensaktivistin ihn mit einem Blutbeutel attackiert hatte. Trotzdem wagte Heppner zu bezweifeln, dass Menschen, die den Frieden als höchstes zu schützendes Gut betrachteten, plötzlich zu skrupellosen Folterknechten wurden.

Kollmann war geschieden und hatte zwei mittlerweile erwachsene Kinder. Das Verhältnis zu seiner Exfrau und den Kindern schien jedoch miserabel zu sein, da sie sich nach seinem Verschwinden kategorisch weigerten, mit der Polizei zu kooperieren und Informationen preiszugeben, die für eine Suche hätten verwendet werden können. »Wir wollen nichts mehr mit ihm zu tun haben« lautete die einhellige Antwort. Danach hatten sie die Verbindung abgebrochen.

Auf Antrag der Staatsanwaltschaft wurde seither sogar die Telekommunikation von Sylvia, Carsten und Carolin Dahms – sie hatten nach der Scheidung den Mädchennamen der Mutter als Familiennamen gewählt – abgehört, aber das einzige relevante Gespräch hatte zwei Tage nach der polizeilichen Kontaktaufnahme zwischen Bruder und Schwester stattgefunden. Carolin hatte ihren Bruder rundheraus gefragt, ob er etwas mit dem Verschwinden von »ihm« (sie nannte Kollmann nicht einmal mehr ihren Vater) zu tun habe. Carsten hatte dies energisch bestritten und geantwortet, wahrscheinlich habe er von jemand anderem das bekommen, was er seit Langem verdiene. Die Begeisterung, mit der Carolin die anschließenden Worte »Oh ja, das hoffe ich« ausstieß, ließ die Ermittler vermuten, dass innerhalb der Familie etwas Gravierendes vorgefallen war. Für sie war es daher nicht überraschend gewesen, dass die Vermisstenanzeige am 19.12.2012 vom Sozius der KMP erstattet worden war.

Kollmann war am Vortag zuletzt lebend gesehen worden. Sein Butler Graham Jeffries erklärte, dass »der gnädige Herr« wie jeden dritten Dienstag im Monat zu einer Herrenrunde gefahren sei, welche sich pünktlich um achtzehn Uhr treffe. Wo, wusste er nicht, und er konnte auch nicht sagen, wer noch zu dieser Herrenrunde gehörte. Zumindest den Treffpunkt, das Hotel Van der Valk in Moers, bekamen die Fahnder durch den Hinweis der Hotelangestellten Stephanie van Polter heraus. Ihr war zwar bekannt, dass sich dort des Öfteren mehrere gut situierte Herren trafen, und eine Lichtbildvorlage ergab, dass Kollmann einer davon war, aber die Namen der anderen Männer kannte sie nicht, weil sich die Männer nur kurz im Hotel trafen und einen Kaffee tranken und danach mit unbekanntem Ziel weiterfuhren.

An jenem Dienstag sei Kollmann nicht eingetroffen. Die Männer hätten zwar versucht, ihn anzurufen, seien dann aber ohne ihn aufgebrochen. Stephanie van Polter war sich sicher, dass einer der Männer gesagt hatte: »Wo bleibt denn Kollmann? Frag doch mal, wo er steckt.« Durch die Fahndungsaufrufe im Fernsehen habe sie Kollmann erkannt und sofort die Polizei gerufen. Sie sei sich sicher, dass sich Kollmann immer mit genau vier Freunden getroffen hatte, wusste aber eben keinen einzigen Namen.

Die Spur schien also in einer Sackgasse zu enden. Die einzige einigermaßen sichere Erkenntnis war, dass Kollmann auf dem Weg zu dieser Herrenrunde abgefangen worden sein musste. Auch von seinem Auto, einem silberfarbenen Jaguar XJ, fehlte bislang jede Spur.

Stutzig hatte die Ermittlungskommission (kurz: EK) gemacht, dass auf Kollmanns Handy kein eingehender Anruf am Abend des 18.12.2012 zu verzeichnen gewesen war. Auch der Butler wusste von keinem eingehenden Anruf zu berichten. Stephanie van Polter blieb aber unbeirrbar dabei, dass zumindest zwei der Männer versucht hätten, Kollmann per Handy zu erreichen. Während ihrer Aussage schilderte sie ein Detail, das sie zusätzlich stutzig machte.

»Die beiden Männer, die telefoniert haben, benutzten das gleiche Handy. Nein, nicht dasselbe; es waren schon zwei Telefone, aber absolut identische Geräte. Und soll ich Ihnen mal was sagen? Das waren Billigteile, wie man sie in so Prepaidpaketen gratis dazubekommt. Ich bitte Sie! Die Kerle sahen aus wie Geschäftsleute, und dann benutzen sie keine Smartphones? Irgendwie kamen die mir komisch vor.«

Das gleiche Gefühl hatte auch die Fahnder beschlichen. Aber warum sollte François Kollmann ein Zweittelefon benutzen? Es blieb nur die Erklärung, dass er darüber irgendwelche Aktivitäten und Kontakte pflegte, bei denen er seine Identität verschleiern wollte. Aber wieso wurde dann sein Name im Klartext genannt? Die Ermittler hatten sich vorgenommen, Kollmann nach seinem Auftauchen danach zu fragen. Das hatte sich nun erledigt.

Heppner seufzte und hielt vor dem Gebäude der Uniklinik Düsseldorf, das auch das Institut für Rechtsmedizin beherbergte. Er kannte den Weg auswendig, und der müde dreinblickende Pförtner, der ihn vom Sehen her kannte, winkte ihn nach einem flüchtigen Blick auf seinen Dienstausweis durch. »Der Professor und sein Stab sind schon oben und warten auf Sie«, murmelte er gelangweilt. »Ich hoffe nur, es ist wirklich wichtig. Sonntags hat der Professor nämlich Bridgetag.« Ein echter Temperamentsbolzen, dachte Heppner. Fast schon so tot wie die Leute, die hier angeliefert werden.

»Ah, Herr Heppner, wenn ich mich nicht irre. Schön, gerade Sie hier zu sehen. Sie kotzen mir wenigstens nicht den Sektionssaal voll.« Professor Kürten, der sich keineswegs frustriert wegen seines verpassten Kartenspiels zeigte, schüttelte Heppner die Hand, bevor sie sich die sterile OP-Kleidung, Mundschutz und Einweghandschuhe überstreiften.

Der Rechtsmediziner begann seine Untersuchung zunächst mit

einem kompletten Röntgenscan des Körpers, dessen Ergebnis ihn unwillkürlich durch die Zähne pfeifen ließ. »Donnerwetter! Wenn ich jetzt von ›multiplen Frakturen‹ sprechen würde, wäre es die Untertreibung des Jahres. Schauen Sie sich das mal an!«

Heppner winkte ab. »Ich habe nach dem Auffinden einen Tastbefund durchgeführt. Die Frakturen sind für mich also keine Überraschung. Was mich interessiert, ist die Antwort auf die Frage, ob die Verletzungen vor oder nach seinem Tod entstanden sind.«

»Mich auch«, murmelte Professor Kürten. »Das wird eine größere Aufgabe.«

Bei der nun folgenden blutigen Arbeit blockte Heppner die visuellen Eindrücke mittels einer unsichtbaren Wand ab. Nur so konnte er verhindern, dass der immer unappetitlichere Anblick ihm den Magen umdrehte. Nach fast dreieinhalb Stunden wandte sich Professor Kürten vom Sektionstisch ab und zog die Handschuhe aus, die er zusammenknüllte und zusammen mit dem Mundschutz in einen Sammelbehälter für kontaminierten Abfall warf. Er hatte den Oberkörper Kollmanns komplett aufgeschnitten und die Organe wie das Gehirn entnommen, um sie separat zu untersuchen. Das KK 11 witzelte immer darüber, dass alle Organe später in die Bauchhöhle gepackt wurden, wodurch der Spruch »Er hat mehr Hirn im Bauch als im Kopf« nicht nur für manche Leute galt, die eine Fliege verschluckt hatten. Jetzt seufzte Professor Kürten und schloss die Augen, bevor er zu sprechen begann.

»Ich habe keine Ahnung, was dieser Bursche jemandem angetan hat, aber was er in den letzten Stunden seines Lebens erdulden musste, gönne ich nicht mal meinem ärgsten Feind. Man hat ihm Finger, Unterarme, Schlüsselbeine und nahezu alle Rippen gebrochen und die Knie zertrümmert. Darüber hinaus hat man seinen Penis und die Hoden buchstäblich zu Brei geschlagen. Selbst wenn er die Torturen überlebt hätte, wäre er anschließend ein Eunuch gewesen, aber ein Überleben war vom Täter oder von den Tätern offensichtlich ohnehin nicht geplant. Ja, die Verletzungen sind ihm vor seinem Tod zugefügt worden, und nach meiner Untersuchung war die massive Gewalt auf seine Rippen letztendlich todesursächlich. Ein Fragment einer zerschlagenen Rippe hat sich in die Lunge gebohrt und die Lungenarterie verletzt. Darüber hinaus habe ich einen Riss der Leber festgestellt, der mit hoher Wahrscheinlichkeit ebenfalls durch stumpfe Gewalteinwirkung verursacht wurde. Unmittelbare Todesursache war inneres Verbluten.«

Der Professor sah Heppner an. »Wahrscheinlich ist Ihnen beim Abtasten der harte Bauch aufgefallen.« Als der Polizist nickte, fuhr er fort. »Alle Verletzungen, die ich feststellen konnte, waren die Folge stumpfer Gewalt, und zwar mittels eines harten, glatten Gegenstandes. Der Mann ist systematisch totgeschlagen, also buchstäblich zu Tode gefoltert worden. Ich habe so etwas noch nicht gesehen. Im Übrigen habe ich weder unter seinen Fingernägeln noch sonst wo an seinem Körper Fremd-DNA gefunden. Nur unter dem Nagel seines rechten Zeigefingers befand sich eine Substanz, die ich als ganz gewöhnlichen Dreck einschätze. Der Rest ist wohl vom Rheinwasser weggewaschen worden. Die Probe wird noch untersucht.«

»Was für ein Werkzeug ist verwendet worden, Herr Professor? Möglicherweise ein Holzknüppel oder ein Metallrohr?«

Der Rechtsmediziner zuckte die Schultern. »Kann ich derzeit noch nicht sagen. Ich habe einige Schnitte gemacht und präpariert, um feingewebliche Untersuchungen durchführen zu können, aber ich gehe nicht von einem runden Werkzeug aus. Insbesondere die Verletzungen des Penis sprechen eher für ein Werkzeug mit einer glatten Schlagfläche.«

»Meinen Sie einen Hammer? Herr Professor, sind Sie wirklich der Meinung, dass der Mann mit einem Hammer gefoltert wurde?« Heppner stockte angesichts von Marions Erfahrungen mit einem solchen Werkzeug der Atem.

»Wir sprechen im Moment noch *off the records*, Herr Heppner. Ein abschließendes Statement erhalten Sie und Ihre Kollegen, wenn ich meinen offiziellen Bericht vorlege, und das wird ein paar Tage dauern, auch wenn Ihnen angesichts der Identität des Toten die Presse im Nacken sitzt.« Er lachte leise. »Ja, ich weiß, wen ich da gerade obduziert habe. Auch ich lese Zeitungen. Aber ob François Kollmann, der Papst oder Lieschen Müller auf meinem Tisch liegt, macht für mich keinen Unterschied. Im Tod sind sie alle gleich. Bei uns geht bekanntermaßen Genauigkeit vor Schnelligkeit. Wenn Sie aber einen Schuss ins Blaue gestatten: Ein Maurerfäustel wäre genau das Werkzeug, das die Spurenlage erklären würde. Aber bitte zitieren Sie mich noch nicht.«

Das Klingeln von Heppners Handy verhinderte eine Fortsetzung des Gesprächs. Detlef Schall befand sich in einem für ihn untypischen Zustand: Er war in heller Aufregung.

»Mensch, Klaus, gut, dass du drangehst. Kannst du mir schon irgendwelche Einzelheiten berichten? Du hast keine Ahnung, was hier los ist. Irgendjemand, wahrscheinlich ein Besatzungsmitglied von WSP 1, hat der Presse gesteckt, dass die Leiche von Kollmann aufgefunden wurde, und seitdem ist hier am Präsidium der Belagerungszustand ausgebrochen. Keiner kommt mehr ins PP rein, ohne dass ihm mindestens fünf Mikrofone unter und ebenso viele Kameras vor die Nase gehalten werden. Ist fast noch schlimmer als bei der Loveparade 2010.«

»Logisch«, meinte Heppner sarkastisch, »da waren es zwar einundzwanzig Tote, aber es war kein Promi darunter. Es geht doch nur um die Auflagenhöhe. So ist die Journaille nun mal.«

Heppner wusste, wovon er redete. Vor drei Jahren war er das Ziel der Pressehyänen gewesen, nachdem er gegen einen Kollegen wegen mehrfachen Mordes ermittelt hatte und der vom Vater eines der Opfer vor dem Duisburger Gericht erschossen worden war. Da Heppner den Täter über die Vorführung informiert hatte, wenn auch auf Anweisung seines damaligen Chefs, prägte eine große Boulevardzeitung für ihn den Namen »Killer-Cop«. Erst eine einstweilige Verfügung des Gerichts und seine anschließende erfolgreiche Klage gegen einen Reporter, der trotzdem den Begriff benutzt hatte, brachte die Meute zum Schweigen. Das eingeklagte Geld steckte jetzt in seinem Haus und in einem Solidarfonds des Sozialwerks der Polizei, der sich um die Hinterbliebenen im Dienst getöteter Kollegen kümmerte. »Seit der Zahlung lese ich die Artikel des verurteilten Journalisten doppelt so gern«, meinte Heppner stets.

»Nur für dich, Detlef: Es war Mord. Einzelheiten verrate ich dir später, aber es ist reichlich unappetitlich. Fotos des Toten zur endgültigen Identifizierung bringe ich gleich mit, aber eigentlich besteht kein Zweifel. Neben dem Schmiss im Gesicht haben wir noch zwei weitere charakteristische Narben gefunden, die uns der Butler beschrieben hat. Es ist Kollmann, da besteht kein Zweifel.

Halte die Presse hin, Detlef. Ruf unsere Pressestelle an und lass eine Pressekonferenz einberufen, bei der wir ihnen ein paar Informationen geben können.«

»Ist gut, ich tue, was ich kann. Beeil dich aber.« Schall beendete das Gespräch abrupt, und Heppner konnte nachempfinden, wie er sich fühlte.

»Wir wurden gerade unterbrochen, Herr Heppner«, vernahm der Angesprochene die Stimme von Professor Kürten hinter sich. »Es gibt da noch ein paar Sachen, die mir merkwürdig vorkamen. Ich habe bei der Absuche der Haut einen Einstich auf der linken Halsseite gefunden, wie er von einer Injektionsnadel stammen könnte. Ich habe auch davon ein Präparat angelegt und kann Ihnen morgen oder übermorgen Genaueres sagen. Und er hatte Wasser in der Lunge. Nein, bevor Sie mich fragen: Es war kein Rheinwasser. Als er in den Fluss fiel, war er sicherlich bereits tot, aber vorher ist Wasser in seine Lunge gelangt, und zwar nicht zu wenig. Wenn Sie mich fragen: Angesichts der anderen Folterspuren sollte man von Waterboarding ausgehen. Die Verletzung am rechten Unterschenkel konnte ich zunächst nicht zuordnen, bis ich mich an einen Vortrag von Professor Springer erinnert habe. Er hat derartige Verletzungen bei Jägern beobachtet, die in ihre eigenen Fallen gelaufen sind. Wären wir in Sibirien, würde ich sagen, dass der Mann in eine Bärenfalle getreten ist. Es gibt kein anderes Instrument, das eine solche Spurenlage verursacht.«

Heppner dankte Professor Kürten und amüsierte sich zum wiederholten Mal, dass der Leiter der Rechtsmedizin den Familiennamen des bekanntesten Serienmörders aus Düsseldorf trug. Peter Kürten war 1931 wegen neunfachen Mordes und sieben Mordversuchen zum Tode verurteilt und hingerichtet worden. Motiv seines Handelns war die reine Lust am Töten gewesen, durch die Kürten sexuell stimuliert wurde. Fritz Lang verfilmte das Ganze später unter dem Titel »M – Eine Stadt sucht einen Mörder«. Dort ging es zwar um Kindermorde, aber Heppner hatte es immer beeindruckend gefunden, dass die »ehrlichen Gauner« den von Peter Lorre genial gespielten Killer selbst jagten, vor Gericht stellten und dieser nur durch die eintreffende Polizei vor dem Lynchmord gerettet werden konnte.

Als der Polizist die Rechtsmedizin verließ, setzte ein eisiger Nieselregen ein. Ein ganz toller Winter, dachte er verdrossen. Nicht mal für richtigen Schnee reicht es. Den bekommen wir wahrscheinlich erst zu Ostern. Oder im Juni. Nein, unser Klima hat sich nicht verändert. Das ist alles eine Sinnestäuschung. Heppner schabte fluchend den gefrierenden Regen von seiner Windschutzscheibe und fuhr vorsichtig wieder zum Duisburger Präsidium.

Detlef Schall hatte nicht übertrieben. Es war schwierig, sich zwischen den ganzen Journalisten einen Weg in den Hof des Präsidiums zu bahnen, und Heppner dankte Gott, als sich das stählerne Rolltor hinter ihm senkte und die Meute ausschloss, ohne dass er zu einem Statement gezwungen gewesen wäre.

Die EK François war komplett im großen Besprechungsraum des KK 11 versammelt. Detlef Schall, der sie leitete, sah müde und frustriert aus. Natürlich hatte er bis zuletzt gehofft, es mit einer Entführung zu tun zu haben, aber diese Hoffnung war mit jedem Tag, an dem eine Lösegeldforderung ausblieb, etwas mehr geschwunden. Jetzt hatten die Ermittler die traurige Gewissheit.

Der Einfachheit halber war die EK in eine MK, also eine Mordkommission, umgewandelt worden. Das hatte den großen Vorteil, dass man kein zusätzliches Personal von anderen Aufgaben abziehen musste. Mit einer Ausnahme – KHK Klaus Heppner. Er nahm sich also einen Kaffee und setzte sich auf einen freien Stuhl.

»Klaus wird uns ab sofort unterstützen. Wie allen bekannt ist, wurde François Kollmann heute tot aus dem Rhein gefischt. Zu den näheren Umständen seines Todes wird uns Klaus gleich das vorläufige Obduktionsergebnis mitteilen.« Detlef Schall nickte ihm aufmunternd zu, und Heppner berichtete über die Ereignisse der letzten Stunden.

»Es steht somit fest, dass wir es mit einem oder mehreren Tätern zu tun haben, die vor nichts zurückschrecken«, zog er ein Fazit. »Wir haben keine Ahnung, was hinter dem Mord steckt oder wer, wissen nicht, wie sich die Täter Kollmanns bemächtigt haben und wo er gestorben ist. Kurz gesagt: Wir stehen völlig am Anfang. Das Schlimme ist, dass niemand, der uns helfen könnte, uns helfen will, und umgekehrt.«

»Und ich habe die verdammte Aufgabe, gleich bei der Pressekonferenz Halbwahrheiten zu verkaufen«, sagte Schall. »Na schön, dann werde ich halt das übliche Blabla von mir geben, von wegen ›Wir bitten die Öffentlichkeit um Mithilfe‹ und so weiter. Na gut. Für heute Abend ist erst mal Feierabend, da wir –« Weiter kam er nicht. Helmut Schiller stürmte durch die Tür und wedelte mit einem Blatt Papier.

»Vielleicht bringt das hier etwas Drive in eure Ermittlungen. Die Kollegen aus Köln haben bei Porz einen silbernen Jaguar XJ aus dem Rhein gefischt. Fragt mich nicht, was und wieso sie ausgerechnet dort gesucht haben, aber sie haben Kollmanns Auto gefunden. Der Wagen wurde gehoben und steht jetzt auf dem Sicherstellungsgelände des Kölner Vertragsunternehmens.«

Ede Vollstraß hatte Bereitschaft beim Erkennungsdienst, und zusammen mit Peter Elgert fuhr er nach Köln, um das Wrack zu untersuchen. »Viel verspreche ich mir davon ja nicht«, murmelte Detlef Schall. »Das Wasser dürfte die meisten Spuren beseitigt haben. Na ja, wer es nicht versucht, hat schon verloren. Alle anderen gehen für heute nach Hause. Morgen werden wir uns die Personen aus Kollmanns Haushalt, die wenig trauernde Witwe und die Kinder Kollmanns noch mal vornehmen. Jetzt haben wir es schließlich mit Mord zu tun, und da werden sie reden müssen.«

»Warum sollten sie, Detlef?«, warf Heppner ein. »Wenn es irgendeine Missbrauchsgeschichte sein sollte, haben sie eher die Schwierigkeit, es sich selbst gegenüber einzugestehen. Da hilft der Tod des Vaters auch nicht. Hatten wir denn irgendwelche Anhaltspunkte in dieser Hinsicht?«

»Keine Spur«, knurrte Schall verdrossen. »Als ich sie gerade über den Tod Kollmanns informiert habe, schienen sie fast erleichtert und haben ihr Kommen für morgen früh zugesagt. Das mit dem Missbrauch ist ja auch nur eine Vermutung aufgrund des Verhaltens der Kinder.«

»Vielleicht haben die beiden auch nur zum Geburtstag kein Pony bekommen, sondern stattdessen einen Zwerghasen«, spöttelte Tom Hermanns in seiner altbewährten Art.

»Und deshalb lässt die Frau sich scheiden«, sagte Willi Beugen, der neben Hermanns saß, und schüttelte den Kopf.

Der grinste nur. »Auch da könnte es tierische Probleme gegeben haben – falls er ihr eine Kaninchenjacke statt einem Nerz geschenkt hat – und der Sekretärin einen Zobel.«

»Hört auf zu spekulieren und haltet euch an die Fakten«, grollte Detlef Schall. »Morgen früh ziehen wir alle Kontaktpersonen von Kollmann an Land. Entschuldigt das makabre Wortspiel. Willi, Tom und Hanna, ihr kümmert euch um die Exfrau und die Kids, und Klaus wird sich Kollmanns Stellvertreter vornehmen. Vielleicht kann der Bursche seinen Angaben zu Drohungen gegen Kollmann und die KMP ja noch was hinzufügen. Peter kann sich noch mal mit dem Butler unterhalten.«

»Und er sollte ihn fragen, ob es unter den Hausangestellten einen Gärtner gibt«, ließ sich Tom Hermanns nochmals vernehmen. »Schließlich sang schon Reinhard Mey davon. ›Der Mörder ist immer –‹«

»Raus mit dir!«, brüllte Schall lachend, und Tom Hermanns verabschiedete sich feixend in den Feierabend.

»Der bringt mich noch mal um«, sagte Schall kopfschüttelnd.

»Mag sein, aber sich totzulachen ist doch ein schöner Tod«, versetzte Heppner.

Während die anderen nach Hause fuhren, brachte Detlef Schall seinen Kollegen bezüglich der Drohungen gegen Kollmann auf Ballhöhe. Der Stellvertreter Kollmanns hatte der Polizei nach dessen Verschwinden einen Ordner mit Drohbriefen und -mails ausgehändigt, die zeigten, dass Kollmann etlichen Anfeindungen ausgesetzt gewesen war. Das meiste stammte von fanatischen Feinden der Waffenlobby, und es zeigte sich, dass die Drohungen ein imposantes Ausmaß angenommen hatten, nachdem die KMP im letzten Herbst einen spektakulären Waffendeal abgeschlossen hatte.

Kollmann war mit dem Verteidigungsminister nach Bagdad gereist und hatte bei seiner Rückkehr einen Vertrag im Gepäck, welcher der KMP das Monopol auf die Ausrüstung der irakischen Armee mit Panzerspähwagen einräumte und ein Volumen von zweihundert Millionen Euro hatte. Nicht schlecht, Herr Specht, dachte Heppner. Zu der Zeit war der Irak ja gerade kein Krisengebiet. Aber wie sagte man so schön: Wenn der Export von Kriegswaffen in Krisengebiete verboten ist, definieren wir den Begriff »Krisengebiet« einfach so lange neu, bis es passt. Irgendwann freut sich sicher auch mal Nordkorea über eine Neudefinition. Hauptsache, die Wirtschaft floriert. Dass unsere Soldaten auf Auslandsmissionen dann irgendwann in die Mündung einer Waffe »Made in Germany« gucken, ist dann eher zweitrangig.

Kollmann hatte diese Drohungen keineswegs ernst genommen und die Ausdrucke der Mails mit zynischen Randnotizen versehen. So lästerte er darüber, dass es eigentlich ein Widerspruch in sich sei, von »militanten Kriegsgegnern« zu sprechen. Frauen bezeichnete er grundsätzlich als »Tussen« und Menschen, die ihn zum Komplizen afrikanischer Warlords ernannten, als »Sozialromantiker«.

»Ein echtes Schätzchen, dieser Kollmann«, murmelte Heppner, und Schall nickte. »Der größte Hammer ist aber, dass Kollmann kurz nach dem Irak-Deal das Bundesverdienstkreuz verliehen wurde, und zwar für seine Verdienste um die internationale wirtschaftliche Zusammenarbeit. Weißt du was? Wenn ich aus irgendeinem Grund mal so'n Ding bekommen sollte, lehne ich es glatt ab. Ich wäre einfach in zu schlechter Gesellschaft.«

»Die Gefahr, dass einer von uns diesen Orden erhält, ist aber mehr als gering«, tröstete ihn sein Kollege. »Da kommst du schon nicht in die Verlegenheit, die hohe Politik zu brüskieren.« Dann stutzte Heppner plötzlich.

»Moment mal, was ist das?« Er hielt ein Blatt in der Hand, dessen Inhalt nicht so recht zu den üblichen Drohungen zu passen schien. »Hör mal her, Detlef«, sagte Heppner und las dann vor:

»Weißt du, was du den Kindern angetan hast? Wie viele sind deinetwegen tot, verkrüppelt oder traumatisiert? Wenn du ein Gewissen hättest, müsstest du ihre Gesichter jede Nacht im Traum vor dir sehen und schreiend aufwachen, aber du sonnst dich in deinem Ruhm. Eines Tages wird jemand vor dir stehen und Rechenschaft fordern, und ich hoffe, dabei zu sein und zu sehen, wie deine Knochen bersten und deine Genitalien und Eingeweide zu Brei werden. Dann wirst du schreiend sterben und für deine Sünden zur Hölle fahren. Wenn ich dich dabei begleiten muss, ist das ein Preis, den ich zu zahlen bereit bin. Warte auf mich, Kollmann. Gezeichnet: V«

Heppner sah Detlef Schall an. »Den Brief hat er nicht kommentiert«, stellte er trocken fest. »Kein Spott, kein Hohn, gar nichts. Aufschlussreich. Habt ihr herausbekommen, worauf sich der Hinweis mit den Kindern bezieht?«

Schall nickte. »Das war noch das Einfachste. Die KMP hat vor Jahren für einen afrikanischen Staat Landminen hergestellt – trotz internationaler Ächtung. Die dortigen Machthaber gerieten bei einer Revolte unter Druck und haben die Minen ausgelegt – genau in den Weg der anstürmenden Kindersoldaten. Grotesk fand ich, dass Kollmann sein Beileid aussprach und zwei Millionen an Hilfsorganisationen spendete, die das Leid der Überlebenden zu lindern versuchten. Ha! Mit dem Waffendeal hatte er hundertfünfzig Millionen verdient.« Detlef schnaubte verächtlich.

»Das ›V‹ ist wahrscheinlich ein Zitat aus dem Film ›V wie Vendetta‹, oder?«

»Das hatten wir auch vermutet«, bestätigte der Kommissionsleiter. »Wir haben das Ganze zunächst als üble Drohung eines Filmfans abgetan, aber jetzt … Bleibt nur zu hoffen, dass sich – wenn er unser Täter ist – sein Rachedurst nur auf Kollmann gerichtet hat und wir nicht den gesamten Vorstand der KMP rund um die Uhr beschützen müssen.«

Je mehr die Beamten Einblick in das Leben und Wirken Kollmanns erhielten, desto geringer wurde ihr Mitleid mit ihm. Jetzt verstanden sie auch, warum sich Frau und Kinder von ihm abgewandt hatten.

Trotz der spannenden Lektüre musste Heppner gähnen, und ein Blick auf die Uhr verriet ihm, dass es wenige Minuten vor Mitternacht war. Detlef Schall und er verließen in stillschweigendem Einverständnis das Präsidium und fuhren heim.

Marion war noch wach und las ein Rundschreiben ihrer Versicherung zu den neuen Modalitäten bei der Schadensregulierung. Offenbar konnte sie nicht einschlafen und hatte sich etwas besonders Langweiliges ausgesucht. Zumindest hatte das Ganze gewirkt. Als Heppner sich neben sie legte, kommentierte sie seine Sensationsnachricht vom Tod Kollmanns nur mit einem müden »Den konnte ich noch nie leiden«, kuschelte sich an ihn und war nach wenigen Sekunden fest eingeschlafen.

Auch bei Heppner dauerte es nicht sehr lange, doch in der Nacht weckte ihn ein schon oftmals gehörter Schrei Marions. Sie hatte sich wie üblich aufgerichtet und blickte wild um sich her. Alles wie gewohnt, doch etwas war anders, und dann fühlte er es. Ihre linke Hand krampfte sich wie eine Schraubzwinge um seinen Unterarm.

Endlich.

DREI

14. Januar 2013

Karl-Friedrich Poschner war in den letzten Sekunden, nachdem das Leintuch zurückgeschlagen worden war, merklich grün im Gesicht geworden. Als er zu sprechen begann, klang seine Stimme gepresst. »Das ist ja unfassbar, Herr Heppner. Ja, es ist definitiv François. Ich erkenne ihn hundertprozentig, obwohl er ziemlich aufgedunsen aussieht. Entschuldigen Sie bitte, mir wird schlecht.« Er hielt sich ein Taschentuch vor den Mund, drehte sich um und rannte aus der Leichenhalle, wobei er die Schwingtür so stark aufstieß, dass sie mit Wucht gegen die Wand schepperte.

»Ein Benehmen hat der Kerl«, meinte der Obduktionsassistent kopfschüttelnd. Heppner winkte ab. »Es ist nicht jedem gegeben, seinen Mageninhalt bei sich zu behalten, wenn er eine Leiche sieht.«

»Oder riecht«, ergänzte der Assistent feixend.

Heppner holte Poschner vor dem Eingang der Uniklinik ein, in der sie sich zur Identifizierung Kollmanns verabredet hatten. Schon seine gekrümmte Haltung bewies, dass ihm der Nieselregen und die frostigen Temperaturen im Moment völlig egal waren. Seine Gesichtsfarbe hatte sich von Grün zu einem wächsernen Gelb verändert, und die Spitzen seiner sorgsam geputzten schwarzen Halbschuhe belegten, dass sich sein Frühstück nicht mehr im Magen befand. »Mein Gott, Herr Heppner«, stöhnte er, »Sie hätten mich aber auch mal auf den Anblick vorbereiten können.«

Der Polizist zuckte die Achseln. »Kommt halt vor. Wir sind eben Schlimmeres gewohnt und vergessen daher schon mal, dass auch eine noch frische Leiche auf den Normalbürger erschreckend wirkt.«

Poschner sah Heppner ebenso prüfend an wie dieser ihn. Heppner sah einen Enddreißiger vor sich, der für den stellvertretenden Aufsichtsratsvorsitzenden der KMP eigentlich viel zu jung wirkte. Poschner war etwa so groß wie der Beamte mit seinen hundertsechsundachtzig Zentimetern, aber seine breiten Schultern und schmalen Hüften zeigten, dass er seine Freizeit vorwiegend auf Sportstätten zubrachte. Sein schwarzes Haar war modisch geschnitten, und unter perfekt gestylten Augenbrauen blickten zwei stahlblaue Augen direkt in Heppners Gesicht. Er trug den unvermeidlichen dreiteiligen anthrazitfarbenen Business-Suit von Boss unter einem dunkelgrauen Kaschmir-Wintermantel, und seine linke Hand umkrampfte ein Paar lammfellgefütterte Lederhandschuhe, während er sich mit der rechten den Mund abwischte.

»Haben Sie es wenigstens bis nach draußen geschafft?«, fragte Heppner und erhielt ein stummes Nicken zur Antwort.

Er hatte Poschner heute Morgen in seinem Haus in Meerbusch erreicht und ihn in die Düsseldorfer Rechtsmedizin bestellt. Den Grund brauchte man ihm nicht mitzuteilen, da die Nachricht von der Auffindung der Leiche Kollmanns in allen Nachrichten breitgetreten worden war.

»Was glauben Sie, Herr Heppner? Was steckt hinter der Ermordung von François?«

Heppner zuckte erneut mit den Schultern. »Darüber können wir derzeit nur spekulieren. Wir stehen erst am Anfang der Ermittlungen, aber das wissen Sie ja. Warum also diese Frage?«

Poschner griff in die Manteltasche und holte eine E-Zigarette hervor, an der er saugte, um Sekunden später Dampfwolken auszustoßen. Er bemerkte den Blick des Polizisten und zog eine Grimasse. »Ich versuche mir das Rauchen gerade abzugewöhnen, und wenn es mich überkommt, greife ich zu dem Ding hier. Ist nur Wasserdampf mit Wildkirschgeschmack und völlig nikotinfrei.«

»Haben Sie keine Angst, dass Ihnen so ein Ding mal um die Ohren fliegt? Ich habe da was von Explosionen gelesen …«

Poschner lachte auf. »Gott bewahre! Sie glauben aber auch wirklich jede Meldung, was? Das wurde doch nur lanciert, weil Vater Staat die Einnahmen aus der Nikotinsteuer wegzubrechen begannen. Da lässt man schon mal so eine Horrormeldung veröffentlichen. Ich hatte gedacht, Sie als Polizist durchschauen diese Masche. Merken Sie sich eins, Herr Heppner: Menschen beherrscht man durch Angst.«

In diesem Punkt gab Heppner Poschner völlig recht. Seien es explodierende Zigaretten, Horrorszenarien von einer Vogel- oder Schweinegrippe-Epidemie – alles diente nur dazu, den Umsatz der Konzerne und damit auch ihre Steuerabgaben zu steigern.

Letztendlich hatten die Medien herausgefunden, dass US-Verteidigungsminister Donald Rumsfeld an dem Unternehmen beteiligt war, welches das angeblich einzig wirksame Mittel gegen die Vogelgrippe mit Namen Tamiflu entwickelt hatte, und so Millionen verdiente. Heppner hatte sich damals nicht impfen lassen – und lebte immer noch, ebenso wie neunundneunzig Komma neun Prozent aller Menschen auf Mutter Erde. Die Vogelgrippe hatte weniger Todesopfer gefordert als eine normale Grippewelle.

Trotzdem musste er noch einen Kommentar zum Rauchen abgeben. »In einem meiner Lieblingsfilme, ›Schatten der Vergangenheit‹, spielt Robin Williams einen abgehalfterten Psychiater, der dem von Kenneth Branagh gespielten Detektiv einen Tipp gibt: ›Es gibt Raucher und Nichtraucher. Finden Sie heraus, was Sie sind – und seien Sie es.‹ Einen besseren Rat zum Thema Rauchen habe ich noch nicht gehört. Aber zurück zum Thema: Warum interessiert Sie das Motiv von Kollmanns Mörder?«

Poschner steckte die E-Zigarette weg und seufzte. »Das liegt doch auf der Hand. Wenn der Mörder ein fanatischer Waffengegner ist, könnte auch ich auf der Abschussliste stehen. Ich habe keine Lust, so zu enden wie François. Mein Gott! Wenn ich mir vorstelle …« Seine Gesichtsfarbe wechselte wieder ins Grünliche.

Heppner konnte ihn durchaus verstehen. Obwohl Poschner nur wenige Details von Kollmanns Martyrium kannte, schien ihm diese Vorstellung eine Heidenangst einzujagen. Das konnte sich in folgenden Vernehmungen vielleicht als nützlich erweisen. Heppner entschloss sich, den Stier direkt bei den Hörnern zu packen, und fuhr mit ihm ins Düsseldorfer Präsidium, wo ihm sein Kollege André Tiefenbach ein Büro zur Verfügung stellte.

Der Kaffee, den er brachte, verdiente Bestnoten.

»Kaffeevollautomat«, flüsterte André Tiefenbach seinem Kollegen zu. »Ist geleast. Solltet ihr auch machen – auch wenn Hans mittlerweile weg ist.« Man sah, die zweifelhafte Qualität des von Heppners früherem Chef gekochten Gebräus hatte sich landesweit herumgesprochen.

Es sprach für Poschner, dass er um Erlaubnis fragte, bevor er seinen Kirschduftspender wieder hervorholte und das Büro mit kurzlebigen Wolken aus Wasserdampf zu füllen begann. Heppner belehrte ihn über seine Rechte und fragte, wie er überhaupt an die KMP geraten sei. Poschner hob die Arme in einer fast entschuldigenden Geste.

»Als ich vor zwölf Jahren mein BWL-Studium beendet hatte, konnte ich mir trotz eines Summa-cum-laude-Abschlusses das Diplom aufs Klo hängen, weil die Straßen mit BWLern gepflastert waren. Also habe ich Bewerbungen geschrieben, bis mein PC qualmte, aber mich wollte keiner. Die fetten Jobs gingen an die Neffen der Verwaltungsräte, und für subalterne Jobs war mein Abschluss zu gut. Ich bin also – lachen Sie bitte nicht – Taxi gefahren, um meinen Lebensunterhalt zu sichern. Eines Abends fuhr ich den Vorstandsvorsitzenden der KMP und ihren Prokuristen zum Flughafen, und ich hörte ihr Gespräch mit. Sie unterhielten sich, wie schwer es sei, einen guten Assistenten der Geschäftsleitung zu finden, der weder Insidergeschäfte mit KMP-Aktien durchführen noch Informationen an die Konkurrenz weitergeben würde.«

Poschner räusperte sich – Heppner konnte nicht sagen, ob aus Verlegenheit oder Stolz –, bevor er fortfuhr: »Ich habe also eingeworfen, dass man vielleicht an ungewöhnlichen Stellen suchen sollte. Dadurch hatte ich ihre Aufmerksamkeit, und ich habe mein Interesse an dem Job geäußert. Wider Erwarten zeigten die beiden Interesse und ließen sich meine Karte geben. Als ich dann zwei Tage später eine Tour erhielt, bei der ich jemanden bei der KMP in Weeze abholen sollte, erlebte ich eine Überraschung. Kollmann persönlich ließ mich in sein Büro bringen und fragte mich, ob ich den Job als sein persönlicher Assistent haben wollte. Er hatte sich umfassend über meine akademische Laufbahn informiert und bot mir ein vernünftiges Gehalt an.«

Wieder legte Poschner eine Kunstpause ein, diesmal vielleicht, um sich eine Rechtfertigung zurechtzulegen. »Es sprach auch für ihn, dass er mir über die Arbeit der KMP reinen Wein einschenkte. Waffen zu produzieren sei nicht jedermanns Sache, aber ich solle das als einen Beitrag zur Friedenserhaltung sehen. Wenn jemand mit einem Knüppel vor deiner Tür steht, ist es gut, wenn du einen größeren Knüppel hast, war sein Motto.«

»Klingt ein wenig nach Tony Stark«, warf Heppner in spöttischer Anspielung auf den Marvel-Comic-Helden »Iron Man« ein.

»So hat er sich auch gesehen«, meinte Poschner trocken.

»Das klingt aber gar nicht nach François Kollmann, wie er in den Medien dargestellt wird«, widersprach der Polizist.

Poschner hob die Augenbrauen. »Von dem rede ich auch nicht, sondern von seinem Bruder Phillip. Der hat mich nämlich eingestellt und mit einem Fünfjahresvertrag versehen. Ich bin nicht dumm, wissen Sie, und ich habe meine Fähigkeiten. Innerhalb weniger Monate hat Phillip Kollmann immer öfter auf meine Ratschläge zurückgegriffen, und die erwiesen sich als enorm produktiv.«

Jetzt war der Stolz in der Stimme unverkennbar, und er nahm noch zu. »Nachdem wir durch einen dieser Ratschläge fünfzig Millionen verdient hatten, erhielt ich einen Direktorenposten mit Sitz im Verwaltungsrat. Ich habe meine Arbeit so gut gemacht, dass François Kollmann nach dem Tod seines Bruders meinen befristeten Arbeitsvertrag in einen unbefristeten umwandelte.«

Heppner hob die Hand, um Poschners Erzählfluss kurz zu stoppen.

»Wie ist Phillip Kollmann eigentlich gestorben? Ich habe nur etwas von einem tragischen Unfalltod gelesen.«

»Flugzeugabsturz«, antwortete Poschner knapp. »Seine Citation hatte bei einem Flug über die Alpen aufgrund einer falschen Klappenstellung zu wenig Auftrieb und stieß gegen einen Bergrücken. Phillip Kollmann und drei Besatzungsmitglieder sind bis zur Unkenntlichkeit verbrannt. Die Identifizierung erfolgte, soviel ich weiß, über persönliche Gegenstände. Wenn eine voll betankte Citation gegen einen Berg kracht, bleibt nicht mehr viel DNA übrig. Sein Tod war ein furchtbarer Verlust für die KMP, und auch für mich persönlich. Phillip Kollmann war ein Vorbild für mich; ein Mann, der trotz seines Geschäftes immer noch moralisch handelte.«

»Im Gegensatz zu seinem Bruder François, oder verstehe ich Sie da falsch?«, fragte Heppner schnell.

Poschner stockte. »Es steht mir nicht zu, über François Kollmann zu richten. Sagen wir mal so: Seine Vorstellungen von Werten und Moral passten nicht zu der Einstellung, die sein Bruder und ich hatten. Wenn Sie mich fragen: Moral hatte der Mann keine. Für ihn stand das Geschäft an erster Stelle, und was die Menschen anging, zuallererst er selbst. Wir hatten mehrfach heftige Auseinandersetzungen über den Kurs der KMP, aber er war nun mal der Boss.«

»Wieso konnte François den Vorstandsvorsitz so einfach übernehmen?«, fragte Heppner gespannt. »Die KMP ist doch eine AG, und der Vorsitzende wird von der Aktionärsversammlung gewählt.«

Poschner verzog das Gesicht. »Er ist selbst Mehrheitsaktionär. Vor seinem Tod war Phillip im Besitz der Aktienmehrheit gewesen. Er hatte jedoch ein Testament aufgesetzt, das bestimmte, die Aktien zu verkaufen und den Erlös einer Stiftung zur Unterstützung notleidender Kinder zukommen zu lassen. François hat einen Großteil der Aktien von der Stiftung erworben und war dann im Besitz von vierundfünfzig Komma fünf Prozent der KMP-Aktien, wodurch er sich problemlos selbst wählen konnte.«

»Hatte sich François persönliche Feinde gemacht, von denen Sie wissen?«

Poschner lachte auf. »Sie meinen, abgesehen von der eigenen Familie, den Gewerkschaften und allen, denen er seine Waffen nicht verkauft hat? Fragen Sie lieber nach seinen Freunden, da sind Sie schneller fertig. Freunde hatte er nur eine Handvoll. Das waren Kumpels aus alten Tagen, aus der schlagenden Verbindung seiner Studentenzeit. Namen kann ich Ihnen aber nicht nennen, doch das Internet wird Ihnen sicher weiterhelfen.«

»Wo hatte François Kollmann eigentlich studiert? Wissen Sie zufällig, in welcher Studentenverbindung er gewesen ist? Das könnte uns schon einen großen Schritt weiterhelfen.«

Poschner schien verwirrt. »Ja schon, aber … Was hat denn die Vergangenheit von François mit seinem Tod zu tun? Sehen Sie da einen Zusammenhang?«

»Das weiß ich noch nicht«, musste Heppner zugeben. »Wir tappen noch so ziemlich im Dunkeln und gehen daher jeder Spur nach. Er hat sich regelmäßig mit ein paar Männern im Hotel Van der Valk getroffen, und auf dem Weg zu einem solchen Treffen wurde er verschleppt. Wenn Sie sagen, dass er extrem wenige Freunde hatte, könnte eine Überschneidung bestehen.«

»Jeden dritten Dienstag im Monat, was?« Poschner winkte ab. »Das geht schon seit etwas über fünf Jahren so. Ich habe letzten Oktober versucht, ihn an einem solchen Tag wegen einer wichtigen

Entscheidung anzurufen, und bekam nur seine Mailbox. Tags drauf erschien er putzmunter im Büro und berichtete von fünfzig Riesen, die er gemacht habe. Wenn Sie mich fragen, zocken die Burschen in irgendeinem illegalen Spielclub um hohe Einsätze, aber mehr ist da nicht dran. Halt ein Zeitvertreib der Multimillionäre.«

Heppner nickte, aber innerlich war er nicht überzeugt. Wenn es nur um Zockerei ging, warum der Aufwand mit den Wegwerfhandys? Trotzdem wechselte er das Thema und fragte Poschner, was François Kollmann für ein Mensch gewesen war.

Poschner lachte kurz und hart und ließ anschließend die Diplomatie fahren. »Also wenn Sie meine Meinung interessiert, war er kein Kandidat für den Friedensnobelpreis. Eher für den Titel als ›Meistgehasste Person nördlich des Äquators‹. Nein, im Ernst: Geschäftlich gesehen war er eine Ratte, aber gerade das machte ihn ungeheuer erfolgreich. Er hatte nicht die geringsten Skrupel, andere in seine Machenschaften einzuspannen und anschließend fallen zu lassen, wenn sie nicht mehr nützlich waren. Da er den Wahlkampf mehrerer Bundestagsabgeordneter durch Wahlkampfspenden unterstützt hatte, besaß er eine großartige Lobby im Parlament. Ist schon mal nützlich, wenn es um Exportverbote geht. J. R. Ewing ist ihm gegenüber ein Waisenknabe und Sympathieträger gewesen. Alle karitativen Aktionen dienten nur dazu, die Maske des Saubermanns zu behalten. Menschlich dürfte es nur wenige Menschen geben, die ihm eine Träne nachweinen.«

Das passte schon eher zum Bild von François Kollmann, das die Beamten hatten. »Seine Familie wollte ja auch nichts mehr von ihm wissen. Kennen Sie die genauen Umstände der Trennung und ihren Grund?«

Poschner seufzte und blies einen weiteren Kringel aus Dampf Richtung Zimmerdecke. »Nur Gerüchte. Kollmann war bei diesem Thema verschlossen wie eine Auster, und zur Familie hatte ich keinerlei Kontakt. In der Firma wurde jedoch hinter vorgehaltener Hand gemunkelt, seine Frau habe ihn mit einer Freundin der Tochter erwischt. Ist aber nur Korridorfunk. Ich selbst konnte bei diversen Galadiners sehen, wie attraktive Topmodels ihm schöne Augen gemacht haben und er sie derart eiskalt abblitzen ließ, dass ich schon glaubte, er sei möglicherweise ans andere Ufer gewechselt.«

Poschner schüttelte kurz den Kopf und sagte dann: »Das halte ich aber für ausgeschlossen, weil sich 2011 ein bekennend schwuler Topmanager bei uns vorgestellt hat und François ihn mit ziemlich heftigen Worten ablehnte. Soweit ich mich erinnere, meinte er: ›Ein Hinterlader kommt bei mir nicht in die Firma.‹ Meinen Einwand, welchen Einfluss die sexuelle Disposition denn auf die Arbeitsleistung habe, wischte er einfach vom Tisch. Nein, schwul war Kollmann gewiss nicht. Er war einfach nur ein Arschloch. Ach so, studiert hat er Maschinenbau an der RWTH Aachen, und seine Verbindung hieß ›Corps Walhalla‹. In seinem Büro hängt sogar noch ein Wimpel davon. Klingt doch so richtig schön martialisch, oder?«

»Oder volkstümelnd rechts«, knurrte Heppner, doch Poschner widersprach sofort und energisch.

»Die Mitglieder von ›Walhalla‹ betrachten sich einfach nur als die härtesten Krieger unter der Sonne und wollen an die Wikinger erinnern. Rechtsradikal sind sie aber nicht. Eher noch brutaler und versoffener als die übrigen Studentenverbindungen. Wikinger halt. Diese ganzen Corps haben für mich einfach nur einen an der Waffel.«

Die Vernehmung entwickelte sich in eine Richtung, die Heppner nicht behagte. Poschner gefiel sich in der Rolle desjenigen, der den Toten im Grab als letzten Gruß nicht mit einer Schippe Sand, sondern mit einem Kübel Dreck bedenkt. *»De mortuis nil nisi bene«* galt hier wohl nicht. Darauf angesprochen lehnte sich Poschner zurück und meinte, er sei als Zeuge doch zur Wahrheit verpflichtet. Wie könne er da über den Verstorbenen nur Gutes sprechen?

»Und trotzdem haben Sie für ihn gearbeitet, oder hatten Sie die Kündigung schon in der Schublade?«, fragte Heppner zynisch.

Poschner zuckte zusammen, und sein selbstsicheres Grinsen erlosch. »Herr Heppner, auch ich bin kein Engel. Sie dürfen unser Geschäft nicht vergessen, und der einzige Engel, der uns gleicht, ist Erzengel Michael mit seinem Flammenschwert. Es gibt bei uns kein Weiß und kein Schwarz, sondern nur unterschiedliche Grautöne. Jeder Gute ist auch schlecht und jeder Schlechte ein bisschen gut. Na ja, bis auf François vielleicht. Ich bin so korrupt wie jeder, dem man zwei Millionen pro Jahr plus Boni unter die Nase hält. Das wirkt besser als eine Mohrrübe vor der Nase des Esels. Ich habe mich kaufen lassen, und ich bin nicht stolz darauf. Und ja: Ich habe ein Kündigungsschreiben im Schreibtisch. Dutzende Male habe ich es angestarrt, aber nie abgegeben. Betrachten Sie das als Schwäche?«

»Vielleicht, aber ich will nicht über Sie richten. Vor allem kann ich nicht sagen, ob ich in Ihrer Situation nicht ebenso gehandelt hätte. Wer frei von Schuld ist ... Sie wissen schon. Und Sie meinen, François Kollmann war frei von derartigen Gewissensbissen?«

»Völlig«, sagte Poschner.

Abschließend gingen die beiden gemeinsam die zehn penetrantesten Drohbriefschreiber durch, deren gescannte Schreiben Poschner auf seinem iPad mitgebracht hatte.

»Nach dem Verschwinden von François habe ich unserem Werkschutz Anweisung gegeben, diese Leute gezielt zu überprüfen. Vier davon waren ehemalige Mitarbeiter, die wegen Diebstählen gefeuert worden waren. Bevor Sie fragen: Keiner hat eine Panzerhaubitze mitgehen lassen, aber Hämmer könnten schon dabei gewesen sein. Allerdings hatten alle für die Zeit von François' Verschwinden wasserdichte Alibis. Drei weitere hatten bei Spekulationen mit der KMP-Aktie größere Summen verloren. Die Torfnasen hatten nach Phillips Tod Optionen auf fallende Kurse gekauft, aber François hat durch seine Käufe den Kurs in solche Höhen getrieben, dass ihre Optionsscheine nicht mehr das Schwarze auf dem Papier wert waren. Die Leute sind sauer, aber harmlos. Zwei davon sind über fünfundsiebzig, die Dritte ist eine Hausfrau aus Plauen. Die schwingen keine Hämmer mehr. Bleiben drei weitere, von denen wir nur Buchstabenkürzel kennen.«

Heppner horchte auf. »War dieser ›V‹ einer davon?«

»Stimmt«, bestätigte Poschner. »Außerdem noch ›W‹ und ›R‹. Immer wieder diese drei Kürzel und immer die gleichen Inhalte. ›Du wirst für die Leiden der Kinder bezahlen‹, ›Auch deine Glieder werden zerreißen und zerbrechen‹ und ähnliche Formulierungen. Das klingt danach, als wollten diese Personen sich an François rächen, aber für was? Was haben sie persönlich mit den Leiden der Kinder zu tun, die durch die Landminen der KMP starben?«

Heppner wollte schon sagen, dass er darauf keine Antwort wusste, aber nach ihr suchen werde, kam aber nicht zu Wort, denn Poschner redete gleich weiter. »Falls Sie mich fragen wollten – die Produktion habe ich weder genehmigt noch gebilligt. Als ich François sagte, dass diese Aktion Schande über die KMP bringt, meinte er nur lachend, ich sollte mal sehen, wie schnell die Öffentlichkeit nach einer Millionenspende für Ärzte ohne Grenzen wieder besänftigt wäre. Ich kann nicht sagen, was ich schlimmer fand: den zynischen Spruch oder den Umstand, dass er damit im Nachhinein völlig recht hatte.«

Das Motiv der Briefeschreiber blieb also wie ihre Identität zunächst im Dunklen. Heppner bat Poschner, ihm die Originale der Mails zuzuleiten, um gegebenenfalls über die IP-Adressen an die Absender zu kommen, und fuhr wieder zum Duisburger Präsidium. Dort geriet er in etwas, das einem wirren Ameisenhaufen ähnelte.

»Was ist denn hier los? Haben wir noch einen vermissten Promi?«, fragte er.

»Mal den Teufel nicht an die Wand«, knurrte Detlef Schall. »Wir haben im Jaguar etwas gefunden, und das ist der Grund für unsere Hektik.«

»Und was? Hör auf, in Rätseln zu sprechen, und rede Klartext!«

Schall holte tief Luft und sah Klaus Heppner an. »Im Auto lag ein wasserdicht verpackter USB-Stick. Darauf befanden sich zwei Videos. Das eine zeigt eine maskierte, aber unverkennbar männliche Person, die sich zu der Ermordung von Kollmann bekennt. Unsere Spezialisten sind gerade dabei, das Video zu analysieren und die offenbar durch einen Verzerrer gejagte Stimme wieder kenntlich zu machen.«

»Und das zweite Video? Das wird wohl nicht gerade SpongeBob zeigen, oder?«

Schall blieb ernst. »Das zweite Video ist wirklich nichts für die Kinderstunde und bleibt unter Verschluss. Es zeigt, wie Kollmann zu Tode gefoltert wird.«

VIER

»Der Verbrecher François Kollmann wurde von uns liquidiert. Sein Tod entsprach dem seiner Opfer; er starb langsam und qualvoll. Deshalb ist sein Tod kein Akt der Rache, sondern ein Akt der Gerechtigkeit. Er hatte sein Schicksal verdient, und jeder, der ihn gut genug kannte, wird dies bestätigen.«

Das erste Video vom aufgefundenen USB-Stick wurde im MK-Raum über einen Beamer an die Wand projiziert. Der Mann, der die Worte gesprochen hatte, saß an einem Tisch mit hellgrauer Kunststoffoberfläche. Er trug einen schwarzen Rollkragenpullover und eine schwarze Sturmhaube, wobei die freie Augenpartie von einer dunklen Sonnenbrille verdeckt wurde. Seine Stimme klang dumpf und verzerrt, was nicht nur auf die dämpfende Sturmhaube, sondern auch auf die bei der Aufnahme verwendete Software zurückzuführen war. Im Hintergrund standen zwei weitere Personen, die man nur schemenhaft sehen konnte; auch sie waren völlig schwarz gekleidet und durch Sturmhauben unkenntlich gemacht. Der Sprecher hatte seine Unterarme auf die Tischplatte gelegt und die in schwarzen Handschuhen steckenden Hände gefaltet. Trotz der Verzerrung klang die Stimme des Mannes sonor, und seine Worte waren offenbar wohlüberlegt.

»Wir haben uns zusammengeschlossen, um uns der Verbrecher anzunehmen, die von Polizei und Justiz nichts zu befürchten haben. Diese Menschen werden entweder bewusst geschützt, oder sie entziehen sich durch ihre Machtposition der Strafverfolgung. Wir scheren uns nicht um juristische Finessen, die nur Wert auf die Einhaltung von Formvorschriften legen. Wir warten nicht ab, bis ein überbezahlter Sachverständiger nach dem vierten Kreuzverhör zu dem Urteil gelangt, dass das völlig traumatisierte Opfer im Zeugenstand unglaubwürdig ist, oder es psychisch zusammenbricht und nicht mehr aussagen kann. Wir verfolgen die Täter, deren Macht so groß ist, dass sie sich jedem Strafverfahren dadurch ent-

ziehen, dass sie die Opfer und deren Familien unter Druck setzen oder bestechen. Und wir dulden keine faulen Ausflüchte wie eine schlechte Kindheit.
Wir sind Nemesis. *Wir handeln im Namen der Opfer und liquidieren die Täter, damit ihre begangenen Verbrechen gesühnt werden und sie keine weiteren Schandtaten mehr begehen können.*
Kollmann war der Erste auf einer Liste, die etliche Namen umfasst. Auch die Übrigen werden sich der gerechten Strafe nicht entziehen können.
Das zweite Video auf diesem Stick zeigt, wie wir den Verbrecher Kollmann gerichtet haben. Ich empfehle der Polizei, dieses Video nur von Personen mit starken Nerven ansehen zu lassen. Falls Sie auf ein Abspielen des Videos verzichten wollen, erlauben Sie mir einen Hinweis: Das hier ist das, was Sie wohl als Tatwaffe bezeichnen werden.«

Mit diesen Worten griff der Mann unter den Tisch und holte einen Gegenstand hervor, den Heppner sofort erkannte. Professor Kürten hatte recht gehabt: Bei dem blutverschmierten Ding in der Hand des Mannes handelte es sich unverkennbar um einen Maurerfäustel.

»Kollmann hatte in seiner Studentenverbindung den Codenamen ›Thor‹. Daher empfanden wir es als angemessen, ihn mit einem Hammer zu töten. Der Name ist eine Beleidigung der wirklichen Asen. Thor beschützte die Menschen, und François Kollmann tat das genaue Gegenteil. Er war eine Schande für den Begriff Mensch, und es tat gut, ihn in die Hölle zu schicken. Andere werden ihm folgen. Dies haben wir uns geschworen, und diesen Schwur werden wir halten.
Sie werden wissen wollen, wer wir sind. Irgendwann werden wir es Ihnen sagen, aber noch nicht jetzt. Unsere Aufgabe ist noch nicht erfüllt. Bis zu dem Zeitpunkt, an dem ich meine wahre Identität offenbare, können Sie mich als ›V‹ bezeichnen. Ob Sie das V als Abkürzung für ›Vendetta‹ oder ›Vengeance‹ interpretieren, bleibt Ihnen überlassen.
Sie werden die nächste Botschaft erhalten, wenn wir den nächsten Unmenschen vom Angesicht dieser Erde getilgt haben. Vielleicht

sind Sie schneller als wir und kommen uns bei dem einen oder anderen zuvor, aber unsere Liste ist lang genug. Es gibt viel zu tun.«

Der Mann erhob sich, und das Bild erlosch. Schall knipste die Deckenbeleuchtung wieder an und seufzte.

»Ich habe mir das zweite Video zusammen mit Klaus und den Experten vom KK 31 angesehen, und wir stufen es übereinstimmend als authentisch ein. Wie Klaus mir berichtet hat, hat Professor Kürten bereits vor der Auffindung des Sticks einen Fäustel als Tatwaffe angenommen. Derzeit wird versucht, über eine Analyse des Hintergrunds bei den Aufnahmen den Ort herauszufinden, an dem Kollmann gefoltert wurde. Angesichts der Aufnahmequalität ist ein Erfolg aber zweifelhaft.«

Er blickte in die Runde und fragte: »Legt jemand Wert darauf, dass wir das Foltervideo abspielen?« Allgemeines Kopfschütteln. »Nee, ich stehe nicht auf Horrorfilme«, murmelte Hanna Karl gepresst.

Heppner konnte sie verstehen, denn auch ihm war das Video auf den Magen geschlagen. Es zu sehen war unvermeidlich gewesen, damit er sehen konnte, ob die gezeigten Schläge zu den Obduktionsergebnissen passten. Kollmann hatte geschrien wie am Spieß, und seine Peiniger hatten ihn immer wieder aus der Besinnungslosigkeit zurückgeholt, um ihn sein Martyrium bewusst miterleben zu lassen. Dennoch war er, als die Hammerschläge seine Rippen zertrümmerten und seine Leber reißen ließen, bereits bewusstlos und nicht mehr aufzuwecken gewesen.

Klaus Heppner hatte die Handlungsweise der Täter tief geschockt. Die Gewalt ihres Handelns offenbarte entweder totale Gefühllosigkeit oder kalten, brennenden Hass. Kollmann war ihnen nicht einmal ein Wort der Erklärung wert, denn sie verrichteten ihr Werk völlig wortlos. Heppner dachte an den Spruch, dass Rache ein Gericht ist, das am besten kalt genossen wird. Wenn dies so ist, dachte er, war das gerade ein schockgefrorenes Steak.

»Was das Foltervideo angeht, gibt es eine Auffälligkeit«, sagte Detlef Schall. »Ab einem bestimmten Zeitpunkt ist eine Fehlstellung beider Unterarme Kollmanns zu sehen, die scheinbar aus dem Nichts auftaucht. Zwar sind Elle und Speiche schon vorher zerschlagen worden, aber die Bruchstellung ändert sich urplötzlich ohne erkennbare Ursache.«

»Du meinst, das Video ist geschnitten worden«, schlussfolgerte Tom Hermanns, und Schall nickte. »Die Körperhaltung Kollmanns ist auch verändert. Die Muskelspannung ist vollkommen weg, und offenbar ist etwas passiert, das ihm alle Hoffnung geraubt hat. Es war nicht die Folter, sondern das, was er in dieser Zeit gesehen oder gehört hat.«

»Außerdem ist die Wunde am Unterschenkel plötzlich da. Ich würde die Hypothese aufstellen, dass Kollmann irgendwie die Flucht gelungen ist und er von einer ausgelegten Falle gestoppt wurde«, bemerkte Heppner.

»Das würde auch zum Verlust aller Körperspannung passen. Nur: Wo in aller Welt legt man eine Bärenfalle aus?«, fragte Schall.

»Na, im Wald natürlich«, knurrte Tom Hermanns. »Glücklicherweise haben wir davon ja nicht allzu viel.«

Das war wieder Sarkasmus Marke Tom. Auch wenn der Wald in Duisburg nur acht Prozent der Gesamtfläche Duisburgs ausmachte, entsprach dies circa zweitausendfünfhundert Hektar oder fünftausend Fußballfeldern. Bei der Berechnung, wie viele Leute zur Durchsuchung dieser Fläche gebraucht würden, wurde Heppner schwindelig. Und es war noch nicht einmal klar, ob Kollmann in Duisburg gefoltert worden war.

Detlef Schall schloss die Augen und massierte sich die Schläfen, während er die Ellbogen auf den Tisch stützte. Dies war seine übliche Haltung, wenn er konzentriert nachdachte, und alle Kollegen wussten, dass er jetzt nicht gestört werden wollte. So blieben alle still und warteten, bis er den Kopf hob und Willi Beugen, Tom Hermanns, Hanna Karl und Klaus Heppner nach den Ergebnissen ihrer Vernehmungen fragte.

»Ladies first«, meinte Hermanns und deutete gegenüber Hanna Karl eine spöttische Verbeugung an.

»Vollpfosten«, zischte diese ihm zu, bevor sie sich den anderen zuwandte. »Ich habe mich mit der geschiedenen Frau des Opfers unterhalten. Sylvia Dahms ist siebenundvierzig Jahre alt, war also rund vierzehn Jahre jünger als ihr Exmann. Kollmann hatte sie 1985 kennengelernt, als sie mit neunzehn bei der KMP eine Stelle in der Lohnbuchhaltung antrat. Er war damals als einer der beiden Juniorchefs der Schwarm aller weiblichen Angestellten, da er groß, blond und athletisch war und eine Menge Charme versprüht haben muss. Für Sylvia Dahms war es Liebe auf den ersten Blick. Was Kollmann empfand, konnte Frau Dahms jetzt nicht mehr sagen, aber er machte ihr bereits nach einem halben Jahr einen Heiratsantrag, den sie annahm. Im Oktober 1986 wurde Tochter Carolin geboren und im Januar 1988 Sohn Carsten. Bis zu diesem Zeitpunkt war die Ehe sogar glücklich – meint zumindest sie. Man wohnte in einer Villa in Raffelberg und gab nach außen hin das perfekte Paar ab.«

Sie hielt kurz inne. Als niemand eine Frage hatte, fuhr sie fort. »Fast gleichzeitig mit Carstens Geburt änderte sich Kollmanns Verhalten zu ihr jedoch grundlegend. Es schien, als würde er jegliches Interesse an ihr als Frau verlieren. Sie fing an, sich wie eine seiner Golftrophäen in der Vitrine zu fühlen. Als sie ihre Probleme dann ihrem Schwiegervater schilderte, lachte er sie nur aus und meinte, sie habe schließlich ihren Zweck erfüllt und François einen Stammhalter geboren. Sylvia Dahms war zutiefst geschockt und stellte François zur Rede, der alles bestätigte. ›Was hast du dir eigentlich eingebildet, was du bist, du blöde Tusse?‹, soll er gesagt haben. ›Du bist meine Matratze und Gebärmaschine. Das Leben im goldenen Käfig hast du dir doch selbst ausgesucht. Und wage es nicht, mich zu verlassen. Ich habe meine Mittel und Wege, dich als pflichtvergessenes Flittchen darzustellen. Ein Fingerschnipsen von mir, und zehn Leute werden beschwören, dass du für sie die Beine breit gemacht hast. Dann siehst du deine Kinder nie mehr wieder.‹ Das war wieder Originalton François Kollmann.«

Überall um sie herum Kopfschütteln und Laute der Empörung, wie Hanna Karl zufrieden zur Kenntnis nahm.

»Was sollte sie also tun? Sie biss die Zähne zusammen, um sich weiter um ihre Kinder kümmern zu können, doch Kollmann machte ihr das Leben zur Hölle. Als sie sich ihm zum ersten Mal verweigerte, schlug er sie mit Fäusten k. o. und vergewaltigte sie. Das schien für ihn der totale Kick zu sein, denn es wurde seine bevorzugte Methode, und er misshandelte sie jedes Mal schlimmer. Zuletzt würgte er sie bis zur Bewusstlosigkeit, um sie danach vaginal und anal zu vergewaltigen. Sie weiß nicht, wie oft sie im

Krankenhaus gewesen ist, aber es waren jedes Mal Aufenthalte in teuren Schweizer Spezialkliniken, und die Krankenakten wurden nach den Behandlungen vernichtet.«

Sie legte eine Pause ein und rieb sich die Augen. Ihr Vortrag schien sie regelrecht mitzunehmen. Als spürte sie das ertragene Leid von Sylvia Dahms am eigenen Körper.

»Erst 2003 hat sie es geschafft, sich der gewalttätigen Herrschaft von François zu entziehen. Irgendetwas gab ihr die Kraft, sich gegenüber ihrem Schwager Phillip Kollmann zu offenbaren, der ihr half, zu entkommen. Ja, genau so muss es formuliert werden, denn François ließ sie und die Kinder fast lückenlos überwachen. Phillip ließ sie unter einem Vorwand von seinem Chauffeur abholen und mit seiner Citation in die Schweiz fliegen. Dort hielten sie sich versteckt, bis die Scheidung rechtskräftig war, was wegen der ehelichen Gewalt sehr schnell ging. Als François die Einzelheiten der Flucht erfuhr, entwickelte er sofort grenzenlosen Hass auf seinen Bruder. Er behauptete im Rahmen des Scheidungsverfahrens sogar, Phillip habe bereits seit Jahren ein Verhältnis mit seiner Frau gehabt.«

»Und? War etwas an den Vorwürfen dran?«, fragte Peter Elgert gespannt. »Ich habe die Frau gesehen. Könnte eine Schwester von Sylvie Meis, geschiedener van der Vaart, sein, und da könnte doch –«

»Ganz und gar nicht«, widersprach Hanna Karl. »Sie hatte das falsche Geschlecht. Es war ein gut gehütetes Geheimnis, aber Phillip Kollmann war schwul. Deshalb war sein Vater auch so erpicht darauf, dass ihm François Enkelkinder schenkt. Von Phillip war das ja nicht zu erwarten.«

»Wieso? Bei Patrick Lindner und Elton John hat das doch auch geklappt«, ließ Tom Hermanns mit breitem Grinsen aus dem Hintergrund verlauten.

»Aber nicht in den achtziger Jahren«, konterte Hanna Karl. »Auf dem Höhepunkt der Aids-Hysterie wäre es schwer gewesen, eine Leihmutter zu finden. Zudem war dieses Thema juristisch noch nicht geklärt.«

»Also hat Phillip ihr aus reiner Freundlichkeit geholfen. Je mehr ich über diesen Burschen erfahre, desto mehr gefällt er mir«, murmelte Detlef Schall.

»Ja, Sylvia mochte ihn auch«, bestätigte die Kommissarin. »Umso schwerer hat sie es verwunden, dass er nur wenige Wochen später mit dem Flugzeug abstürzte. Seitdem hat François auch immer wieder versucht, ihrer habhaft zu werden, sie aber bis zur Scheidung nicht gefunden.«

»Der Kerl war offenbar einfach ein Dreckschwein«, ließ sich Willi Beugen vernehmen. Seine Stimme troff vor Verachtung, und etliche andere nickten beifällig.

»Ich schlage vor, wir nennen unsere Mordkommission zu Ehren des Toten einfach ›MK Suhle‹, wie wär's?«, meldete sich Tom Hermanns nochmals zu Wort. »Das hätte er verdient.«

»Allerdings«, sagte Willi Beugen und begann dann mit seinem eigenen Bericht. »Das passt alles grandios zu dem, was mir Carsten Dahms, geborener Kollmann, erzählt hat. Carsten war zunächst der Sohn, den François Kollmann sich gewünscht hatte, zumal er ihm sehr ähnlich sah, und er wurde vom Vater verhätschelt und verwöhnt. Irgendwann – er meint, das sei kurz nach seinem achten Geburtstag gewesen – fiel ihm jedoch auf, dass seine Schwester nicht annähernd so viel Zuneigung erhielt wie er. Darauf angesprochen, hat sein Vater nur gelacht und gesagt, sie sei doch auch nur eine Tusse.«

»Wo hab ich denn den Ausdruck schon mal gehört?«, witzelte Tom Hermanns. »Der Kollmann'sche Familienwortschatz scheint recht beschränkt zu sein.«

Willi Beugen lachte und fuhr fort: »Kurz darauf hat Carsten erstmals gesehen, wie sein Vater seine Mutter schlug. Das war für ihn ein heftiger Schock, der ihn sein Verhältnis zu seinem Vater überdenken ließ. Damals begann er, seine Mutter und seine Schwester zu trösten, und als er vierzehn war, stellte er sich seinem Vater in den Weg, als der wieder auf seine Frau einschlagen wollte. Natürlich hatte er keine Chance gegen François Kollmann, der ihm mit drei gezielten Schlägen Nase und Kiefer brach. Mit den Worten ›Warum setzt du dich für so ein paar blöde Fotzen ein?‹ zog er ab und ließ seinen Sohn liegen, den er fortan behandelte wie dessen Mutter, also wie einen Haufen Dreck.«

Beugen blätterte in seinen Unterlagen und erzählte dann weiter. »Im Krankenhaus berichtete ihm seine Schwester dann, dass François Kollmann ihre Mutter seit Jahren schlägt und vergewaltigt.

Zusammen beschlossen sie, ihre Mutter zu überreden, Anzeige zu erstatten, woraufhin sie den Kindern die ihr angedrohten Konsequenzen schilderte. Carsten war derjenige, der den naheliegenden Schluss zog: ›Dann müssen wir ihn umbringen.‹«

Ein unüberhörbares Raunen durchzog den MK-Raum, doch der Erzähler winkte ab. »Das hat ein vierzehnjähriger Junge gesagt, dem sein Vater gerade den Kiefer gebrochen hatte. Heute spricht er davon, dass er sich vor seiner Reaktion selbst erschreckt hat. Seine Mutter hat ihn gebeten, ruhig zu bleiben und dem Vater erst mal aus dem Weg zu gehen.«

»Von der Geschichte hatte Sylvia nichts erzählt«, bemerkte Hanna Karl. »Ich vermute einfach, dass sie jetzt nach François' Tod ihren Sohn schützen will.«

»Ganz ohne Zweifel«, stimmte Detlef Schall zu. »Typisches Mutterverhalten. Wie hat sich die Geschichte dann weiterentwickelt?«

Willi Beugen grinste traurig. »Dann kam der Ritter in weißer Rüstung ins Spiel. Phillip Kollmann kam unangekündigt zu Besuch und fand seinen Neffen mit Brillenhämatom und Kieferschiene vor. Er zählte zwei und zwei zusammen und stellte seinen Bruder zur Rede. Carsten sah den Streit mit an und erlebte, wie sein Vater seinen Onkel als ›Tunte‹ und ›Schwanzlutscher‹ bezeichnete. Was dann kam, war für François wohl eine böse Überraschung. Phillip drehte sich zwar im ersten Moment weg, aber nur, um seinen Bruder mit einem perfekten Sidekick gegen den Kopf niederzustrecken. Anschließend setzte er dem stöhnenden François den Fuß auf die Kehle und drohte ihm damit, ihn zu zertreten wie einen Wurm. Beim nächsten Übergriff gegen seine Frau und seine Kinder sei es so weit. Danach hat er sich laut Carsten umgedreht und ist gegangen, er hat François also liegen gelassen wie der seinen Sohn.«

Alle nickten anerkennend, und Beugen fuhr fort: »Carsten hat die Geschichte natürlich seiner Schwester und seiner Mutter erzählt. Er weiß nicht, was Sylvia den Mut gegeben hat, sich einige Monate später von François zu trennen. Jedenfalls ist er mitten in das entscheidende Gespräch zwischen ihr und Phillip hineingeplatzt, das in der Nacht zum 4. Februar stattfand. Er sagte, dass er diesen Tag nie vergessen wird. Hauptsächlich deshalb, weil Phillip ihn sofort in die Planung der Flucht einbezog und ihn nach seiner Meinung fragte. So etwas hatte Carsten bei seinem Vater noch nie erlebt, und er fühlte sich zum ersten Mal in seinem Leben wirklich ernst genommen. Phillip hat Carsten dabei gesagt, dass er sich ab sofort um Mutter und Schwester kümmern müsse. Er selbst könne nur dafür sorgen, dass alle drei in Sicherheit gebracht werden könnten. Noch in derselben Nacht ließ Phillip Sylvia, Carsten und Carolin nach Wangen in der Schweiz fliegen, von wo sie mit dem Zug nach Zürich fuhren und bis zur Scheidung untertauchten. Carsten vergöttert seinen Onkel seitdem.«

»Wie hat Carsten die Nachricht vom Tod seines Onkels aufgenommen?«, wollte Detlef Schall wissen.

»Schlecht«, vermeldete Willi Beugen. »Sein Onkel war sein Captain America. Helden sterben nicht einfach, hat er mir gesagt. Wenn ich es richtig sehe, hat er immer noch einen Rest Hoffnung, dass sein Onkel irgendwann wiederauftaucht. Der Junge ist zu bedauern. Der ständige Druck, Mutter und Schwester vor François beschützen zu müssen, hat ihn ziemlich zermürbt. Er ist zwar erst vierundzwanzig, aber seine Augen sind die eines Fünfzigjährigen. Er hat für seine jungen Jahre viel zu viel gesehen. Kein Wunder, dass er zweimal wegen Drogenbesitzes auffällig wurde«, sagte Beugen und seufzte.

»Ich habe ihn direkt gefragt, ob er irgendetwas mit der Entführung seines Vaters zu tun hatte. Seine Antwort war bezeichnend. ›Wenn Sie den Entführer erwischen, werde ich ihm mit Wucht die Fresse polieren‹, hat er gesagt. ›Nicht wegen des Mordes an François, sondern weil er mir die Chance genommen hat, dem Dreckschwein selbst die Lampe auszuknipsen oder wenigstens dabei zu helfen.‹ Eine feine Familie ist das, geprägt durch ihr Oberhaupt.«

»Ich kann dazu noch eine weitere Facette beisteuern«, meinte Tom Hermanns. »Ich habe mich mit Carolin unterhalten, und sie bestätigte mir alles, was Mutter und Bruder ausgesagt hatten. Und sie hat mir den Grund genannt, warum Sylvia die Scheidung eingereicht hat.«

Er blickte in die Runde, ob ihm auch alle ihre Aufmerksamkeit widmeten. »Karl-Friedrich Poschner hat vom Korridorfunk bei der KMP berichtet, wonach es Kollmann mit einer Freundin seiner Tochter getrieben haben soll. Das ist nicht ganz richtig. Es war in der schon erwähnten Nacht vom 3. auf den 4. Februar 2003, als Sylvia aus dem Zimmer ihrer Tochter ein ersticktes Schluchzen hörte. Sie ging hinein und sah Kollmann, der seine Tochter mit einer Hand würgte und ihr mit der anderen das Nachthemd vom Körper riss. Dabei soll Kollmann gemurmelt haben: ›Ja, winsel nur, du kleine Stute. Das macht mich erst richtig an. Du bist ein genauso geiles Miststück, wie es deine Mutter war.‹ Ohne zu zögern, griff Sylvia nach dem Poloschläger, der an der Wand lehnte, und zog ihn François über den Schädel, der daraufhin umfiel wie ein gefällter Baum.«

Toms Hermanns Miene verriet, dass die eigentliche Pointe noch bevorstand. Alle sahen ihn gespannt an.

»Während Sylvia wie gelähmt dastand und noch überlegte, was sie da gerade getan hatte, war Carolin schon dabei, zu handeln. Sie riss ihr ohnehin zerfetztes Nachthemd in Streifen und fesselte den bewusstlosen Kollmann ans Metallbett. Als sie ihm die Hose herunterzog, regte sich Sylvia erstmals wieder und fragte, ob sich Carolin das wirklich antun wolle. Die Antwort verstörte die Mutter. ›Was glaubst du denn, wie oft ich diesen alten Riemen schon gesehen habe? Ja, denkst du denn, es sei heute das erste Mal gewesen? Er kommt zu mir und vergewaltigt mich, seit ich vierzehn war. Er hat mir gesagt, dass er dich und Carsten umbringt, wenn ich irgendjemandem was erzähle. Am liebsten würde ich ihn kastrieren und ausbluten lassen. Was sollen wir jetzt tun?‹ Zu Carolins Überraschung griff ihre Mutter zu ihrem Handy und rief Phillip Kollmann an, der umgehend in der Villa erschien. Alles Weitere wisst ihr ja. Phillip schaffte die drei in die Schweiz und kümmerte sich um seinen Bruder. Vier Monate später stand er unmittelbar davor, François völlig aus der Firma zu drängen, als sein Flugzeug abstürzte.«

»Welch ein passender Zeitpunkt, würde ich sagen«, warf Detlef Schall ätzend ein. »Gab es irgendwelche Zweifel an der Absturzursache? Ich meine, dass François Kollmann doch allen Grund hatte, seinen Bruder zu töten.«

»Aufgrund der Bekanntheit des Opfers wurde der Untersuchungsbericht ins Internet gestellt, sodass ich ihn durchlesen konnte«, berichtete Tom Hermanns. »Er ist aber nicht schlüssig.

Das Wrack war stark verkohlt, die Körper waren bis zur Unkenntlichkeit verbrannt und die Armaturen und sonstige Elektronik stark verschmort. Sicher ist nur, dass verklemmte Klappen zum Absturz der Maschine geführt haben. Warum die Klappen allerdings in Fehlstellung eingerastet sind und warum der Pilot während des circa drei Minuten langen Absturzes kein Mayday gefunkt hat, konnte nicht geklärt werden. Der Gutachter vermutete ein komplettes Elektronikversagen. Keiner der Insassen hatte eine Chance.«

»Nun gut«, sagte Schall, »wir untersuchen ja auch nicht den Tod von Phillip, sondern von François Kollmann. Gibt es hier irgendjemanden im Zimmer, dem unser Mordopfer leidtut?«

Keiner rührte sich, und Schall nickte. »Mir auch nicht. Das Schwein hat seine eigene Tochter missbraucht, aber auch das tut nichts zur Sache. Ob Dreckschwein oder nicht, wir finden seine Mörder. Die brutale Tat belegt, dass sie kaum eine andere Einstellung haben als Kollmann selbst. Zunächst einmal konzentrieren wir uns auf die Verfasser der Drohbriefe und -mails. Ich habe für die Teams entsprechende Päckchen geschnürt. Setzt primär auf die anonymen Schreiberlinge. Wer seinen richtigen Namen unter einen Drohbrief setzt, will die Drohung in der Regel nicht wahr machen.«

Klaus Heppner erhielt als Einziger kein Paket. »Du wirst dich um die Studentenverbindung ›Walhalla‹ kümmern. Vielleicht finden wir dabei ja den Schlüssel zur Ermordung von Kollmann. Schau erst mal nach, was dir das Internet bietet, und wenn du nichts findest, fahr nach Aachen und statte der Uni einen Besuch ab. Bildung hat ja noch niemandem geschadet.«

Heppner zog einen Flunsch. »Ist ja super. Da hält man mich wahrscheinlich für einen abgehalfterten Professor und beschießt mich mit Papierkügelchen.«

»Das macht man heute nicht mehr«, feixte Tom Hermanns. »Die heutigen Studenten verwenden Paintball-Kugeln.«

Auch darauf hatte Heppner nicht die geringste Lust, probierte es also erst mal mit dem Internet als Datenquelle und wurde überraschend schnell fündig. Obwohl das Corps Walhalla nur wenige Mitglieder hatte, war es überaus bekannt – wenn auch in nicht gerade positiver Hinsicht. Als er die Berichte über Randale, Vandalismus und Komagelage las, beschlich Heppner der Eindruck, dass schlechtes Benehmen offenbar zum *guten* Ton gehörte.

Ihm kam ein Gedanke, und er rief bei den Aachener Kollegen an.

»Klar kennen wir die Bande«, stöhnte der Wachleiter der Wache Mitte. »Wenn wir einen Einsatz zum Corpshaus bekommen, rufen wir vorab schon mal nach Unterstützung. In der Regel geht das Ganze 5:2 für uns aus; fünf ›Asen‹ sitzen in der Ausnüchterungszelle, und zwei Kollegen sind dienstunfähig. Mit Worten ist bei denen nix zu machen. Deeskalation ist da fehl am Platze. Da hilft nur die rechte Gerade und der Schlagstock, sonst nehmen die Idioten dich nicht ernst.«

»Seit wann geht das so mit denen?«, wollte Heppner wissen.

Der Kollege der Schutzpolizei schnaubte verächtlich. »Ich bin seit 1982 hier, erst als Streifenbeamter, dann als DGL und jetzt als Wachleiter. Schon als ich kam, hieß es ›Vorsicht vor Walhalla‹. Mittlerweile ist es die weiß Gott wievielte Studentengeneration, aber geändert hat sich nichts. Doch, etwas ist anders: Sie sind um ein Vielfaches brutaler. Wenn sie zuschlagen, hilft höchstens eine Sitek-Kampfmontur. Und selbst das schützt nur bedingt. Seit etwa fünf Jahren sind die Jungs mit regelrechten Copkillern ausgestattet. Sie haben Nagelhandschuhe, die jede Panzerung knacken, und Hochdruckwaffen, die unsere Westen durchschlagen könnten. Bisher gab es mit den Burschen nur Raufereien, aber wenn sie auf die Idee kommen, die Waffen gegen uns einzusetzen, na dann gute Nacht.«

»Du sprichst nur von Burschen. Sind keine Frauen dabei?«

Klaus Heppner erntete schallendes Gelächter für seine offenbar naive Frage. »Frauen bei Walhalla? Ach du Scheiße! Nee, das ist der chauvinistischste Verein, den ich je erlebt habe. Frauen *dienen* – ja, richtiges Wort! – nur zur Befriedigung des Geschlechtstriebs. In ihrem Corpshaus hängt ihr Wahlspruch: ›Und Gott sprach zu Eva: Auf dem Bauch sollst du kriechen und Staub wischen dein Leben lang.‹ Tolle Einstellung haben die Idioten. Dabei sind sie ansonsten sehr intelligent. Fast jeder von ihnen hat einen IQ von hundertvierzig oder mehr, und jedes Jahr ist einer von Walhalla unter den Jahrgangsbesten. Tja, Idiotie macht auch vor Intelligenz nicht halt.«

Heppner bedankte sich und legte auf. Mit seiner Einstellung passte Kollmann perfekt zur Walhalla. Oder hatte er seine Einstellung von dort übernommen? Heppner entschloss sich, selbst im Corpshaus nachzuforschen, und fragte Peter Elgert, ob er ihn begleiten könnte. »Als Bodyguard, was?«, grinste Peter. »Das kriegen wir schon hin.«

Glaube ich auch, dachte Heppner. Immerhin besaß Elgert den vierten Dan in Karate.

Auf dem Weg nach Aachen sah er aus dem Fenster in den grau verhangenen Himmel. Wieder fiel leichter Nieselregen, und Elgert schaltete Heizung und Gebläse ein, um den Dunst von den Scheiben des Opel Signum zu entfernen. Die wohlige Wärme machte Heppner schläfrig, und bald fielen ihm die Augen zu.

***

Er war nervös.

Der Mann lief ruhelos in einer luxuriös ausgestatteten Wohnung herum. Könnten sie herausbekommen haben, wer er war? Und: Hatte Kollmanns Tod überhaupt etwas mit dem gemeinsamen Hobby zu tun? War es Zufall, dass François gerade auf dem Weg zum monatlichen Treffen gekidnappt worden war, oder hatten die Täter es auf sie alle abgesehen? Wenn ja, würde man sich morgen vorsehen müssen.

Der Mann ging zur Bar und goss sich einen Whisky ein. Seinem Lebensstil entsprechend war es kein Nullachtfünfzehn-Produkt, sondern ein sechzehn Jahre alter Single Malt Marke Ardbeg Supernova. Nach dem ersten Schluck beruhigte sich sein Magen, und während er die Geschmacksveränderungen des edlen Whiskys in seinem Mund spürte, entspannten sich seine Gesichtszüge zu einem Lächeln.

Schade, dass Kollmann die letzte Feier nicht miterlebt hatte. Sie war wieder einmal exquisit gewesen, und alle waren überaus befriedigt nach Hause gefahren. Besonders er hatte Grund zur Freude gehabt, denn er hatte den Jackpot gewonnen. Normalerweise gewann derjenige, der am besten tippte, die Hälfte des Einsatzes, also fünfzigtausend Euro, während die andere Hälfte des Geldes in den Jackpot wanderte, bis jemand einen exakt richtigen Tipp abgab. Im Jackpot hatten glatte zweihundertfünfzigtausend Euro gelegen, bevor er ihn beim letzten Treffen knacken konnte. Der neue AMG SLS war gestern geliefert worden, und er würde ihn morgen bei Herbrand abholen.

Zufrieden schluckte der Mann den letzten Schluck Single Malt herunter und betrachtete sich im Licht des flackernden Kamins im großen Spiegel hinter der Bar. Ein Aussehen, das ich weder mit Gott noch dem Teufel tauschen möchte, dachte der Mann und legte den seidenen Bademantel ab. Trotz der inzwischen fünfundsechzig Jahre war sein Bauch noch straff und sein Haar immer noch voll; dass es mittlerweile von grauen Strähnen durchzogen wurde, steigerte noch seine Attraktivität. Wäre die Narbe nicht, dachte der Mann und strich sich über sein Kinn, sähe ich aus wie George Hamilton zu seiner besten Zeit.

Thor hatte ja die merkwürdigsten Ideen gehabt. Er zuckte die Achseln und begann mit den täglichen Übungen in seinem Fitnessraum, als ihn ein Summton des speziellen Handys aufhorchen ließ. Es war Hödur, was seinen Blutkreislauf in Fahrt brachte.

»Hier Balder«, meldete er sich.

»Das Treffen findet morgen zur gewohnten Zeit statt. Wir treffen uns allerdings nicht im Van der Valk, sondern im Landhaus Milser in Duisburg-Huckingen, um von dort aus zu starten. Es ist frische Ware eingetroffen.«

Die Pupillen in Balders eisgrauen Augen weiteten sich, als die Erregung in ihm hochstieg. »Sehr gut! Was ist mit dem freien Platz in unserem Kreis? Es muss ein Nachfolger für Thor –«

»Darüber wird Odin morgen Abend entscheiden. Bis Ragnarök!«

»Bis Ragnarök!«, beantwortete Balder den traditionellen Gruß.

An diesem Tag machten Balder die täglichen Übungen doppelt so viel Spaß. Wenn Odin keine Gefahr sah, sollte man sich unbeschwert vergnügen können, dachte er, bevor er unter die Dusche stieg. Laut und misstönend begann er *»Tomorrow, tomorrow, I love you tomorrow«* zu singen.

Vor der Tür sahen sich die drei Männer befriedigt an und schalteten Richtmikrofon und Scanner ab. »Also bleibt es bei morgen Abend«, sagte W, und V nickte. »Sie hören nicht auf, wenn wir sie nicht stoppen.«

»Nehmen wir Balder?«, fragte R gespannt. Er war der Jüngste der drei und konnte seine Aufregung nicht verbergen. V, der Anführer, grinste breit. »Das wäre zu früh. Er soll es noch ein bisschen mit der Angst kriegen, und das wird er, wenn wir den Nächsten liquidieren. Vielleicht lernt er noch zu singen, bevor wir mit ihm fertig sind.«

Das Grinsen überzog jetzt die Gesichter aller drei Männer. »Nein, wir werden uns Bragi schnappen. Danach Hödur, dann Balder und zuletzt Odin. Ihr zwei werdet Bragi abfangen, während ich die Abfahrt am Milser überwache. Vielleicht bekommen wir diesmal heraus, wo sie ihre Spiele treiben.«

Das Gesicht der Männer war ausdruckslos, obwohl sie ihren Hass kaum beherrschen konnten. Auf ein Nicken von V gingen sie ihrer Wege. Sie waren gnadenlos effektiv, und sie wussten, was sie zu tun hatten.

Sehr zum Leidwesen von Bragi – nur wusste er es noch nicht.

FÜNF

Ein heftiger Ruck ließ Klaus Heppner hochschrecken. »Ist der Kerl denn völlig behämmert?«, brüllte Peter Elgert dem Fahrer nach, der unmittelbar vor ihnen in die Ausfahrt zur A 544 eingebogen war und ihn zur Vollbremsung gezwungen hatte. »Ich sag's ja immer: Neunzig Prozent aller Autofahrer in Deutschland sind Idioten.«

Heppner gab keinen Kommentar ab und streckte sich, so gut dies im Signum möglich war. Sein Schlafversuch hatte ihm nur einen zehnminütigen *Powernap* beschert, aber er fühlte sich erfrischt und ausgeruht.

»Bis zur RWTH sind es nur noch fünf Minuten«, meinte Elgert und tippte auf das Navi.

»Ich weiß, Peter. Bevor meine Tochter sich für Tübingen entschieden hat, haben wir uns hier die Uni angesehen. So ein bisschen kenne ich mich hier aus.«

»Ja, das glaube ich doch nicht! Sieh mal an, da ist ja unser Verkehrsrowdy von vorhin«, knurrte Elgert, als sie auf den Parkplatz des Instituts für Maschinenbau einbogen. »Ich glaube, den nehmen wir uns erst mal zur Brust.«

»Ja, und zwar gleich in zweierlei Hinsicht«, nickte Heppner und deutete auf den Aufkleber, den der Volvo auf der Heckscheibe kleben hatte.

»Ja, genau«, sagte sein Kollege auflachend und parkte den Wagen so dicht neben dem Volvo, dass der Fahrer einige Sekunden lang verdutzt im Wagen sitzen blieb. Aussteigen konnte er durch die Fahrertür nämlich nicht mehr. Dann gewann sein Zorn die Oberhand, und er ließ die Scheibe per Knopfdruck in der Fahrertür verschwinden. »Mach doch mal die Scheibe runter, damit wir hören können, was dieser Sebastian Vettel für Arme zu sagen hat.«

»Nö. Ist viel zu kalt draußen«, feixte Peter Elgert und ließ den anderen Fahrer weiterschimpfen. Als dieser dann losfahren und sich einen anderen Parkplatz suchen wollte, stieg Heppner aus und blockierte seinen Weg. Das war zu viel für ihn. Wutschnaubend und wahrscheinlich mit einem Blutdruck von hundertachtzig zu hundertzwanzig kletterte er mühsam aus der Beifahrertür und machte Anstalten, sich wild gestikulierend auf Klaus Heppner zu stürzen. Die Absicht überlebte exakt so lange, bis er am Ende seines ausgestreckten Armes Heppners Dienstausweis erkannte.

»Tag. Mein Name ist Klaus Heppner von der Polizei in Duisburg, und wir würden uns gern mit Ihnen unterhalten. Ihre Fahrweise ist zwar lebensgefährlich, dabei aber eher nebensächlich. Haben Sie mal 'ne halbe Stunde Zeit?«

Der junge Mann Mitte zwanzig, der dem Ermittler in Norwegerpullover und Jeans gegenüberstand, machte mit seinem Mund Bewegungen, die an einen Karpfen erinnerten. Es dauerte etwa fünfzehn Sekunden, bis er sich umständlich räusperte, mit der Hand unter den Rollkragen seines Pullovers langte und nickte. »Ich habe tatsächlich Zeit. Ich muss nämlich erst in einer halben Stunde bei meinem Prof sein. Nur: Wenn Sie mich nicht wegen meiner Fahrweise zur Schnecke machen wollen, frage ich mich, was Sie von mir wollen könnten.«

»Wir wollen uns wegen dem hier mit Ihnen unterhalten«, meinte Peter Elgert, der inzwischen aus dem Wagen geklettert war – auf die gleiche Weise wie ihr Gegenüber – und auf den Aufkleber an der Heckscheibe des V70 deutete. »Wenn ich das richtig sehe, sind Sie Mitglied im Corps Walhalla, oder?«

Der Aufkleber zeigte eine Gruppe finster aussehender Nordmänner, die auf ihren Eichenschildern die Initialen der Studentenverbindung aufgemalt hatten. Echte Wikinger hätten sich mit so einem Schnickschnack nicht abgegeben, schoss es Heppner durch den Kopf.

»Ja, und? Ist doch nicht verboten, oder?« Der junge Mann war bereits dabei, den strategischen Rückzug anzutreten.

»Natürlich nicht. Nur haben wir in Duisburg einen Fall, in dem ein Mitglied des Corps eine Rolle spielt, und wir wissen nichts über die Struktur der Verbindung. Wir sind schließlich nur Polizisten, haben nur unsere Flachdach-Hochschule besucht und kennen Unis nur vom Hörensagen.«

Das brachte ihn zum Grinsen. »Na gut, einiges kann ich ja erzählen, aber ein paar Sachen sind Interna. Da sollten Sie mit unserem Großmeister reden.«

Sie verlegten das Gespräch in eine nahe gelegene Studentenkneipe. Heppners Tochter hatte ihn letztes Jahr mal in ein gleichartiges Tübinger Lokal geschleppt, und der Abend war extrem lang geworden. Als Astrid Heppners Kommilitonen hörten, dass ihr Vater Polizist ist, gab es erst böse Blicke, bis sie von seiner Arbeit bei der Mordkommission erfuhren und sich ein interessierter Kreis um ihn herum sammelte. Als Heppner schließlich ins Bett fiel, war es bereits wieder hell. Er hatte in dem Alter nicht so viel trinken und morgens wieder aufrecht stehen können. Vielleicht sind die Studenten heute besser im Training, als ich es war, dachte er.

Der junge Mann – er hieß Krause, aber mit Vornamen tatsächlich Sebastian – bestellte sich ein Guinness und begann, etwas über das Corps zu erzählen.

»Tja, der Beginn des Corps liegt sozusagen im mythischen Dunkel. Selbst der heutige Großmeister hat keine Ahnung, wer genau das Corps gegründet hat, aber in unserem Buch der Ahnen müsste die Gründung aufgezeichnet sein. Angefangen hat das Ganze wohl um 1970 herum. Ein paar Studenten fühlten sich angewidert von der Achtundsechziger-Bewegung, die aus ihrer Sicht alle Ideale mit Füßen trat. Für die sozialliberale Koalition unter Brandt hatten sie zu Recht nur Verachtung über; sie betrachteten die Politiker – ja, sogar Strauß – als Weicheier. Auch sie suchten nach Idealen und fanden sie in der nordischen Welt der Wikinger, Normannen und ihrer Gottheiten. Zuerst war es nur so eine Art Kostümfest. Alle kamen mit Wikingerhelmen, Rüstungen und Harnischen, doch schon bald begann man, nach wirklicher Härte zu rufen. Aus dem Corps Walhalla wurde eine schlagende Verbindung, und hier geht es wirklich zur Sache. Man duelliert sich nicht mit dem Degen, sondern mit dem Breitschwert. Nur durch das Tragen von Helm und Harnisch gab es bisher keine wirklich schweren Verletzungen.«

»Bei Ihnen haben die Gegner wohl danebengeschlagen«, spottete Elgert.

Sebastian Krause zog einen Flunsch. »Wie man's nimmt«, meinte er und strich sich die langen Haare zurück. Sein rechtes Ohr fehlte zur Hälfte.

Heppner zuckte die Achseln. »Immerhin können Sie das per Frisur kompensieren. Niki Lauda hat da größere Probleme.«

»Sehe ich auch so«, meinte Krause und ließ die Haare wieder über den Rest seines Ohres fallen. »Ich hoffe nur, ich bekomme so bald keine Glatze.«

»Der Bursche, um den es hier geht, hat seinen Abschluss 1974 in Maschinenbau gemacht. Wir wissen nur so viel, dass er in seinem Büro einen Wimpel von Walhalla hängen hatte und ›Thor‹ genannt wurde.«

Krause setzte sich bolzengerade auf. »Das kann nicht sein! Hören Sie, das ist unter Garantie ein Hochstapler, der die Verbindung nur in den Dreck ziehen will.«

»Gibt es da viel in den Dreck zu ziehen?«, fragte Elgert spöttisch. »Wenn es nach der Aachener Polizei geht, seid ihr ein ganz schön wilder, gewalttätiger Haufen mit einem netten Waffenarsenal.«

Krause wand sich wie ein Aal. »Na ja … wir haben hart für diesen Ruf gearbeitet. Erst durch die Keilereien mit der Polizei haben wir hier den Ruf bekommen, wirklich harte Jungs zu sein. Das ist fast schon so eine Art Sport.«

»Mit Nagelhandschuhen und Copkiller-Munition?«, fragte Heppner scharf. »Das sind keine Spielsachen, sondern tödliche Waffen.«

»Aber nur Show!«, beteuerte Krause. »Die Sachen liegen bei uns in verschlossenen Vitrinen und sollen Eindruck schinden. Wir haben sie noch nie eingesetzt und werden das auch nie tun. Nordmänner kämpfen schließlich hart, aber niemals unfair.«

»Lassen wir das Thema mal beiseite und kommen zurück auf Thor. Wieso soll der ein Hochstapler sein?«

»Weil es der Name eines Asen ist, Mensch! Bei Walhalla ist die Verwendung eines Götternamens der schlimmste Verstoß. Wir sind Nordmänner, Wikinger, aber wir sind Menschen. Bei uns gibt es Krieger, Skalden und andere Menschen mit den dazugehörigen Namen. Ich heiße zum Beispiel Snorri Carlsson, weil mein Vater Carl heißt. Erst im Laufe der Zeit hat man das Recht, einen bedeutenderen Namen zu wählen. Ich bin noch nicht würdig, denn ich bin erst drei Jahre dabei.«

»Und euer Großmeister? Welchen Namen trägt er?«

Sebastian Krause sah sie fassungslos an. »Da kann es doch nur einen Namen geben: Beowulf. Der tapferste aller menschlichen Krieger, der furchtlos sogar in den Tod ging, um sein Volk vor einem Ungeheuer zu schützen. Nur der Großmeister darf diesen Namen tragen.«

»Ist ja schon fast so was wie eine Heldenanbetung«, murmelte Peter Elgert. »Was passiert denn mit einem Mitglied, das es wagt, einen Götternamen zu benutzen?«, fragte Heppner.

»Undenkbar!«, fuhr Krause hoch. »Obwohl … Moment mal …« Er griff zu seinem Handy und drückte eine Taste. Als sich der Angerufene meldete, stand Krause buchstäblich stramm. Das Gespräch dauerte nur wenige Sekunden, dann sah er die Beamten an.

»Beowulf ist auf dem Weg hierher. Ich warte noch, bis er hier ist, dann muss ich los. Mein Professor wartet auf mich. Er will mit mir einen Versuchsaufbau durchsprechen, den ich konzipiert habe. Es geht um die Gewinnung von Dieselkraftstoff aus Kohle. Ich hoffe, die Bergius-Methode um ein Vielfaches zu optimieren.« Krause sah die Polizisten beifallheischend an, doch Heppner verstand nur Bahnhof.

Sein Kollege sprang ihm bei. »Der Junge versucht offenbar, uns unabhängig vom Erdöl zu machen. Prima Idee, wenn du mich fragst.«

Nur wenige Sekunden später betraten zwei Männer den Raum, die Heppner für knapp unter dreißig hielt und die eine Aura von Autorität um sich verströmten. Sebastian Krause wurde umgehend zu Snorri Carlsson und vergaß alle Manieren. »Das sind sie, Beowulf. Ich hielt es für richtig, sie nicht nach Muspellsheim zu bringen.«

»Es ist gut, Snorri. Du kannst gehen. Du auch, Dag.«

Snorri entfernte sich mit dem Dag genannten Mann eilfertig und wurde in der Tür wieder zum Studenten Krause. Heppner und Elgert nutzten ihren Abgang, um sich »Beowulf« näher anzusehen. Der Mann war groß und breitschultrig und trug eine lammfellgefütterte braune Lederjacke, die so alt war, dass sie fast auseinanderfiel. Trotzdem wirkte der Mann perfekt gekleidet.

Er registrierte die prüfenden Blicke und lächelte. »Ich hoffe, Sie haben nicht erwartet, dass ich im gehörnten Helm, mit Zöpfen und umgehängten Fellen hier auftauche und mit Schild und Breitschwert herumfuchtele«, meinte er lächelnd. »Auch wenn ich eher unter dem Namen Beowulf auftrete: Ich heiße Simon Majewski und bin Großmeister, also Vorsitzender, des Corps Walhalla.«

Die Polizisten stellten sich vor und berichteten vom Grund ihres Besuchs.

Beowulf presste die Lippen zusammen und nickte. »Snorri – ich meine, Sebastian – hat mir am Telefon schon gesagt, worum es geht. Ich habe im Buch der Ahnen – das ist unsere Chronik – nachgeschlagen und tatsächlich etwas gefunden, das Sie interessieren könnte.«

Er sah die Beamten an, als wollte er eine Auftragsbestätigung zum Weitererzählen. Sie taten ihm den Gefallen und zogen interessiert die Augenbrauen hoch.

»Im Herbst 1973 kam es hier in der Uni zu heftigen Auseinandersetzungen mit der Polizei. Insbesondere der damalige Großmeister von Walhalla hat sich damals ziemlich wild aufgeführt, aber irgendwie hat er es immer geschafft, nicht verknackt zu werden. Deshalb galt er als ziemlicher Held, und das ist ihm wohl zu Kopf gestiegen. Er und vier andere aus dem Corps nannten sich plötzlich wie die nordischen Götter. Bei aller Heldenverehrung: Ein Sakrileg konnte und wollte kein Nordmann dulden. Es kam zu etwas, das es weder vorher noch nachher jemals bei Walhalla gegeben hat.«

»Sie wurden ausgeschlossen«, vermutete Elgert.

Beowulf lachte verächtlich. »Kinderkram! Nein, das Urteil lautete auf Ächtung und Auslöschung. Die Erinnerung an sie wurde aus allen Annalen getilgt. Sogar unser Buch der Ahnen wurde dahingehend geändert, dass kein Hinweis mehr auf die Existenz dieser fünf zurückblieb. Die Kerle waren für die Walhalla-Mitglieder fortan nicht mehr existent. Sie wurden nicht mehr gegrüßt und auch ansonsten vollständig ignoriert. Sie waren Unpersonen.«

»Gibt es Aufzeichnungen darüber, wie die fünf reagiert haben?«, wollte Elgert wissen, doch Beowulf winkte nur ab.

»Sie waren für uns einfach nicht mehr von Interesse. Was sie nach dem Rauswurf getrieben haben mochten, ging den damaligen Walhalla-Mitgliedern gelinde gesagt am Arsch vorbei. Die Geschichte ist lediglich deshalb noch bekannt, weil sie den neuen Mitgliedern gern als Warnung verabreicht wird.«

»Quasi als Sage von Ikarus«, murmelte Heppner, und Beowulf sah ihn erstaunt an. »Stimmt genau«, meinte er anerkennend. »Anmaßung kommt vor dem Fall, könnte man sagen.«

»Für eine reine Sagengeschichte kennen Sie aber erstaunlich viele Details der alten Geschichte«, meinte Elgert.

Beowulf lachte auf. »Tja, das hat eine einfache Erklärung. Als sich der ursprüngliche Beowulf in Odin umbenannte und ausgeschlossen wurde, musste ein neuer Großmeister gewählt werden. Man einigte sich auf den Studenten, der die flammende Rede zum Ausschluss der Gotteslästerer gehalten hatte. Der Name des Studenten war Thorsten Majewski, und er war und ist mein Vater.«

»Na prima, dann sollten wir uns vielleicht mit Ihrem Vater unterhalten. Wo finden wir ihn?«

Beowulf wich das Grinsen jetzt nicht mehr aus dem Gesicht. »Och, da werden Sie nicht weit laufen müssen. Er ist als Leiter der Fachschaft Informatik hier an der Uni.«

Elgert und Heppner sahen sich an und mussten jetzt auch grinsen. »Bleibt also alles in der Familie«, meinte Elgert, aber Beowulf schüttelte den Kopf.

»Ist nicht mein Fachgebiet. Ich habe mich auf Biochemie gestürzt und stehe kurz vor dem Examen. Deshalb entschuldigen Sie mich bitte. Ich muss noch ein wenig lernen.«

»Eine letzte Frage: Als Snorri eben ging, hat er etwas wie ›Muschelheim‹ oder so gesagt.«

Peter Elgert hatte noch nicht ausgesprochen, als Beowulf brüllend zu lachen begann. »Oh Mann, so eine Verballhornung habe ich noch nie gehört. Muspellsheim war in den nordischen Sagen der Sitz der menschlichen Könige und ist der Name unseres Hauptquartiers. Ein paar Sachen gibt es da schon, die wir nicht jedem zugänglich machen wollen …«

»Wie Passivbewaffnung für Auseinandersetzungen mit der Polizei?«, konnte Heppner sich nicht verkneifen zu fragen.

Beowulf nahm es mit Humor. »Unter anderem, ja. Vor allem aber Trinkhörner, Breitschwerter und Schilde, die bei Razzien regelmäßig beschlagnahmt und dann doch wieder ausgehändigt werden. Ehrlich, wir sind nicht so schlimm wie unser Ruf, den wir uns hart erarbeitet haben. Wir sind doch nicht die Hells Angels.«

Heppner zuckte innerlich zusammen. Seitdem der Bandido Eschli nahe der Vulkanstraße durch ein Mitglied der Hells Angels erschossen worden war, lebte die Duisburger Polizei in Erwartung des nächsten großen Rockerkriegs. Der Leiter des KK 21, das sich mit organisierter Kriminalität beschäftigte, war derzeit ein echtes Nervenbündel. Wenn man ihn in den Herzinfarkt treiben wollte, musste man nur nachts um drei bei ihm anrufen. Machte deshalb auch keiner.

Professor Dr. Majewski nahm sich natürlich Zeit, als sein Sohn ihm sagte, worum es ging.

»Ja, ich erinnere mich an die Geschichte. War sozusagen ein Highlight meiner Studienzeit.« Er lehnte sich in seinem Ledersessel zurück und begann, nachdenklich am Bügel seiner dunklen Hornbrille zu kauen.

»Lassen Sie mich vorab einmal klarstellen: Die Namen der fünf Ausgestoßenen kann ich Ihnen nicht nennen. Es ist zu lange her, und trotz meines guten Gedächtnisses erinnere ich mich nicht mehr an ihre Namen. Selbst wenn Sie mir die Namen nennen würden, glaube ich nicht –«

»François Kollmann«, unterbrach Peter Elgert ihn rüde.

Majewski riss die Augen auf und nickte. »Der bildet die Ausnahme. Er war schließlich oft genug in der Klatschpresse, aber ehrlich gesagt habe ich die Verbindung bis vor Kurzem nicht gezogen. Ich weiß, dass er einer der fünf war, aber wer von denen?«

»Wir vermuten, dass er Thor war. Zumindest haben wir etliche Hinweise darauf erhalten. Nun gut, Herr Professor. Wenn nicht ihre Namen: Was können Sie uns zu den übrigen vier Ausgestoßenen berichten?«

Majewski holte Luft und setzte seine Brille wieder auf, bevor er leise und konzentriert zu sprechen begann. »Alle fünf hielten sich von Anfang an für etwas Besseres als den Rest der Studentenschaft. Besser in ihren eigenen Augen, besser in den Augen ihrer Verwandtschaft und sogar in den Augen des Lehrkörpers. Ihre Familien hatten Massen von Geld. Ich kann mich daran erinnern, dass Odin einmal sagte, wenn er das Examen nicht bestehen würde, könnten seine Eltern ihm eine eigene Uni kaufen. Die anderen waren genauso betucht, was etliche mit neidischen Blicken beantworteten. Es gab ein paar Studenten, die sie für verzärtelte Sprösslinge des alten Geldadels betrachteten, aber mit dem Irrtum räumten die Burschen schnell auf. Sie traten der härtesten Verbindung auf dem Campus bei und legten sich mit jedem an, der ihnen querkam. Letztendlich waren sie es, die für den Ruf von Walhalla als Hooligans unter den Studenten verantwortlich sind. Seit der Zeit sind Razzien in Muspellsheim an der Tagesordnung, und die Polizei fasst uns nicht mit Samthandschuhen an. Da Gewalt nur wieder Gewalt erzeugt, haben wir uns gewehrt, und das Eingreifen der Polizei wurde wieder härter. Eine Spirale der Gewalt, und insbesondere Thor hat sie losgetreten. Er war es, der 1973, also vor ziemlich genau vierzig Jahren, bei einer Demo einen Polizisten von hinten niederschlug. Da er angab, der Polizist habe gerade versucht, einer Kommilitonin den Schlagstock über den Schädel zu ziehen, galt er als Held, auch als später bekannt wurde, dass er dem Beamten die Schulter zertrümmert und ihn zum Invaliden gemacht hatte. Keiner verriet ihn, und der Polizist hatte ihn nicht gesehen. Als jemand sagte, der Schlag sei wie ein Hammer gefallen, kam er auf die Idee mit dem Namen Thor. Das war dann das Ende seiner Popularität. Er und seine Kumpels haben zwar ihr Studium beenden können, aber von den Mitgliedern der Verbindung wurden sie ausgegrenzt.«

»Woran Sie einen erheblichen Anteil hatten«, erinnerte Elgert, und Majewski nickte.

»Die Sache mit den Götternamen war eigentlich nur der Tropfen, der das Fass zum Überlaufen brachte. Ich mochte sie nicht, und bei der Wahl des späteren Odin zum Großmeister und Beowulf habe ich gegen ihn gestimmt, doch erst nach dem Sakrileg fanden meine Warnungen Gehör.«

»Wieso haben Sie gegen ihn gestimmt, Herr Professor? Was hat Sie an Odin so sehr gestört?«, fragte Heppner gespannt.

Majewski stand auf, öffnete das Fenster, holte Luft und atmete tief aus. Dann drehte er sich um und sah die Beamten voller Ernst an.

»Wir betrachten uns als Nachfahren der Nordmänner, also Wikinger und Normannen. Was assoziieren Sie mit diesen Völkern?«

»I see a dark sail on the horizon«, begann Peter Elgert misstönend zu singen.

Majewski, der Jethro Tulls »Broadsword« offenbar trotzdem erkannt hatte, lachte auf. »Ja, das denken die meisten. Raub, Mord,

Vergewaltigung und Plünderung ganzer Küstenstriche. Natürlich hat es auch das gegeben. In erster Linie waren die Wikinger aber Händler und kühne Seefahrer. Sie waren die Ersten, die den Mut aufbrachten, ins Land der Waräger zu fahren und Handelsstützpunkte entlang der Wolga zu errichten. Und auch in westliche Richtung ging ihr Forscherdrang. Mit ihren Drachenschiffen durchkreuzten sie die Nordsee und sogar den Atlantik. Während die anderen Menschen noch fürchteten, vom Rand der Welt ins Nichts zu stürzen, dachten sich die Wikinger: Probieren wir es aus. Erik der Rote besiedelte Grönland, und sein Sohn Leif Eriksson entdeckte, und das ist mittlerweile bewiesen, den nordamerikanischen Kontinent, den er Vinland nannte.«

Majewski räusperte sich und setzte zum Finale seines Vortrags an. »Es war nicht der Wille zur Eroberung, zum Mord und zur Brandschatzung, der die Wikinger zu solchen Taten befähigte, sondern Mut, Kraft und Härte gegen sich selbst. Das ist es, was wir bei Walhalla als die Tugenden eines Nordmanns betrachten, und dem eifern wir nach.«

»Und was war mit Odin, Thor und den anderen?«, fragte Heppner gespannt.

Majewski verzog angewidert das Gesicht. »Sie haben unsere Ideale pervertiert, denn sie waren an so etwas wie Selbstdisziplin nicht interessiert, sondern berauschten sich regelrecht an der Gewalt. Es war fast so etwas wie sexuelle Ekstase, wenn sie auf der Planche standen und mit den Schwertern aufeinander einschlugen. Ein Duell ist mir in lebhafter Erinnerung geblieben, und zwar in erster Linie deswegen.«

Majewski hatte bereits während seiner letzten Worte begonnen, sein Hemd zu öffnen. Als er aus dem linken Ärmel schlüpfte, weiteten sich die Augen seiner Besucher. Diagonal über seinen Oberarm zog sich eine fast fünf Zentimeter breite Narbe, die an den Rändern wulstartig aufgeworfen war.

»Das war ein Rückhandschlag mit dem Breitschwert von dem Burschen, der sich später Hödur nannte. Er hat mir den Oberarm gebrochen und eine riesige Platzwunde verursacht. Ich fiel schreiend zu Boden und habe gar nicht mitbekommen, dass drei Mann Hödur in den Arm fallen mussten, damit er mich nicht enthauptete. Ja, er war völlig neben der Spur«, bestätigte Majewski die unausgesprochene Frage, während er sich wieder anzog.

»Als ich nach drei Wochen Krankenhaus mit meinem frischen Gips in der Uni erschien, tat der damalige Beowulf, als wäre gar nichts geschehen. Seiner Meinung nach war daran nichts Unnormales, jemandem den Kopf abzuschlagen. ›Das passt zu euch Irren‹, habe ich gesagt und ihn stehen lassen. Am nächsten Tag habe ich gemerkt, wie irre die Burschen wirklich sind.«

Majewski sah plötzlich gedankenverloren aus. Nach einer Weile sagte er: »Meine damalige Freundin und heutige Frau hatte als Erinnerungsstück an ihre Eltern ein Foto von ihnen im Wohnzimmer unserer kleinen Wohnung aufgehängt. Während ich in der Uni war und sie arbeitete, um unseren Lebensunterhalt zu verdienen, wurde bei uns eingebrochen. Gestohlen wurde nichts, nur alle Fotos und Bilder an den Wänden wurden fein säuberlich in der Mitte durchgerissen. Das Foto von Clarissas Eltern war so zerteilt, dass die Köpfe abgetrennt waren. Es hat viele Tränen gegeben und mich einen Haufen Geld gekostet, das Foto rekonstruieren zu lassen. 1973 war das digitale Zeitalter noch nicht angebrochen, und es konnte niemals bewiesen werden, dass es die selbst ernannten Götter gewesen waren. Als die fünf den Fehler mit den Götternamen machten, ergriff ich jedenfalls meine Chance und habe sie gesellschaftlich geächtet. Sie hatten es verdient. Merkwürdigerweise schien es ihnen dann aber auch egal zu sein. Zumindest gab es weder gegen mich noch andere Rädelsführer beim einzigen Putsch in der Geschichte Walhallas weitere Vergeltungsmaßnahmen.«

»Sie haben gesagt, Sie können sich nicht mehr an die Namen erinnern. Wie sieht es mit den Gesichtern aus? Gibt es Fotos, auf denen die fünf abgebildet sind?«

Heppners ohnehin geringe Hoffnung sank, als er das Kopfschütteln des Zeugen sah. »Herr Heppner, wir sind nicht in den USA. Hier werden Fotos nur von den einzelnen Verbindungen aufgenommen und in den Jahrbüchern aufbewahrt, nicht von der Uni selbst. Die RWTH Aachen ist dafür auch zu groß. Ein Foto mit allen Studenten? So ein Weitwinkel gibt es nicht, und selbst wenn, wären die Köpfe zu klein, um die Gesichter erkennen zu können. Nein, da sehe ich keine Chance.«

Elgert und Heppner sahen sich enttäuscht an. Pleite auf ganzer Linie, dachten sie unisono. »Danke, Herr Professor. Um wenigstens etwas Konkretes mitzunehmen: Wie haben sich die fünf genannt? Thor kannten wir schon, Odin war offenbar der Obergott, und Hödur hat Ihnen den Arm gebrochen. Wie hießen die beiden anderen Möchtegern-Götter?«

»Balder und Bragi«, antwortete Professor Majewski spontan. »Da bin ich mir absolut sicher. Man vergisst viel, aber kein Sakrileg.«

»Sie hätten sich ein Zitat von John F. Kennedy merken sollen«, versetzte Peter Elgert schnodderig. »Es lautet: ›Vergib deinen Feinden – aber vergiss niemals ihre Namen.‹ Hätte uns weitergebracht.«

Majewski lächelte und nickte. »Vielleicht habe ich aber doch etwas für Sie«, meinte er, als er ihnen zum Abschied die Hände schüttelte. »Bragi war kein Deutscher, sondern Belgier. Er ist nach dem Studium wieder in seine Heimat zurückgegangen, und ich bin sicher, seinen Namen vor etwa drei Jahren noch einmal gehört zu haben. Ich weiß allerdings nicht mehr, in welchem Zusammenhang. Wenn es mir wieder einfällt, sage ich Ihnen Bescheid.«

Prophetische Worte, denn es fiel ihm bald danach wirklich wieder ein. Da war es nur etwas zu spät.

SECHS

15. Januar 2013

Die Vorbereitungen zu treffen war fast so erregend wie die Jagd selbst. V begann den Tag, indem er das Auto bis zum Stehkragen volltankte. Natürlich zahlte er in bar. Er wusste, dass sich ihre Opfer erst am späten Nachmittag treffen würden, aber Nachlässigkeiten waren ihm verhasst.

Also parkte er den Wagen – einen unauffälligen grünen Fiat, dessen Maschine aber so getunt war, dass er mit einem Porsche 969 mithalten konnte – bereits jetzt auf dem Park-and-ride-Parkplatz der Haltestelle Kesselsberg, an der auch das Hotel Landhaus Milser stand, und fuhr mit der Straßenbahn zurück in die Duisburger Innenstadt. Er würde gegen sechzehn Uhr wieder am Auto sein und auf Odin, Hödur und Balder warten. Bragi würde – sofern alles nach Plan lief – nicht ankommen, sondern bedauerlicherweise einen kleinen Unfall erleiden. V entschied sich, im Duisburger Hof zu essen, auf sein Zimmer zu gehen und um dreizehn Uhr noch eine oder zwei Stunden zu schlafen, um Kraft für den Abend zu tanken. Dies sollte ihm übrigens hervorragend gelingen.

Für jemanden, der einen kaltblütigen und grausamen Mord plante, befand sich V in einem geradezu abnormal entspannten Zustand. Er war kein brutaler Mensch, und tatsächlich überkamen ihn mitunter Zweifel an ihrer Vorgehensweise. Dennoch war V gewillt, die Sache bis zum Ende durchzuziehen. Es muss getan werden, sagte er sich immer wieder. Allein um der Opfer willen. Seine Einstellung gegenüber den selbst ernannten Asen entsprach etwa der eines Kammerjägers, der einer Rattenplage Herr zu werden versucht. Die Methoden mögen abstoßend sein, dachte er, aber es ist das Ergebnis, das zählt.

Was wäre die Alternative, hielt er sich immer wieder vor, wenn die Zweifel kamen. Die Fakten der Polizei auf den Tisch legen und zusehen, wie das Strafverfahren zu einer Farce wird? V hatte zwei Fälle aus Berlin und München verfolgt. Jonny K., ein Zwanzigjähriger mit asiatischen Wurzeln, war von einer Gruppe Jugendlicher totgeschlagen worden, die einfach Streit suchten, und Dominik

Brunner, der Kinder vor pöbelnden Jugendlichen beschützen wollte, wurde von diesen totgeschlagen und -getreten. In beiden Fällen wollte die Staatsanwaltschaft den Mordvorwurf fallen lassen und nur eine Körperverletzung mit Todesfolge anklagen. Letztlich doch wegen Mordes verurteilt, zeigten die Täter keine Reue, und ihre Jugend schützte sie vor einer lebenslänglichen Freiheitsstrafe. V wartete jeden Tag auf die Meldung, dass sie wieder jemanden zusammengeschlagen hatten. Auch bei Jonny K. war die Untersuchungshaft gegen die Täter schon wieder aufgehoben. Bald gibt es überhaupt keine Morde mehr, dachte V. Zumindest werden keine angeklagt. Nein, der Weg über die Justiz bot wenig Hoffnung auf Gerechtigkeit.

Ließ ihn der Gedanke an eine unfähige Justiz wütend werden, so entlockten ihm die polizeilichen Maßnahmen zu seiner Ergreifung nur ein Lächeln. Was kann die Polizei uns anhaben, dachte er geringschätzig. Eine personell völlig unterbesetzte Institution, der die Politik alle Werkzeuge vorenthält, die zu einer wirklich wirksamen Verbrechensbekämpfung erforderlich sind, soll uns auf die Spur kommen, bevor wir unsere Aufgabe erfüllt haben? Das gelingt ihnen nicht einmal mit den Informationen, die wir ihnen über unsere Videos zuleiten. Und gerade diese Unfähigkeit zwingt uns zu unserer Aufgabe, dachte er. Wenn sie nicht einmal uns fangen können, wie sollen sie denn wirkliche Verbrecher überführen? Nein, nur unsere Methode kann die Menschen wirklich schützen.

Er dankte dem Portier, der ihm seinen Zimmerschlüssel reichte, mit einem Nicken und stieg die Stufen in die erste Etage hoch. Im Zimmer legte er sich voll angekleidet auf das Bett und schloss die Augen. Sein iPhone war auf fünfzehn Uhr gestellt, aber er war sich sicher, genau fünf Minuten vorher aufzuwachen. Seine Selbstdisziplin ließ ihn binnen weniger Sekunden in einen tranceähnlichen Schlaf fallen.

***

»Ist ja ein fast völlig negatives Ergebnis«, knurrte Detlef Schall. »Für die paar Infos hättet ihr auch telefonieren können.«

Peter Elgert zuckte mit den Achseln. »Konnten wir doch nicht vorher wissen, dass diese Nordmänner Weltmeister im Verdrängen sind.«

Sein Chef schnaubte nur.

Nach ihrer Rückkehr am Abend zuvor hatten Heppner und Elgert keine Gelegenheit mehr gehabt, ihre Ergebnisse zu berichten. Das holten sie dann am Morgen nach, aber außer den Codenamen der Mitglieder des Dienstagszirkels hatten sie nichts wirklich Greifbares zu erzählen.

Peter Elgert erläuterte zudem noch seinen Bericht über die Vernehmung des Butlers. »Ja, es gibt einen Gärtner, aber der ist achtundsiebzig Jahre alt und Mazedonier. Kollmann hat ihn wohl eingestellt und gegen Kost, Logis und ein kleines Taschengeld das Tausendfünfhundert-Quadratmeter-Grundstück pflegen lassen. Ausbeuter, dreckiger. Graham Jeffries erwies sich als taube Nuss. Blasiert, borniert und verschwiegen – halt ein perfekter Butler. Ob tot oder lebendig, er wird nichts sagen, was Kollmann irgendwie in Verruf bringen könnte. Er weiß nichts, weil er nichts wissen wollte.«

Schall nickte und schob Klaus Heppner einen Zettel zu. »Ruf bitte Professor Kürten an. Er meinte, es sei wichtig.«

»Vielleicht ist ihm das Formalin ausgegangen, oder er konnte endlich beweisen, dass Klaus anorganisch ist«, ließ sich Tom Hermanns mal wieder hören. Heppner deutete eine Ohrfeige an und verzog sich in sein Büro.

»Herr Heppner, ich habe das Ergebnis der feingeweblichen Untersuchungen bei Kollmann erhalten, und sie bieten einige Überraschungen«, begann Kürten ohne Umschweife. »Ich habe circa sieben Zentimeter breite Kompressionsstellen an Oberarmen und Handgelenken festgestellt, die auf eine Fesselung schließen lassen, wahrscheinlich mit einer Lederschnalle. Die Beinwunde stammt von einem metallischen Gegenstand mit scharfen gezahnten Kanten. Der erste Verdacht mit der Bärenfalle hat sich also bestätigt. Das Wasser in der Lunge war wie erwartet das übliche Leitungswasser des gesamten Niederrheins. Der punktförmige Einstich stammt tatsächlich von einer Injektionsnadel, und was sie enthielt, hat in einem menschlichen Körper eigentlich nichts zu suchen.«

»Na, jetzt schlägt's dreizehn«, stöhnte Heppner. »Sie wollen mir doch nicht erzählen, dass der Mann dreimal getötet wurde, nämlich erschlagen, ertränkt und vergiftet?«

»Gott bewahre«, lachte der Pathologe. »Die Wassermenge war zu gering, und was ich im Einstich gefunden habe, war eine Mischung aus Xylazin und Ketamin im Verhältnis von fünf zu vier. Man kennt dieses Präparat als ›Hellabrunner Mischung‹. Vielleicht sagt Ihnen der Name was.«

»Mit Hellabrunn assoziiere ich nur den Münchner Zoo«, murmelte der Hauptkommissar.

»Genau«, bestätigte Kürten. »Die Hellabrunner Mischung wurde vom Tierarzt des Münchner Zoos entwickelt, um Wildtiere und insbesondere Raubkatzen aus der Distanz sicher und schnell zu narkotisieren. Meist verwendet man dazu –«

»Betäubungsgewehre oder Blasrohre«, fiel Heppner Kürten ins Wort. »Also wurde er betäubt. Können Sie sagen, wie lange vor seinem Tod ihm das Mittel verabreicht wurde?«

»Nur annähernd.« In seiner Stimme schwang Bedauern mit. »Das Medikament wurde bereits teilweise abgebaut. Ich vermute, dass er die Injektion ein bis zwei Tage vor seinem Tod erhielt.«

Heppner wollte gerade fragen, wie sicher die Vermutung war, als Kürten sagte: »Jetzt komme ich aber zu meiner eigentlichen Überraschung.«

»Und die wäre?«, fragte Heppner, weil ihm die Kunstpause nach dieser Ankündigung zu lang wurde.

Kürten räusperte sich. »Sein Tod liegt nach meiner Auffassung bereits etwa drei Wochen zurück. Er hat seine Entführung also nur ein bis zwei Tage überlebt. Dennoch wies sein Körper zu wenige Spuren von Verwesung auf. Eine Untersuchung der Magenschleimhaut brachte mich auf die richtige Spur: Man hat ihn eine Weile tiefgekühlt und dann die leicht angetaute Leiche in den Rhein geworfen.«

»Astrein«, knurrte der Kriminalist. »Da brauchen wir ja nur noch nach einem Typen mit einer großen Kühltruhe zu suchen. Hilft uns extrem weiter.«

»Das nicht, aber die Hellabrunner Mischung«, sagte Kürten. »Die Mischung ist nämlich perfekt. Entweder hat der Täter Zugang zu dem eigentlichen Präparat, oder er hat Detailkenntnisse in Pharmazie und Tiermedizin. Das immerhin dürfte den Täterkreis doch etwas einschränken.«

»Okay, und was jetzt? Sollen wir alle Tierärzte und Pharmakologen Europas überprüfen, ob sie eine große Kühltruhe haben?«, fragte Detlef Schall sarkastisch, nachdem Heppner ihm Bericht erstattet hatte.

Dieser schnaubte nur. »Da wirst du wahrscheinlich eine hohe Trefferquote landen. Die meisten Tierärzte haben so was nämlich zum Aufbewahren von Medikamenten und zur Einlagerung von Präparaten. Ganz zu schweigen von passionierten Jägern, die diesem Personenkreis angehören. Die haben wahrscheinlich keine Bedenken, statt eines erlegten Wildschweins einen getöteten Mitmenschen einzufrieren.«

Schall rollte die Augen. »Anderthalb Tage seit Entdeckung der Leiche, und wir haben immer noch keine heiße Spur. Verdammte Hacke, und ich habe das unbestimmte Gefühl, dass die Zeit knapp wird.«

»Wieso?«, fragte Heppner verwirrt. Irgendwie kam er nicht mehr mit.

»Hast du mal auf das Datum geguckt?«, fragte Detlef Schall. »Es ist wieder einmal der dritte Dienstag im Monat. Wenn die Täter es auf diesen Club von Pseudo-Göttern abgesehen haben, ist heute der Nächste fällig.«

»Stimmt. Aber was können wir tun? Wie sollen wir die potenziellen Opfer warnen, wenn wir nicht einmal wissen, wer sie sind?«, fragte Heppner, ohne wirklich eine Antwort zu erwarten.

»Und vor allem: Sollten wir sie überhaupt warnen?«, fragte Tom Hermanns schneidend. »Wenn es wirklich solche Dreckschweine sind, haben sie vielleicht verdient, was sie erwartet.«

»Davon will ich nichts hören, weder im Scherz noch ernsthaft«, entgegnete der MK-Leiter scharf. »Wir dulden keine Morde, ob die Opfer Dreckschweine sind oder nicht. Keiner verdient es, abgeschlachtet zu werden, und wir werden alles tun, das zu verhindern, verstanden?«

»Ist ja gut«, maulte Hermanns. »Ich wollte nur noch mal darauf hinweisen, dass das Motiv der Täter in der Vergangenheit der Opfer zu finden sein dürfte. Mal im Ernst: Um die Kerle zu identifizieren, haben wir nur eine Chance, nämlich, sie heute Abend im Van der Valk abzufangen.«

»Glaubst du, sie kommen noch mal dahin nach der Sache mit Kollmann?« Detlef Schall war erkennbar skeptisch.

Doch Heppner pflichtete Tom Hermanns bei. »Was anderes haben wir nicht auf Lager, es sei denn, wir starten einen Presseaufruf in allen Medien und bitten darum, dass sich die Mitglieder des Dienstagsclubs bei uns melden.«

»Und zugeben, dass uns die Täter meilenweit voraus sind? Das wird von der Behördenleitung niemals genehmigt. Nein, wir setzen auf die Karte Van der Valk«, entschied Schall. Dann wandte er sich an Heppner. »Klaus, du, Tom, Peter und Hanna, ihr werdet heute Abend mit mehreren Autos von Kollmanns Adresse zum Van der Valk fahren und alles notieren, was euch merkwürdig vorkommt. Vielleicht stellt ihr was Relevantes fest. Seht euch im Van der Valk um, vielleicht findet ihr den Club.«

Das Telefon unterbrach weitere Anweisungen. »Ja? Was? Das gibt's doch nicht. Ja, ich kann zwei Mann abstellen. Ich schicke sie gleich rüber.« Schall legte auf und rieb sich die Schläfen.

»Das war Sven Beumert vom KK 21. Es hat in Marxloh eine Schießerei zwischen Hells Angels und Bandidos gegeben. Zwei Schwerverletzte, und ein Haufen Zeugen müssen vernommen werden. Das Duell ist übrigens 1:1 ausgegangen, also je einer pro Bande ist angeschossen. Sven hat die restlichen Leute der MK-Bereitschaft schon alarmiert, und das SEK steht bereits vor den Türen beider Charter. Theo und Frank, macht euch auf die Socken und fahrt zum St.-Johannes-Hospital. Die Verletzten stehen unter Bewachung. Seht mit den Kollegen des 21. vor Ort nach dem Rechten. Ich kriege langsam zu viel hier.«

Theo Mischke und Frank Schmidtkunz, ein junger Kommissaranwärter im letzten Ausbildungsjahr, schnappten sich ihre Ausrüstung und gaben Gas. Wenn Detlef damit begann, in kurzen Kommandosätzen zu sprechen, war Eile angesagt.

»Falls der Krieg zwischen Hells Angels und Bandidos tatsächlich ausbricht und die Rocker bewaffnet aufeinander losgehen, wird es Tote geben«, hatte ihr alter Chef Hans Bomber schon vor Jahren gesagt. Wie es schien, wurden seine Prophezeiungen jetzt Wirklichkeit.

Detlef Schall hatte jetzt genug davon, sich die Schläfen zu massieren. »Wir bleiben hier erst mal in Bereitschaft, auch die vier, die zum Van der Valk fahren werden. Geht in die Kantine was essen. Es könnte wieder einmal spät werden.«

Unten in der Polizeikantine bei Arno und Maria wählte Heppner einen Schweinebraten mit Kartoffelbrei und Erbsen und Möhren, und obwohl es wirklich nicht schlecht schmeckte, vermisste er Marion und ihr Essen. Bei einer Tasse Kaffee in seinem Büro entschied er sich, sie anzurufen.

»Bei euch scheint ja die Hölle los zu sein, wenn man den Nachrichten Glauben schenken kann«, meinte sie. »Im Radio wurde schon von einem längeren Feuergefecht mit Maschinenpistolen gesprochen. Angeblich sind auch Unbeteiligte im Kugelhagel verletzt worden.«

»Typisch Mediengeschwafel«, knurrte Heppner. »Bisher sind es nur zwei Verletzte, von denen wir wissen, und von MPs war bisher nichts bekannt. Ich bin froh, dass ich mich immer noch ›nur‹ um den Kollmann-Fall kümmern muss. Rocker sind nichts für mich.«

Seine Freundin lachte auf. Klaus Heppner hatte sich im letzten Jahr eine Suzuki Intruder gekauft und war mit Marion auf dem Sozius bereits bis an die Ostsee und in den Schwarzwald getourt. »Zu einem Rocker fehlt dir nur die Harley«, hatte sie immer wieder gesagt.

Stimmte alles nicht; die Trude reichte ihm. Bei dem Gewaltpotenzial der Banden verging ihm aber fast die Lust aufs Biker-Spielen. Spätestens seit ein Beamter des SEK von einem Rocker durch die geschlossene Tür erschossen wurde und der Bundesgerichtshof dem Täter das Recht auf Putativnotwehr zugestand, hatten Heppner und seine Kollegen Rocker einfach nur *gefressen*, wie man so schön sagte. Und seit dem Urteil durften sie praktisch herumballern und Leute umnieten, wie es ihnen passte, schließlich mussten sie sich wegen des Rockerkriegs doch ständig und überall bedroht fühlen.

Marion meinte, dass ihre Hand langsame Fortschritte mache. »Daumen und Zeigefinger bekomme ich jetzt wieder aneinander, aber ich muss mich noch sehr konzentrieren. Es ist, als ob meine

Finger mit Gummibändern zurückgehalten werden. Aber seit du mir erzählt hast, dass ich im Schlaf fest zugreifen kann, hab ich wieder Hoffnung.«

Im Büro rief Heppner die Kölner Leitstelle an und fragte, wieso die Polizei ausgerechnet in Porz nach dem Jaguar gesucht hatte.

»Anonymer Hinweis«, lautete die lakonische Antwort. »Wörtlich hat der anonyme Anrufer gesagt: ›Ihr sucht doch immer noch diesen Wirtschaftsboss Kollmann. Ein Tipp für euch, ihr Ahnungslosen: Fahrt mal schön nach Porz in die Gilgaustraße und guckt in den Rhein. Ihr findet dort zwar nicht Kollmann, aber seinen Wagen. Beeilt euch lieber, bevor das erste Schiff den Jaguar platt walzt.‹ Also haben wir schön einen Streifenwagen zum angegebenen Ort geschickt und den Wagen gefunden.«

»Irgendwelche Hinweise auf den freundlichen Helfer?«, fragte Heppner mit ironischem Unterton.

»Der Anruf kam von einem Handy. Die Nummer ist natürlich gespeichert.«

Er nannte sie, und Klaus Heppner gab sie in das System zur Teilnehmerfeststellung ein. Vielleicht haben die selbst ernannten Rächer hier einen Fehler gemacht, dachte er und besah sich einige der Briefe, die V, R und W an Kollmann geschrieben hatten.

Harter Tobak, das musste man den Herren lassen. Doch trotz der Drohungen zeigten die Mitteilungen, dass der Verfasser alles andere als dumm war. Der Stil zeugte von Intelligenz und einem überdurchschnittlichen Bildungsniveau. Besonders V benutzte Ausdrücke, die deutliche Hinweise auf eine humanistische Bildung gaben.

Heppner ließ die Briefe sinken und schüttelte den Kopf. Ein gebildeter Mensch, der Drohbriefe schreibt, Leute mit dem Hammer zu Tode foltert und die Hellabrunner Mischung kennt. Das dürfte ein ernst zu nehmender Gegner sein, dem Fehler wie die Benutzung des eigenen Telefons wohl kaum passieren dürften.

Um kurz nach fünf streckte Hanna Karl ihren Kopf durch die Tür. »Klaus, komm in den MK-Raum. Es gibt Neuigkeiten an der Rockerfront.« Heppner sah auf die Uhr, entschied, dass noch ein paar Minuten Zeit blieben, und folgte ihr.

Theo Mischke begann gerade mit seinem Bericht. »Carlo

Zeiske ist Full Member der Bandidos, und wir kennen ihn, weil gegen ihn etliche Verfahren wegen Zuhälterei laufen. Er verwaltet das Haus V 24 auf der Vulkanstraße, und gerade dort hat das KK 21 in den letzten Wochen eine ganze Menge illegaler Prostituierter aus Mazedonien aufgegriffen. Angeblich liegt eine Aussage vor, nach der Zeiske für die Akquise dieser Prostituierten und das anschließende ›Zureiten‹ verantwortlich ist. Er liegt mit einem Durchschuss im rechten Oberschenkel auf der Normalstation. Der andere Verletzte ist Patrick Yildiz, Sergeant-at-Arms der hiesigen Hells Angels. Er ist Sohn eines türkischen Vaters und einer deutschen Mutter und nach den Unterlagen des KK 21 seit 1998 ein Hells Angel. Wie tief verwurzelt er in der Struktur der Gruppe ist, zeigt sich in seiner Adresse: Er wohnt in der Heinrich-Albrod-Straße 81.«

»Und was hat das mit den Angels zu tun?«, fragte Hanna Karl.

»Du musst die Initialen nehmen und die Zahlen ins Alphabet umrechnen«, belehrte Theo Mischke sie. »›H A‹ wie ›Heinrich Albrod‹ steht ebenso für ›Hells Angels‹ wie die Hausnummer 81. H ist der achte Buchstabe, A der erste.«

»Was wissen wir über ihn?«, fragte Detlef Schall, und Mischke seufzte.

»Zu wenig, fürchte ich. Er stammt eigentlich aus Hannover und gilt als Intimus von Frank Hanebutt, dem inoffiziellen Anführer der deutschen Angels. Er ist verheiratet und hat eine achtjährige Tochter. Außer den üblichen Körperverletzungen und der Beteiligung an einem bewaffneten Raubüberfall haben wir keine polizeilichen Erkenntnisse. Für einen Sergeant-at-Arms eigentlich zu wenig, aber wahrscheinlich hat er andere Qualitäten. Er ist wesentlich schwerer verletzt als Zeiske. Eine Kugel traf seine rechte Schulter, eine zweite streifte seinen Kopf, und eine dritte durchbohrte die Lunge und blieb nahe der Wirbelsäule stecken. Nagelt mich nicht auf die Reihenfolge fest. Er wird im Moment noch operiert und schwebt in Lebensgefahr.«

Wieder seufzte Mischke schwer. »Sollte er es nicht schaffen, stehen uns schwere Zeiten bevor. Schon jetzt standen rund zwanzig Angels und ihre *Supporters* mit ihren Maschinen vor dem Krankenhaus, um auf Zeiske zu warten. Zudem bezeugten sie ihre Treue zu den Angels und riefen immer wieder: ›AFFA, AFFA.‹ Das heißt ›Angels forever – forever Angels‹, liebe Hanna.«

Die Angesprochene streckte ihrem Kollegen die Zunge heraus.

»Zeiske und Yildiz werden von je einer kompletten Gruppe Einsatzhundertschaft rund um die Uhr bewacht, sodass niemand an sie herankommt. Frank und ich haben kurz mit Zeiske geredet, und soll ich euch was sagen?«

»Hat er etwa behauptet, es sei keine Schießerei gewesen, sondern er habe sich versehentlich selbst angeschossen?«, fragte Detlef Schall zynisch.

»Nicht ganz«, meldete sich jetzt Frank Schmidtkunz zu Wort. »Er sagte, es sei ein Hinterhalt gewesen, in den er von Yildiz gelockt worden sei. Er hat sich angeblich nur verteidigt, und zwar mit einer Waffe, für die er einen Waffenschein hat.«

»Bei den Verfahren gegen ihn?«, kommentierte Tom Hermanns ätzend. »Das glaubt der doch selbst nicht.«

»Es stimmt aber tatsächlich«, widersprach Schmidtkunz. »Wir haben es überprüft. Das Verwaltungsverfahren zum Entzug des Waffenscheins läuft noch. Zeiske hat dem Entzug widersprochen, und die Entscheidung soll jetzt vom Oberverwaltungsgericht getroffen werden. Ich würde mich nicht wundern, wenn er den Schein nach der heutigen Schießerei sogar behalten darf. Schließlich ist er ja anscheinend wirklich in Gefahr.«

Das Lachen der Anwesenden klang bitter. Zu oft hatten sie bereits erlebt, dass den Gerichten die Einhaltung von Verwaltungsrichtlinien wichtiger gewesen war als das Leben von Menschen.

Theo Mischke übernahm wieder das Wort. »Der behandelnde Chirurg ließ mir ausrichten, dass Yildiz nach der OP natürlich auf die Intensivstation kommt und wir ihn frühestens morgen Abend befragen können. Vorher reden wir aber noch mit der Ehefrau von Yildiz. Tut mir leid, Detlef, aber ich glaube, wir sind aus deiner MK raus.«

»Im Gegenteil«, knurrte Detlef Schall. »Mangels Personal hat man uns lediglich drei Mann vom KK 21 zugewiesen, also splitten wir die MK auf und bearbeiten beide Fälle. Ich habe keine Ahnung, wie wir unter den Umständen ein vernünftiges Ergebnis erzielen sollen. Na ja, ist politisch ja so gewollt.«

Heppner sah auf die Uhr und bedeutete Hanna Karl, Tom Hermanns und Peter Elgert, ihm zu folgen. »Van der Valk«, raunte er Detlef Schall im Vorbeigehen zu, und er nickte.

Verkehrstechnisch lag das Hotel ausgesprochen günstig. »Wahrscheinlich haben sich die fünf Kerle deshalb dort getroffen«, vermutete Hanna, und Heppner gab ihr recht. Vom Autobahnkreuz Moers aus war man über die A 40 und A 57 in kürzester Zeit in Köln, Arnheim, Venlo oder Bochum. Dementsprechend schnell waren auch sie dort.

Stephanie van Polter war eine achtundzwanzigjährige, hochgewachsene Blondine mit einer Figur, bei der Heppners Freund Jimmy wahrscheinlich auf der Stelle zerflossen wäre. Sie erkannte Tom sofort wieder und eilte auf ihn zu. »Schön, dass Sie hier vorbeikommen, Herr Hermanns. Kommen Sie und Ihre Kollegen am besten gleich mit.«

Sie orderte Kaffee und Tee und führte die Polizisten zu einem kleinen Tisch unweit eines flackernden Kamins, dessen Wärme den Raum zu einem angenehmen Ort machte, an dem Jacken oder Pullover nicht nötig waren. Alle sanken zufrieden in die Ledersessel, doch Hermanns zog einen Flunsch.

»Mann, ich werde gleich eingehen. Wenn ich meine Jacke ausziehe, sieht jeder meine Knarre an der Hüfte. Dann können wir die Aktion hier vergessen.«

Frau van Polter wusste Rat. Nur zwei Minuten später brachte eine Kollegin nicht nur die georderten Getränke, sondern auch ein graues Cordjackett, das zwar nicht der neuesten Mode entsprach, Tom Hermanns aber maximal eine Nummer zu groß war. Respekt, dachte Heppner. Diese Maße per Blick einschätzen zu können war nicht schlecht.

»Das Jackett stammt aus der Sammlung liegen gelassener Kleidungsstücke. Ist manchmal ganz praktisch, ein paar Sachen in Reserve zu halten.«

Frau van Polter wies auf den anderen Tisch, der ebenfalls nahe am Kamin, aber schräg versetzt am Fenster stand. Statt von Sesseln wurde er von schweren braunen Ledersofas umrahmt, in denen sechs Leute Platz finden konnten. »Dort haben sich die Männer immer getroffen. Sie schienen sogar eine feste Sitzordnung zu haben, denn dieser Kollmann saß immer mit dem Rücken zur Wand, als wollte er sich Deckung verschaffen.«

»Was können Sie uns zu den anderen Männern sagen, Frau van Polter? Es könnte überaus wichtig sein, denn wenn wir recht haben, schweben sie in großer Gefahr.«

Ihr Ausruf »Groote God!« klassifizierte sie augenblicklich als Holländerin. Sie griff sich an den Mund und schüttelte den Kopf, als wollte sie die Gedanken wieder in die richtige Reihenfolge bringen. »Also ... Viel kann ich nicht sagen. Ich habe die Männer zwar ein paarmal gesehen, aber nur einmal selbst bedient, und da hatte ich ein unangenehmes Gefühl.«

»Inwiefern?«, wollte Hanna Karl wissen.

Frau van Polter schüttelte nochmals den Kopf. »Ich weiß es nicht. Sie schienen alle reich zu sein, wenn man die Qualität der Anzüge und ihrer Uhren zugrunde legt, aber ich ... nun ja ... Kennen Sie das Gefühl, vor einem Tigerkäfig zu stehen?«

Alle nickten.

»Genauso war es bei diesen Männern. Sie wirkten wie wilde Tiere, die sich als Menschen verkleidet hatten und jetzt einen Ausflug unter ihre Beute machten. Die Gier auf irgendetwas war in allen ihren Augen zu sehen, mal schlechter, mal etwas besser verborgen. Wenn sie dann aufbrachen, kam mir das immer sehr abrupt vor. Vor zwei Monaten habe ich mitbekommen, dass einer von ihnen einen Anruf bekommen hat, er den anderen zunickte und alle anschließend aufstanden und gingen.«

»Wer hat den Anruf bekommen, Frau Polter?«, fragte Tom Hermanns, ohne eines seiner üblichen Späßchen zu machen. Das war ebenso interessant wie die Tatsache, dass er Stephanie van Polter nicht mehr aus den Augen ließ.

»Das war der Chef. Nett war nur der Kleinste unter ihnen. Er hat mich mal auf Flämisch angesprochen, dass ich schon dachte, er sei wie ich aus Holland. Auf meine Frage hat er aber gesagt, er sei Belgier. Sie hätten mal sehen sollen, wie die anderen ihn angesehen haben, als er mit mir sprach. Als hätte er ein Verbrechen begangen. Tja, wer aus dem Rudel ausbricht ...«

Die Beamten warteten fast eine Stunde, ohne dass einer der vier

Männer eingetroffen wäre. Wieder ein Fehlschlag, dachte Heppner, als sein Handy plötzlich zu vibrieren begann. Er sah auf das Display und staunte nicht schlecht, als er die Nummer von Professor Majewski erkannte.

»Hallo, Herr Professor, ist Ihnen etwas eingefallen?«, fragte er ihn.

»Allerdings! Haben Sie einen Fernseher in der Nähe? Wenn ja, schalten Sie ganz schnell ›RTL aktuell‹ ein. Beeilen Sie sich!«

Über den Hotspot des Hotels brachte Heppner sein iPad ans Netz, und während sich das Gesicht Peter Kloeppels auf dem Bildschirm aufbaute, hatte er das Handy wieder am Ohr. »Okay, Professor, ich sehe es. Und jetzt?«

Die Stimme von Majewski war sehr ernst. »Topaktuelle Hauptstory ist die gerade abgelaufene Entführung von Jeroen Verstruycken. Er ist Vorstandsvorsitzender der VLAAMSE VERTELLGEMEEN NIEUWSBLADET NV, kurz VVN, der größten flämischsprachigen Verlagsgesellschaft in Belgien. Sie geben unter anderem drei der auflagenstärksten flämischen Zeitungen heraus. Verstruycken ist vor etwa einer Stunde durch falsche Polizisten entführt worden. Und um ihre Frage richtig zu beantworten: Er ist einer der Asen, und ich kenne ihn gut. Sehr gut sogar, denn Bragi war der Einzige, mit dem man annähernd vernünftig reden konnte.«

Wie um die Worte Majewskis zu bestätigen, schrie Stephanie van Polter auf und deutete auf den Bildschirm, wo jetzt das Gesicht eines etwa sechzigjährigen Mannes mit schütterem aschblondem Haar zu sehen war. »Das ist der Belgier«, flüsterte sie mit aufgerissenen Augen.

Heppner dankte Majewski und legte auf, um Detlef Schall zu informieren. »Hier ist Klaus. Wir waren zu spät und außerdem am falschen Ort. Sieh dir die Nachrichten an. Nemesis hat sich Bragi geschnappt.«

Die Antwort Schalls sprach Heppner aus der Seele. »Dann möge Gott ihm beistehen.«

Wie sich herausstellte, hatte Gott aber offenbar andere Pläne.

SIEBEN

16. Januar 2013

»Jeroen Verstruycken ist gestern Abend um siebzehn Uhr fünfunddreißig auf der A 46 von einem Polizeifahrzeug auf den Parkplatz Herrather Linde gelotst worden. Wie sich herausstellte, waren es keine echten Polizeibeamten. Ein ebenfalls auf dem Parkplatz stehender Autofahrer hat beobachtet, wie Verstruycken während der Kontrolle plötzlich zusammensackte und einer der Uniformierten ihn auf den Beifahrersitz schob, selbst einstieg und davonfuhr, gefolgt von dem Streifenwagen. Dem Mann kam das merkwürdig vor, deshalb hat er sich das Kennzeichen notiert. So sind wir recht schnell auf Verstruycken gekommen.«

»Und wie hat die Presse derart schnell von der Sache Wind bekommen?«, unterbrach Tom Hermanns seinen Chef.

Dieser verzog gequält das Gesicht. »Weil der Zeuge nicht nur uns angerufen hat, sondern auch die Medien. Wollte sich mit der Story über willkürliche Polizeigewalt wohl etwas dazuverdienen. Es gibt halt solche Typen.«

Alle nickten einträchtig, bevor Detlef Schall fortfuhr: »Wir haben natürlich sofort eine Ringalarmfahndung ausgelöst, aber die ist ergebnislos verlaufen. Verstruycken ist und bleibt verschwunden, und ich habe wenig Hoffnung, dass er noch heil und gesund ist.« Detlefs Stimme klang jetzt wirklich bekümmert.

»Vielleicht erzählt mir mal jemand was über den Entführten und über diesen Götternamen«, ließ sich ein neuer Teilnehmer in der Runde vernehmen. Staatsanwalt Ravensbrück war von der Koloniestraße in das Duisburger Präsidium geeilt. Er war noch recht jung für seine Position, und etliche raunten hinter vorgehaltener Hand, dass er seinen Job seiner Mutter verdankte, die Referatsleiterin im Justizministerium war.

Optisch machte er einen guten Eindruck. Statt eines Anzugs trug er Jeans und einen weißen Rollkragenpullover unter einer modischen, gefütterten Lederjacke. Heppner schätzte ihn auf Anfang dreißig, und er erinnerte vom Aussehen ein wenig an den jungen Robert Redford.

Da Detlef Schall ihm auffordernd zunickte, übernahm Klaus Heppner die Erklärung. »Bragi ist in der nordischen Mythologie der Gott der Dichtkunst, und er begrüßt die gefallenen Helden in Walhalla. Er ist der Sohn Odins, und man betrachtet ihn im Allgemeinen als einen der geringeren Götter. Jeroen Verstruycken ist so was wie der Berlusconi Belgiens. Er ist Besitzer und zugleich Chefredakteur der größten Zeitungen Belgiens, und manche werfen ihm vor, über seine Zeitungen die Politik Belgiens, zumindest des flämischen Teils, faktisch zu bestimmen. Sein Reichtum und sein Geiz sind so legendär, dass er kürzlich in einer Karikatur als Dagobert Duck dargestellt wurde. Ausdruck seines Geizes ist auch sein Auto. Er fährt nämlich einen ganz normalen blauen BMW 520i, und der ist schon zehn Jahre alt. Verstruycken ist verwitwet, hat keine Kinder und wohnt in Brüssel. Die belgischen Kollegen sind bereits dabei, die Personen seines Umfelds zu befragen.«

StA Ravensbrück nickte nachdenklich. »Was wissen wir sonst noch über ihn? Gibt es polizeiliche Erkenntnisse, die ihn mit Kollmann in Verbindung bringen?«

»Völlige Fehlanzeige«, seufzte Schall. »Wären wir nicht über diese nordischen Götternamen gestolpert, hätten wir die Verbindung überhaupt nicht gezogen.«

»Verdammt, wo ist er abgeblieben?«, fluchte jetzt auch Ravensbrück. »Irgendwo muss sein Wagen ja von der Autobahn abgefahren sein, und alle Abfahrten waren besetzt. Haben Sie die Listen sorgfältig geprüft, Herr Schall?«

Der Angesprochene deutete wortlos auf Tom Hermanns, der auch diesmal ernst blieb. »Kein blauer BMW 520i, kein Streifenwagen. Die Kennzeichen gehen wir gerade durch.«

»Aber beeilen Sie sich«, drängte der Staatsanwalt. »Mit jeder Minute, die verstreicht, reduziert sich seine Lebenserwartung.«

Herr Ravensbrück wusste gar nicht, wie recht er damit hatte.

***

Verstruycken erwachte in einer orangeroten Vorhölle. Wo bin ich, und wie komme ich hierher?, dachte er sich. Dann traf es ihn wie ein Schlag. Dienstagabend, dachte er. Ich war auf dem Weg ins Landhaus Milser, als … ja, als was passiert ist?

Bragi erinnerte sich nur noch, dass er von der Polizei auf einen Parkplatz gewinkt worden war. Eine Polizeikontrolle auf der Autobahn war für ihn nichts Ungewöhnliches.

Beim Herunterlassen des Seitenfensters hatte er fast sofort einen stechenden Schmerz an der linken Halsseite gespürt. »Vorsicht, hier gibt es Wespen«, hatte einer der Polizisten gesagt, bevor er Führerschein und Fahrzeugschein verlangte.

Schon als Bragi sich zum Handschuhfach hinüberbeugte, war ihm schwindelig geworden. Das Gesicht des freundlichen Polizisten, der zum Schutz gegen die tief stehende Sonne die Mütze ins Gesicht gezogen hatte und zudem eine Sonnenbrille trug, schien zu verschwimmen, als Bragi die Papiere herüberreichte.

Nur Sekunden später hatte sich die Welt um Bragi in ein graues Geriesel aufgelöst und war dann schwarz geworden.

Langsam klärten sich Bragis Sinne, und er wollte sich mit der Hand über die Augen streichen, doch etwas hielt seine Hand zurück, und der plötzlich über ihn hereinbrechende Schmerz in beiden Händen ließ das Sehvermögen spontan zurückkehren.

Jeroen Verstruycken war nackt. Um seine Brust, seine Oberarme und seine Beine spannten sich breite Ledergurte, die ihn an einen Stuhl fesselten, den er aus amerikanischen Filmen nur zu gut kannte.

Ein elektrischer Stuhl, dachte Verstruycken panisch. Wollen meine Entführer mich mit Strom grillen?

Als sein Blick auf die schmerzenden Hände fiel, wurde ihm klar, dass der Tod auf »Old Sparky«, wie der berühmte elektrische Stuhl in Texas, Ohio und Co. hieß, wohl nichts sein würde im Vergleich zu dem, was ihn erwartete.

Seine Hände und Unterarme waren nicht mit Lederschlaufen fixiert. Dennoch wagte Verstruycken es nicht, auch nur die leiseste Bewegung zu machen. Handflächen und Unterarme waren nämlich fast untrennbar mit den Armlehnen verbunden. Wäre dies nicht schon beängstigend genug gewesen, so raubten die verwendeten Gegenstände ihm den letzten Rest Hoffnung.

Bragis Arme waren mit Holzstiften, die wie die perverse Karikatur von Fixateuren aus Unterarmen und Händen ragten, an die Stuhllehnen genagelt. Jetzt begann Bragi zu schreien.

Sein Erfolg hielt sich in Grenzen – wie bei Thor.

***

Er glitt langsam aus einem Dämmerzustand wieder ins Bewusstsein zurück, und sein erster bewusster Gedanke war der, versagt zu haben. Ich habe es verbockt, dachte er immer wieder, während seine Lider zu flackern begannen. Versagt. Versagt. Versagt. Immer wieder hämmerte das Wort von innen gegen seine Hirnschale, und das empfundene Echo klang wie Hohn. In das Gefühl der Scham mischte sich Wut, und dies gab ihm die Kraft, seine Augen zu öffnen.

Er lag im Krankenhaus, das war schon mal sicher. Die Kabel, die aus seinem Körper ragten und ihn mit unablässig piepsenden Monitoren verbanden, zeigten eindeutig, dass es ihn schlimm erwischt hatte. Nun, das war nichts Neues, und reflexartig begann er damit, die Reaktionen seiner Glieder zu testen. Finger: okay, Zehen … Es klappte, aber nur mit viel Konzentration und einem jäh aufflackernden Schmerz im Rücken, und dieser brachte die komplette Erinnerung zurück.

Er hatte im Hinterhalt gelegen, um Rache zu nehmen und Zeiske zu liquidieren. Was geschehen war, machte es zu einer Frage der Ehre für ihn, die Sache selbst zu erledigen. Wie der Informant gesagt hatte, war Zeiske genau um zwölf Uhr am V 24 losgefahren, um die Einnahmen der für ihn tätigen Apartment-Prostituierten in Marxloh abzugreifen. Zeiske hatte ihn zu früh gesehen, als er am Pollmann-Kreuz auf ihn wartete, und sofort geschossen. Zweimal war er getroffen worden und sofort zu Boden gestürzt. Als Zeiske auf ihn zukam, um ihm den Rest zu geben, konnte auch er einmal schießen, bevor ihn die dritte Kugel traf.

Versagt, dachte er wieder. Vielleicht hätte ich doch um Unterstützung bitten sollen, aber dann hätte ich meine Gründe aufdecken müssen. Nein, ich muss einen weiteren Versuch wagen. Zeiske muss liquidiert werden, schon um seiner Opfer willen.

Sein Kopf dröhnte, und als er vorsichtig dorthin griff, stießen seine Finger auf einen Verband. Der dritte Schuss, dachte Patrick Yildiz. Als ich ihn traf, hat er den Schuss verrissen, sodass die Kugel nicht zwischen meine Augen ging, sondern nur meinen Kopf gestreift hat. Meine Zeit scheint noch nicht gekommen zu sein. Ganz bestimmt habe ich meine Aufgabe noch nicht erfüllt, und ich weiß auch, welche.

Er stellte sich vor, wie er Zeiske noch einmal stellen würde, und diesmal würde es funktionieren. Bevor der Schlaf ihn wieder übermannte, dachte er daran, was seine Frau wohl zu der Sache sagen würde.

***

»Er war noch nie ein guter Schütze.« Marijana Yildiz geborene Sinovac setzte sich auf das Sofa und schlug die langen Beine übereinander.

Theo Mischke und Jurij Kokasa vom KK 21 sahen sich erstaunt an. Für eine Frau, die gerade darüber informiert worden war, dass ihr Mann mit drei Kugeln im Körper auf der Intensivstation lag, wirkte sie überaus cool.

»Er kommt doch wieder auf die Beine, oder?«

»Das steht noch nicht fest, Frau Yildiz. Er ist immerhin schwer verletzt und liegt auf der Intensivstation.«

Frau Yildiz winkte ab. »Ach, Unfug. Patrick ist verdammt zäh. Wenn man ihm nicht die Birne wegschießt, erholt er sich schon wieder. Glauben Sie mir, ich weiß, wovon ich rede.«

»Und deshalb sind wir hier, Frau Yildiz.« Kokasa beugte sich vor und lächelte der Frau zu. »Wir können uns das plötzliche Feuergefecht nicht erklären. Zwischen Hells Angels und Bandidos besteht Frieden, und wenn er auch etwas wackelig ist, so haben beide Seiten doch auf offene Feindseligkeiten verzichtet. Bis gestern. Wir fragen uns also, was passiert sein kann, dass der Waffenstillstand aufgekündigt wird. Da muss es gute Gründe geben.«

»Oh ja, die gibt es«, stieß Marijana Yildiz hervor. »Aber da fragen Sie Patrick besser selbst.«

»Da werden wir wohl noch etwas warten müssen«, schnappte Kokasa. »Die Gründe Ihres Mannes interessieren mich ehrlich gesagt einen Dreck. Ich will nur eines: den nächsten Rockerkrieg verhindern. Wenn der ausbricht, fliegen hier die Fetzen. Es wäre mir ja auch scheißegal, wenn sich die Angels, Bandidos, Satudarah und MC Gremium einfach nur gegenseitig massakrieren, aber leider werden auch Unschuldige mit hineingezogen und kriegen was ab. Also sagen Sie mir, was wir tun können, um den Krieg zu verhindern.«

Marijana hatte stirnrunzelnd zugehört, aber jetzt wandelte sich ihr Gesichtsausdruck in Belustigung. »Ihr Bullen seid ja so was von hochgradig blöde. Was anderes als Schubladendenken kennt ihr wohl nicht, oder?«

Kokasa wollte hochfahren, doch Theo Mischke hielt ihn zurück. »Moment mal. Wollen Sie damit andeuten, dass die Schießerei nichts mit dem Konflikt Bandidos gegen Angels zu tun hatte?«

Sie lachte nochmals hell auf. »Also noch mal für ganz Dumme: Es könnte auch andere Gründe dafür geben, jemanden killen zu wollen, außer dass er ein beschissener Bandido ist. Aber mehr sage ich euch bestimmt nicht. Ein bisschen sollt ihr schließlich auch selbst denken – wenn ihr das könnt.«

Sie erhob sich zum Zeichen, dass die Unterredung aus ihrer Sicht beendet war. Die beiden Angel-Supporters, die ihr offenbar als Bodyguards zugeteilt worden waren, öffneten den beiden Kollegen sofort die Tür.

Jurij Kokasa, der die Abfuhr offenbar persönlich nahm, drehte sich im Rausgehen noch mal um. »Vielleicht hatte die Ballerei tatsächlich andere Gründe, aber haben Sie schon mal versucht, das den Bandidos begreiflich zu machen? Das klappt doch nie.«

»Was glauben Sie, warum die beiden mich und unsere Tochter beschützen?«, fragte Frau Yildiz zynisch. Ihr Blick fiel auf ein gerahmtes Foto auf einem Sideboard, und ihre Gesichtszüge wurden weich und zugleich traurig.

Kokasa trat neben Frau Yildiz und sah sich das Bild an, das neben Patrick und Marijana Yildiz zwei Frauen und zwei Kinder zeigte. »Das sind Patrick, ich, unsere Tochter Julia, meine Schwester Idris und ihre Tochter Natascha. Das Bild wurde vor zwei Jahren am Ohridsee im Urlaub aufgenommen. Wir sind aus Mazedonien, müssen Sie wissen. Das war der schönste Urlaub unseres Lebens.«

Der zuvor so rabiate Polizist klang überraschend sanft, als er

Marijana Yildiz noch einmal ansprach. »Sie wirken sehr traurig, Frau Yildiz. Ist etwas passiert?«

»Sie sind verschwunden. Meine Schwester und meine Nichte verschwanden über Nacht aus dem kleinen Ort, wo sie lebten. Ich habe nie mehr etwas von ihnen gehört.«

Das bedrohliche Räuspern der Bodyguards ließ Kokasa auf weitere Fragen verzichten. So klopfte er Frau Yildiz bedauernd auf die Schulter und schloss sich Theo Mischke an, der mit nervösem Blick auf die Supporters zum Aufbruch drängte.

Vor der Tür kam Mischke gleich zur Sache. »Glaubst du ihr die Story von einem anderen Motiv? So wie ich das mitbekomme, lügen die Angels, wenn sie nur den Mund aufmachen.«

»Schon richtig«, meinte Jurij Kokasa nachdenklich, »aber eins ist sicher: Sie hat sich tatsächlich über mich amüsiert, als ich die Rivalität der Rockerbanden als Motiv der Schießerei unterstellt hab. Und sie trauert echt um ihre Familie. Irgendwo ist da ein Zusammenhang, den ich noch nicht sehe.« Er schüttelte bedauernd den Kopf.

***

Klaus Heppner hatte in der Zwischenzeit das Ergebnis der Rufnummernfeststellung des Handys, mit dem der Notruf angewählt worden war, erhalten. Frustriert knüllte er den Ausdruck zusammen. Na klar, eine Prepaidkarte ohne gemeldeten Inhaber. Immerhin war NettoKOM so nett gewesen, ihm mitzuteilen, dass es sich um eine Vodafone-Karte handelte. Staatsanwalt Ravensbrück war nicht erreichbar, aber der Bereitschaftsstaatsanwalt stellte den Antrag zur Erhebung der retrograden Verbindungsdaten.

»Mit Ravensbrück werde ich noch ein ernstes Wort reden müssen«, knurrte er. »Handicap 3 hin oder her, Golf spielen während einer laufenden MK ist nicht.«

Heppner pflichtete ihm bei, aber wichtig war nur, dass er an die Verbindungsdaten kam.

Selten war eine Besprechung in so negativer Stimmung abgelaufen wie heute. Fast alle konnten nur von Fehlschlägen und negativen Ergebnissen berichten. Kein einziges der in den Ringalarmlisten erfassten Fahrzeuge bot eine Spur. Der falsche Streifenwagen und Verstruyckens BMW schienen wie vom Erdboden verschluckt. Niemand hatte einen Hinweis auf den Ort abgegeben, an den Verstruycken verschleppt worden war, oder auf den, wo Kollmann gestorben war. Und die Identität der drei übrigen Asen war völlig ungeklärt. Kurz und gut: Die Mordkommission wusste nur, dass eine aus drei Männern bestehende Gruppe namens Nemesis Jagd auf die Asen machte, die sie als Verbrecher betrachtete.

Selbst Tom Hermanns war die Lust am Herumalbern vergangen. »Die Sache geht mir auf die Nerven«, maulte er. »Mann, was würde ich für einen vernünftigen Ermittlungsansatz geben.«

»Dann unterstütze mal unsere Rocker-EK. Jurij hat mir gerade die Daten von Frau Yildiz durchgegeben, und mir ist da was aufgefallen«, unterbrach Detlef Schall das Gejammer. »Frau Yildiz heißt mit Mädchennamen Sinovac, und sie stammt aus Kocer, das ist eine Kleinstadt nördlich von Ochrid. Als ich den Namen gelesen habe, ist mir etwas eingefallen. Wir hatten vor knapp einem Jahr einen Suizid in V 24, und das Opfer war eine junge Mazedonierin namens Blagojeva.«

»Na und?«, meinte Peter Elgert zweifelnd. »Im V 24 arbeiten bekanntermaßen viele Mazedonierinnen. Eine Verbindung ist das nicht.«

»Aber bei einer Idris Blagojeva aus Kocer, die zwei Jahre älter ist als Marijana Yildiz und mit Geburtsnamen ebenfalls Sinovac heißt«, widersprach Detlef Schall.

»Oh Scheiße«, flüsterte Tom Hermanns entgeistert. »Dann hat die Schwägerin des Hells Angel Patrick Yildiz als Nutte im Puff der Bandidos angeschafft und sich dort umgebracht? Na, das nenne ich mal ein echt plausibles Motiv für einen Mordanschlag.«

Das fand auch Jurij Kokasa. »Verdammt, dass ich nicht selbst darauf gekommen bin! Zeiske hat V 24 geführt und die Frauen aus Mazedonien ›zugeritten‹. Mensch, ich habe die Verbindung nicht gezogen, weil ich Frau Yildiz nicht mit Mazedonien in Verbindung gebracht habe. Jetzt bleibt nur noch eine Frage offen: Wo steckt das kleine Mädchen? Wo ist Idris Blagojevas Tochter? In der Regel werden die Kinder der Prostituierten von den Zuhältern quasi als Geiseln gehalten, um die Mütter zum Mitspielen zu zwingen. Was passiert mit dem Kind, wenn die Mutter nicht mehr erpresst werden kann? Mir schwant Übles.«

»Vielleicht ist dem Kind vorher schon was zugestoßen, und das war dann der Grund für den Selbstmord der Mutter«, gab Schall zu bedenken.

»Auch möglich«, musste Kokasa zugeben.

»Idris Blagojeva ist obduziert worden, weil bei der Leichenschau massive Ödeme und Strangulationsspuren gefunden wurden. Nicht unüblich bei einer Prostituierten, die SM anbietet, aber hier war die Todesursache zunächst unklar. Erst durch den toxikologischen Befund ergab sich Gewissheit: Idris Blagojeva starb nicht durch äußere Gewalt, sondern durch eine Überdosis Heroin. Verschiedene Einstiche belegen, dass sie bereits seit längerer Zeit abhängig war.«

»Oder gemacht wurde«, setzte Jurij Kokasa hinzu. »Auch das machen die Zuhälter gern mit Frauen, die sich weigern, auf den Strich zu gehen. Sie werden mit Drogen vollgepumpt, bis ihnen alles egal ist. Hauptsache, sie bekommen den nächsten Schuss.«

»Ist das ekelhaft«, schnaubte Schall angewidert.

»Ja, und natürlich wird den Frauen der Stoff nur zwischen den Zehen oder an anderen verdeckten Stellen injiziert, damit die Freier makellose Körper vorfinden. Wäre ja anders auch schlecht fürs Geschäft.«

»Zum Kotzen«, fluchte Peter Elgert. »Aber man müsste denken, dass ihr doch wenigstens ab und zu vernünftige Aussagen von den Frauen bekommt?«

Jurij Kokasa lachte bitter. »Davon träumst du aber! Wenn sie nicht erpresst oder drogenabhängig gemacht werden, haben sie nicht das geringste Vertrauen zur Polizei. Ist aber nachvollziehbar. Die Frauen halten alle Polizisten für brutal und korrupt, weil sie uns mit den Polizeibeamten ihrer Heimatländer gleichsetzen.«

»Nun mach mal 'nen Punkt!«, empörte sich Frank Schmidtkunz. »Einer unserer Dozenten an der Fachhochschule hat die Polizei in Mazedonien ausgebildet, und er hält die Polizisten dort für ebenso gut wie uns.«

»Vielleicht in den großen Städten und vielleicht das mazedonische Äquivalent zum höheren Dienst, also die Kollegen, mit denen er zu tun hatte. Auf dem Land aber regieren die Korruption und die Gewalt, und die dortige Polizei ist nicht die Lösung, sondern Teil des Problems. Die Gehälter sind unterirdisch, und das Land ist in der Hand der organisierten Kriminalität. Als Landpolizist bist du korrupt oder tot, oder du schließt dich den Banden gleich an und kassierst deinen Anteil an der Beute.«

Ihr junger Kollege schien das nicht glauben zu wollen.

»Jetzt guck nicht so schockiert, Frank, und stelle dich der Realität«, sagte Jurij Kokasa. »Die Landpolizisten in Mazedonien kassieren pro Frau, die sie dem Mob ausliefern, ein komplettes Jahresgehalt. Meinst du, die denken großartig nach, was mit den Frauen passiert? Ist für sie und die Behörden nur ein Strich weniger in der Arbeitslosenstatistik.«

»Lassen wir diese philosophischen Betrachtungen zunächst mal beiseite«, unterbrach Detlef Schall. »Wichtig erscheint mir die Frage, ob und ab wann Patrick Yildiz gewusst hat, dass seine Schwägerin als Nutte im V 24 anschaffen musste. Wenn er es vor ihrem Tod gewusst hat: Warum hat er nichts getan, um sie dort rauszuholen? Ich hätte es getan, Rockerkrieg hin oder her.«

»Sie wäre das perfekte Druckmittel der Bandidos gegen Yildiz gewesen, der als Sergeant-at-Arms schon einigen Einfluss auf die Angels hat«, sagte Kokasa. »Aber wenn so etwas gelaufen wäre, hätten wir das zumindest gerüchteweise gehört. Nein, ich glaube, dass Idris Blagojeva einfach ein Zufallsopfer war, das verschleppt und zur Prostitution gepresst wurde. Die Bandidos hatten keine Ahnung, wen sie da hatten. Vielleicht hat sie sich umgebracht, weil die Bandidos es herausgefunden hatten.«

»Und wie bekommen wir das heraus?«, fragte Theo Mischke.

»Ganz einfach: Wir fahren noch mal zu Frau Yildiz und konfrontieren sie mit den Tatsachen«, knurrte Jurij Kokasa. »Vielleicht sollten wir wegen der Bodyguards aber Verstärkung mitnehmen.«

Tom Hermanns und Peter Elgert nickten einander zu und standen auf. Hanna Karl und Frank Schmidtkunz taten es ihnen gleich.

»Sechs Leute, das reicht. Eine Frau dabei für mögliche Durchsuchungen, das passt«, kalkulierte Jurij Kokasa. »Also los.«

»Es muss aber auch ein Team ins Krankenhaus fahren und Zeiske befragen«, erinnerte Detlef Schall.

»Das mache ich mit Klaus«, meldete sich Willi Beugen. »Anschließend fahren wir ins Johanniter nach Rheinhausen und sehen nach, wie es Yildiz geht. Der ist nämlich per Hubschrauber verlegt worden. Da haben wir wenigstens was zu tun.«

Draußen war der Nieselregen in ein sanftes Schneetreiben übergegangen. »Ist nicht kalt genug, dass es liegen bleiben würde«, kommentierte Heppner Beugens prüfenden Blick. Der Matsch auf der Straße ließ die Fahrt aber zu einer gefährlichen Rutschpartie werden, und mehr als einmal dankte er den Fahrkünsten seines Kollegen, wenn sie wieder einmal knapp an einem rutschenden Fahrzeug vorbeigeschlittert waren.

Zeiske war ins St.-Johannes-Hospital in Hamborn eingeliefert worden. »Lass uns über die L 609 fahren, dann kommen wir am Bandidos Place vorbei und sehen, was da abläuft«, schlug Heppner vor, und Beugen nickte.

Vor dem Charter der Bandidos patrouillierten etliche Mannschaftswagen der Duisburger Einsatzhundertschaft, und Kollegen mit Maschinenpistolen sicherten die Kontrollen der Fahrzeuge ab, die in den Duisburger Rotlichtbereich einfuhren.

»Habe ich zum letzten Mal bei der RAF-Terroristenfahndung gesehen«, murmelte Heppner, und wieder nickte Beugen.

Zeiske lag in einem Einzelzimmer auf der chirurgischen Privatstation, und die Ermittler mussten sich gegenüber den bewachenden Kollegen viermal ausweisen, bis sie eintreten durften. Der Bandido lag auf der Seite, und als er die Polizisten sah, verzog er angewidert das Gesicht.

»Mann, fickt euch doch ins Knie, ihr Scheißbullen. Ich habe euch doch schon alles erzählt.«

Heppner trat näher, umrundete sein Bett und besah die Schusswunde in seinem Oberschenkel. »Nett anzusehen«, bemerkte er gedehnt. »Vorne sieht man nur den Einschuss eines klassischen Neun-Millimeter-Projektils, aber hinten reißt das austretende Geschoss einen faustgroßen Krater. Wird lange dauern, bis das zugewachsen ist, Zeiske.«

Sein rüder Ton schien den Rocker zu irritieren. »He, machen Sie mal Pause«, protestierte er. »Schließlich bin ich hier das Opfer, und wenn ich mich nicht rechtzeitig gewehrt hätte, würdet ihr jetzt vor meiner Leiche stehen.«

»Unbestritten«, knurrte Beugen. »Was für einen Grund hatte Yildiz, Sie umzunieten?«

»Na, ist doch sonnenklar, ihr Luschen«, tönte Zeiske herablassend. »Ich bin Bandido, und er –«

»Jetzt hören Sie gefälligst mit dem Bockmist auf«, fuhr Heppner ihn an. »Sie und ich wissen, dass es ein persönliches Motiv für den Hass gibt. Stichwort Idris, und jetzt will ich Klartext hören.«

Wie zufällig legte er seine Hand auf den Schalter des Schmerzmitteltropfes, und schon der Gedanke, er könnte seine Funktion einstellen, ließ Zeiske erschreckt zusammenfahren.

»He, lassen Sie das sein, das … au, tut das weh!«

Schuldbewusst dreinblickend, trat Heppner vom Bett zurück. »Oh, Verzeihung. War nicht meine Absicht. Also, wie war das mit Idris Blagojeva?«

Zeiske hatte den Wink mit dem Zaunpfahl offenbar verstanden. »Ach, Sie meinen die kleine Nutte, die bei mir in V 24 angeschafft hat? Tja, ich wusste bis kurz vor ihrem Tod nicht, dass sie mit Yildiz verwandt war. Als ich es rausgekriegt hab, haben wir erst mal eine Flasche Moët geköpft. Hey, wir hatten einen Sergeant-at-Arms der Angels komplett in der Hand. Wir hätten ihn fernsteuern können. Und dann knallt sich die kleine Fotze 'ne Überdosis rein. Mann, wenn sie nicht schon tot gewesen wäre, hätte ich sie dafür durchgeprügelt.«

»Haben Sie ja wohl trotzdem«, meinte Willi Beugen scharf.

Zeiske grinste schon wieder. »Mann, das waren Wiederbelebungsversuche. Beweist mir mal das Gegenteil.« Beugen lehnte sich auf das Bett, was Zeiske erneut zusammenzucken ließ. »Wiederbelebung durch Würgen am Hals, aha. Scheint eine neue Technik zu sein, die ich noch nicht kenne. Wie ist sie denn an die Drogen gekommen?«

Zeiske wand sich noch immer. »Mann, das weiß ich doch nicht. Vielleicht von einem Freier. Diese Ischen haben doch immer ihre Quellen … gehen Sie von meinem Bein weg!!« Seine Stimme drückte regelrechte Panik aus.

Beugen tat unschuldig. »Wieso? Ich inspiziere die Wunde nur für meinen Bericht über den Heilungsverlauf. Und die Frauen arbeiten alle freiwillig bei Ihnen? Ich glaube, ich sehe da noch Partikel in der Wunde, die entfernt werden müssen.«

Zeiske sah aus, als wollte er aus dem Bett springen. »Das sind verbotene Vernehmungsmethoden, ihr Wichser! Ich mache euch fertig! Gleich kommt mein Anwalt, und dem werd ich alles brühwarm erzählen –«

Weiter kam Zeiske nicht. Während Heppner seine Hand wieder auf den Knopf legte, brüllte Willi Beugen ihn nieder. »Halt's Maul, du Affe! Sei lieber froh, dass wir uns mit dir befassen und nicht andere. Außerdem ist das hier keine Vernehmung, sondern nur ein nettes Gespräch. Haben wir dich belehrt? Haben wir irgendetwas aufgeschrieben? Nein, haben wir nicht, du Pfeife. Deshalb bleibt alles, was gesagt wurde, innerhalb dieses Zimmers, auch deine Beleidigungen. Wir wollen nur eines von dir wissen: Wo ist Natascha Blagojeva? Wo ist das Kind?«

Zeiske blickte gehetzt um sich. »Das haben Sie jetzt nicht von mir, ja? Also, das war doch der Grund für ihren Selbstmord. Die Kleine war unser Druckmittel gegen sie, und wir haben das Blag unter Verschluss gehalten. Letztes Jahr im Juni hatte sie einen Unfall und ist gestorben. Zwei Tage nachdem ich der Mutter das gesagt hatte, hat sich die blöde Kuh den goldenen Schuss gesetzt. Die war ja so was von beschissen blöd. Kann nicht mal das H richtig dosieren.«

Klaus Heppners Blutdruck war wahrscheinlich jenseits des messbaren Bereichs. »Und auf die Idee, dass eine Mutter den Tod ihres Kindes nicht gut verkraftet, bist du Gehirnamputierter wohl nicht gekommen, was? Langsam bin ich der Meinung, dass man Yildiz noch mal eine Chance geben sollte. Was habt ihr nach dem Unfall mit der Leiche des Kindes gemacht?«

Zeiske antwortete, ohne auf Heppners Tirade einzugehen. »Die Kleine war ja offiziell gar nicht hier. Wir haben sie also verschwinden lassen – stückchenweise. War ganz leicht, die Kleine hat ja höchstens dreißig Kilo gewogen. Wir sind zwar nicht so gut wie die Mexikaner, die Polizeispitzel an die Geier verfüttern, aber auch wir haben unsere Methoden. Und wieso nicht? Das Blag war ja sowieso tot. Wir hatten es nicht umgebracht, also was war Schlimmes dabei?«

Heppner hielt seinen Kollegen zurück, bevor dieser sich unglücklich machen konnte. Ein kleines Mädchen zu entsorgen wie einen Sack Hausmüll zeugte vom Fehlen jeglichen Charakters. An einem solchen Stück Dreck sollte man sich die Finger nicht schmutzig machen. Obwohl Heppner die Galle bis in die Kehle gestiegen war, stellte er eine letzte Frage. »Wusste Yildiz vom Tod der beiden?«

Zeiske zuckte die Achseln. »Also von mir hatte er das nicht. Kann aber sein, dass er vom Tod der kleinen Nutte gelesen hat. Stand ja in der Zeitung, und vielleicht hat einer geredet. Ob er daraus geschlossen hat, dass ihr Ableger auch tot ist, müssen Sie schon ihn fragen.«

Die Beamten hatten endgültig genug von dem widerlichen Subjekt im Krankenbett. Während Heppner noch überlegte, wie man Zeiske eine ordentliche Sepsis verpassen könnte, hatte Beugen eine andere Idee. »Meinst du nicht auch, dass Zeiske was für die Nemesis-Gruppe wäre?«

»Oh, aber ja«, antwortete Heppner, während sein Grinsen breiter wurde.

»He, ihr Bullensch… Äh, ihr Polizisten, wen meint ihr mit Nemesis? Was quatscht ihr da?«

Die Antwort war zu schön, um sie Zeiske vorzuenthalten. Beugen überließ es Heppner, Zeiske noch ein wenig mehr zu ängstigen.

»Och, es gibt da eine Gruppe, die sich jeden dritten Dienstag im Monat trifft, um irgendwelche Spielchen zu spielen. Eine Gruppe, die sich Nemesis nennt, betrachtet sie als widerwärtige Verbrecher und verfolgt sie. Ursprünglich waren es mal fünf Mann. Einer ist tot, der zweite entführt, und wenn es ihm ergeht wie dem Ersten, wird er ebenfalls langsam und qualvoll zu Tode gefoltert. Und –«

Weiter kam er nicht, denn etliche Monitore begannen verrücktzuspielen. Zeiskes Herzfrequenz war während Heppners Worten von neunzig auf über hundertsechzig gestiegen, und sein Blutdruck lag bei zweihundertzwanzig zu hundertzwanzig. Sein Gesicht war knallrot, und er rang nach Atem. Beugen und Heppner suchten nach dem Notrufknopf, doch noch bevor sie ihn fanden, stürzten Schwestern und ein Arzt ins Zimmer.

»Raus hier!«, brüllte der Arzt. »Sie sollten mit ihm reden, nicht ihn umbringen! Verschwinden Sie, aber schnell!«

Sie trollten sich, waren aber um eine Erkenntnis reicher, die sie überraschte und erschreckte. Willi Beugen fasste sie in Worte. »Das halte ich nicht aus. Zeiske kennt die Asen, er weiß von ihren

Treffen am Dienstag und wahrscheinlich auch, was dort abläuft. Und dass eine Rächergruppe Thor, Bragi und Co. brutal liquidiert, jagt ihm mehr Angst ein als unser grenzwertiges Verhör. Was ist hier los, Klaus?«

»Die Hölle, Willi. Ich fürchte, die Hölle ist losgebrochen.«

Dabei war das erst der Anfang.

ACHT

»Tu mir einen Gefallen und halte an der nächsten Sparkasse an«, seufzte Willi Beugen, nachdem er einen prüfenden Blick in sein Portemonnaie geworfen hatte und ihm das Ergebnis sichtlich missfiel.

»Okay, wenn wir zum Johanniter-Krankenhaus wollen, wo Yildiz liegt, ist die Ulmenstraße das Nächste«, seufzte Heppner und änderte den Kurs.

»Mensch, ich habe gerade festgestellt, dass der Schein, den ich heute Morgen meiner Frau gegeben habe, mein letzter war. Schön, wenn sie einkaufen kann, aber für mich reicht es nicht mal mehr für einen Kaffee.«

Na toll, dachte Heppner. Willi Beugens Frau arbeitete nicht und kümmerte sich um Haushalt und Kinder. Ein unbezahlter Fulltime-Job sozusagen, wodurch sie das Kunststück fertigbringen mussten, eine komplette Familie mit einem Beamtengehalt zu ernähren. Trotzdem hatte sein Kollege vor ein paar Jahren ein Einfamilienhaus in Rumeln gebaut, wodurch er jetzt erst recht jeden Cent dreimal umdrehen musste.

»Bleib ruhig im Auto, ich ziehe nur schnell das Geld, und dann fahren wir weiter.« Beugen sprang vor der Filiale, die sich in unmittelbarer Nähe zur Wache Rheinhausen befand, aus dem Auto und rannte durch den Nieselregen, der das Schneegestöber wieder einmal abgelöst hatte, zur Sparkasse. Heppner blieb im Auto und dachte mit halb geschlossenen Augen über die Verbindung von Zeiske zu den selbst ernannten Asen nach, als ihm plötzlich ein Auto auffiel.

Der silberne Renault Mégane mit britischem Kennzeichen hielt schräg gegenüber, und zwei Kinder, die er auf zehn bis dreizehn Jahre schätzte, sprangen heraus und rannten ebenfalls zur Sparkasse. Heppner musste unwillkürlich grinsen. Seit Monaten sammelten sich die Berichte über die »Klau-Kids«, die von ihren Eltern zum Stehlen losgeschickt wurden. Die Familien operierten von einem Haus in Bergheim aus, das normalerweise zwanzig Familien Platz bot, faktisch aber von fast tausend Menschen bewohnt wurde. Der Vermieter, ein aus polizeilicher Sicht raffgieriger Immobilienhai, kassierte die Miete nicht pro Wohnung, sondern pro Person, und zwar mit Hilfe von Rollkommandos. Ihm war egal, wo das Geld für die Miete herkam. Bei dem Gedanken, dass sich die Kids mit seinem Kollegen den Falschen ausgesucht hatten, wurde Heppners Grinsen breiter.

Ein lautes Brüllen in der Bank, gefolgt von einem schrillen Kinderschrei, ließ sein Grinsen allerdings gefrieren. Er sprang aus dem Auto und hastete zur Bank, aber schneller als er war der Fahrer des Renaults – und er hatte einen Baseballschläger in der Hand.

Das Szenario in der Sparkasse ließ Heppner den Atem anhalten. Eines der Kinder lag auf dem Boden, hielt sich den Kopf und jammerte, das andere befand sich in einem eisernen Klammergriff von Willi Beugen, der in einer Ecke auf den Knien hockte. Der Fahrer des Renaults stand mit erhobenem Baseballschläger vor ihm und brüllte: »Kind loslasse, oder ich mache Kopp Matsche!«

Die Mündung einer P99-Dienstwaffe, die sich in sein Rückgrat bohrte, ließ ihn erstarren. »Polizei! Das Ding fallen lassen und die Hände hinter den Kopf, sofort!«, brüllte Heppner ihm in die Ohren.

Klappernd fiel der *Basi* zu Boden, und die Hände des Mannes wanderten in den Nacken.

»Langsam auf den Boden setzen und keine Bewegung!«, kommandierte Heppner, während er sein Handy herausnestelte und den Notruf wählte. »Alles okay bei dir?«, fragte er Willi Beugen, während er darauf wartete, dass die Leitstelle sich meldete.

Erst als Beugen mit zusammengepressten Lippen den Kopf schüttelte, bemerkte Heppner, dass das Gesicht seines Kollegen kalkweiß war. »Heppner vom KK 11. Wir brauchen in der Sparkasse dringend Unterstützung. Ein Kollege ist schwer verletzt, und wir brauchen einen Notarzt! Beeilt euch. Ich halte die Täter noch fest.«

»Schaffst du es alleine, Willi? Ich muss die Tür blockieren, sonst sind die drei weg!«

Beugen nickte, obwohl seine Stirn mittlerweile mit kaltem

Schweiß bedeckt war. Er hatte nicht mehr die Kraft, das zweite Kind festzuhalten. Es riss sich los und eilte zum Fahrer des Renaults, der es in den Arm nahm. »Was getan? Lasse uns gehe! Mann hat Kind geschlagen, ist böse! Ihn bestrafe, nix uns!«

»Halt deine saublöde Fresse«, stöhnte Beugen und zog die linke Hand hinter seinem Rücken hervor. Sie war voller Blut. »Der Kleine, der auf dem Boden liegt, wollte mich abstechen, nachdem sie da«, er zeigte auf das Mädchen im Arm des Renault-Fahrers, »versucht hat, mir das Geld zu klauen.«

»Hier geht keiner weg«, bestätigte Heppner nochmals.

Der Mann lachte verächtlich und stand auf. »Ich nehme Kinder und gehe weg. Was wolle tun? Schieße auf Kinder? Mach dich fertig, Bulle.«

Gott sei Dank enthob das Eintreffen von vier Kollegen der nahe gelegenen Wache Heppner einer Entscheidung. Doch trotz der Übermacht versuchte der Mann, Widerstand zu leisten. Es bekam ihm nicht gut. Bei einem Angriff auf einen Kollegen mit einer tödlichen Waffe kannten Polizisten keinen Spaß. Letztlich hielten Beugen und Heppner die Kollegen zurück, sonst hätte der eintreffende Notarztwagen eher den Renault-Fahrer als den verletzten Polizisten mitnehmen müssen.

Willi Beugen landete also verdammt schnell im Johanniter-Krankenhaus, nachdem der ihn untersuchende Notarzt den Verdacht geäußert hatte, der Messerstich könnte die Niere getroffen haben.

Da der kleine Täter keine Handschuhe trug und das benutzte Messer immer noch in Beugens Rücken steckte, war die Beweisführung kein Problem. Dennoch wurde der Schalterraum der Sparkasse wie ein Tatort eines versuchten Tötungsdeliktes nach Spuren abgesucht.

»Ich hätte ja nicht gedacht, dass ich mal einen Kollegen als Opfer habe«, murmelte Ede Vollstraß, der ständig an seinem Spurensicherungsanzug herumzupfte, um ihn in die richtige Form zu bringen. Es gelang ihm nie.

»Immerhin hat der Arzt gemeint, dass keine unmittelbare Lebensgefahr besteht«, beruhigte Heppner seinen Kollegen. »Willi war so clever, das Messer nicht aus der Wunde zu ziehen. Dadurch hat sich der Blutverlust in Grenzen gehalten. Er dürfte jetzt schon auf dem OP-Tisch liegen. Wenn ich hier fertig bin, fahre ich rüber ins Johanniter. Da wollten wir sowieso hin. Ist doch aberwitzig.«

»Das Trio ist uns übrigens bekannt«, berichtete PHK Spellner, der Dienstgruppenleiter der Rheinhausener Wache. »Dan, Florin und Livia Dumitrescu, also Vater, Sohn und Tochter, alle drei rumänische Roma. Sie haben sich darauf spezialisiert, Kunden an Geldautomaten um das frisch gezogene Geld zu erleichtern. Florin lenkt ab, Livia klaut, und Vater Dan wartet draußen, um die Flucht zu ermöglichen. Bisher ging alles nur mit ein bisschen Schubserei ab, aber vor vierzehn Tagen ist die Sache zum ersten Mal eskaliert. Der Geschädigte hat sich das Mädchen geschnappt und ist vom Vater mit dem Basi angegriffen worden. Er wurde so schwer verletzt, dass er die Täter nur vage beschreiben konnte. Unser Verdacht fiel gleich auf dieses Trio hier, aber wir hatten keinen Beweis. Jetzt werden wir den sichergestellten Basi auf DNA-Spuren des Opfers untersuchen. Dann haben wir sie.«

»Na super«, knurrte Vollstraß sarkastisch. »Schade nur, dass dafür ein Kollege bluten musste.«

»Wieso fährt er eigentlich mit einem britischen Kennzeichen durch die Gegend?«, fragte Heppner.

Spellner zuckte die Achseln. »Hat er sich wahrscheinlich im Internet besorgt. Das geht nämlich. Sagt die Adresse von irgendeinem Verwandten in Bristol, bezahlt die erste Rate der Versicherung und hat sein Kennzeichen. Das hat den Vorteil, dass wir bei Halterermittlungen erst mal ein formales Rechtshilfeersuchen stellen müssen. Wenn nach sechs Monaten das Ergebnis da ist, hat der Besitzer den Wagen schon in Rumänien oder Bulgarien verschrottet. Aber egal, jetzt haben wir den Wagen, und wir werden ihn einschleppen und gleich darauf nachsehen, was wir darin finden. Ich tippe mal auf etliche EC-Karten der Opfer, Portemonnaies und etliches Bargeld.«

»Was wird jetzt mit den Kindern?«, fragte Vollstraß, der von seinen Spuren aufsah.

»Das Übliche halt«, meinte Spellner verdrossen. »Wir übergeben sie dem Jugendamt, das bringt sie in eine Kindertagesstätte, und nach einer Stunde sind sie verschwunden. Spätestens zwei Stunden danach begehen sie den nächsten Bruch. Was sollen wir denn machen? Einsperren können wir sie nicht.«

Unser Kollege sah sichtlich frustriert aus. »Immerhin hat sich der Kleine offenbar eine saftige Ohrfeige von Willi eingefangen«, bemerkte Heppner zufrieden. »Die Schelle nimmt ihm keiner mehr.«

»Und als Folge werden wieder die ›Gutmenschen‹ kommen und die Einleitung eines Verfahrens gegen Willi fordern, weil er ein Kind brutal geschlagen hat. Dass dieses Kind ihm ein Messer in den Körper gerammt hat, um einen Raub begehen zu können, interessiert nicht. Es war ja ein Kind! Dass dieses sogenannte Kind eine Sozialisation hinter sich hat, die es zum perfekten und gewissenlosen Killer macht –«

»Na, na, jetzt übertreib mal nicht«, unterbrach Spellner protestierend, doch Ede Vollstraß schüttelte den Kopf.

»So? Du findest, ich übertreibe? Diese Kids sind Produkte ihrer Umwelt und der Erziehung ihrer Eltern. Ihnen wurde beigebracht, dass sie sich alles nehmen dürfen, und sie tun es mit allen Mitteln, wie wir sehen. Ich habe noch ein prima Beispiel für dich. Letztes Jahr hatte ein siebzehnjähriger Deutschrusse das Auto seines Vaters gemopst und war nach Moers gefahren, um seine Freundin zu besuchen. Als eine Streife den Wagen anhielt, hat er bewusst versucht, einen der Kollegen zu überfahren. Der zweite hat geschossen, um seinen Kollegen zu retten, und hatte das Glück, den Fahrer am Arm zu treffen, sodass er das Steuer verriss und den Kollegen verfehlte. Ich war im Krankenhaus, um die Spuren zu sichern, und hab erlebt, dass der Bursche als Erstes die Schlagstärke seines Gipsarms testete, nachdem er sich ohne Betäubung die Knochensplitter aus der Wunde hatte entfernen lassen. Der Kerl kam aus Frunse in Sibirien, und dort sind in Zeiten der UdSSR die Elitekiller des KGB ausgebildet worden. Ich habe in meinem Leben keine Augen gesehen, die so kalt und tot waren wie seine, und ich wusste, er wird irgendwann jemanden umbringen oder selbst gewaltsam ums Leben kommen. Vorgestern habe ich ein Fernschreiben in der Hand gehabt, und darin stand, dass Stefan Abuscharat, so heißt er, in Amsterdam festgenommen worden ist. Ein Kurde war von seiner Frau verlassen worden und hat Abuscharat beauftragt, für ihn Rache zu nehmen. Abuscharat hat ohne jedes Gefühl der Frau bei lebendigem Leibe den Kopf abgetrennt und ihn dem Ehemann überbracht. Manchmal verängstigt mich diese Welt.«

Mich auch, dachte Heppner trocken. Er winkte den Kollegen zum Abschied zu, fuhr ins Johanniter-Krankenhaus und bekam die nachfolgenden Ereignisse an der Wache deshalb nicht mehr mit.

***

Thorsten Spellner war gerade dabei, die Festnahmeanzeige für Dan Dumitrescu zu schreiben, als die Scheibe der Wache zerbarst. Alle in der Wache warfen sich instinktiv zu Boden und griffen nach ihren Waffen. Spellner erhob sich auf die Knie und kroch zum zersplitterten Fenster, wo sich ihm ein surreales Bild wie aus einem Western bot.

Vor der Wache hatte sich eine Gruppe von etwa dreißig Männern zusammengerottet, bewaffnet mit Knüppeln und Eisenstangen, und rückte langsam auf die Wache vor.

»Und was jetzt?«, flüsterte Sylvia Klein, die Wachhabende, nervös.

»Erst mal rufen wir nach Unterstützung. Egal, ob über Funk, Telefonleitung oder Handy, ich will alles an Polizei, was Duisburg und Umgebung im Dienst hat, hier haben. Los jetzt!«, sagte Spellner.

Während Sylvia geduckt wegschlich, erhob er sich, um den Angreifern die Stirn zu bieten. »Bleibt sofort stehen! Was wollt ihr?«

Zumindest der erste Teil des Befehls verhallte ungehört, doch ein in vorderster Linie gehender bärtiger Mann um die dreißig bequemte sich zu einer Antwort. »Brudder rausgebbe und Kinder sofort! Du wolle weiterlebe, du tun!«

Spellner nickte und ignorierte die sich nähernde Übermacht. »Dann bist du Stjepan Dumitrescu. Gegen dich liegt ein Haftbefehl vor, wenn ich mich nicht irre. Nett, dass du selbst vorbeikommst. Wollen sich die anderen auch stellen? Sobald die Verstärkung hier ist, seid ihr alle reif wegen versuchter Gefangenenbefreiung.«

»Halt Maul, Bulle. Du nicht mehr erleben mich in Knast. Du tot, wenn nicht gebe Brudder und Familie. Alle tot!«

Nur eine Sekunde später musste sich Spellner ducken, um der auf seinen Kopf gezielten Flasche auszuweichen. »Na gut, ihr habt es so gewollt. Jetzt werden wir Zwangsmittel anwenden«, sagte Spellner und kommandierte dann in Richtung seiner Kollegen: »Alle Mann mit Reizstoffsprühgeräten hier ans Fenster! Das wird sie eine Weile aufhalten.«

»Schade, dass wir keine Tränengasgranaten haben wie der Bundesgrenzschutz«, sagte einer seiner Leute.

»Die könnten wir sehr gut brauchen«, flüsterte Sylvia Klein, die sich leise genähert hatte. »Die Verstärkung ist frühestens in fünfzehn Minuten hier. Bis dahin sind wir überrollt. Sollen wir die drei nicht doch herausgeben? Wir fangen sie dann einfach noch mal ein.«

»Und geben die gesamte Polizei der Lächerlichkeit preis? Nein! Wir halten diesen Mob auf, sonst lernen sie daraus, dass sie mit uns machen können, was sie wollen.«

»Und riskieren, dabei getötet zu werden?« Sylvia war offenbar der Panik nahe.

»Das Risiko tragen wir immer. Wer zu viel Angst hat, soll die Uniform ausziehen und durch den Hinterausgang verschwinden. In meiner Gegenwart möchte ich diese Leute aber dann nicht mehr in Uniform sehen.«

Der Mob hatte sich inzwischen der Wache bis auf fünf Meter genähert. Spellner versuchte, Emotionen in den Gesichtern der Angreifer zu erkennen, aber da war nichts, nur Eiseskälte.

Als die Distanz auf drei Meter geschrumpft war, setzten Spellner und die drei neben ihm stehenden Kollegen ihr Pfefferspray ein. Der Erfolg war eher mäßig. Zwar konnte etwa ein Dutzend Angreifer kurzfristig ausgeschaltet werden, aber für jeden davontaumelnden Angreifer rückte ein neuer nach, und nach wenigen Sekunden waren die Sprühgeräte leer. Spellner und seine Kollegen zogen ihre Dienstwaffen, und dies schreckte die Randalierer zunächst ab. Sie wichen zehn Meter zurück und schienen zu beraten, was sie tun sollten.

Ein plötzlich ausbrechender Tumult unter den Angreifern weckte Spellners Aufmerksamkeit. »Ist die Verstärkung eingetroffen?«, flüsterte Sylvia Klein.

»Kann eigentlich noch nicht, aber …« Was Spellner dachte, wurde nicht ausgesprochen, denn alle sahen, was geschehen war.

Die sie belagernden Rumänen und Bulgaren, bei denen es sich durchweg um Bewohner des bereits beschriebenen Hauses handelte, wurden jetzt selbst angegriffen. Die Bewaffnung der Neuankömmlinge war ebenso improvisiert wie die ihrer Gegner, auch waren sie in Unterzahl, aber das machte ihr Zorn wett, der die Eiseskälte ihrer Kontrahenten zu zerschmelzen schien. Als einige der eingeschlossenen Polizisten einen Ausfall wagten, gerieten die Angreifer zwischen zwei Fronten. Sie taten das einzig Logische und flüchteten. Zehn von ihnen blieben bewusstlos oder verletzt zurück.

Ein Mann um die fünfzig, der einen hölzernen Schlagstock in der Hand hatte und aus einer Platzwunde am Kopf blutete, trat auf PHK Spellner zu. »Gott sei Dank sind wir rechtzeitig hier gewesen, um Ihnen helfen zu können. Mir scheint, wir kamen in letzter Sekunde.«

Spellner nickte und schüttelte die Hand des Mannes. »Verbindlichsten Dank auch. Ich hätte nur gern gewusst, wer Sie sind und was das alles zu bedeuten hat.«

»Recht einfach zu beantworten. Wir sind die Rheinhausener Bürgerwehr. So was wie die ›Neighbourhood Watch‹ in den USA.«

»Aha. Vielleicht auch so was wie ein Weißer Orden Duisburgs, wie?«, fragte Spellner sarkastisch.

Der Mann grinste. »Für jemanden, den wir gerade aus der Scheiße gerettet haben, quatschen Sie einen ganz schönen Mist. Sehen Sie sich mal um: Der Bursche, der sich gerade um unsere Verletzten kümmert, ist Yilmaz Oktay. Er führt auf der Elisabethstraße ein Friseurgeschäft. Der Mann neben ihm ist Christos Eleftherios, er ist Installateur. Ich heiße Kurt Fellheim, und mir gehört eine Schreinerei. Rassismus gibt es bei uns nicht. Wir haben auch nichts gegen Fremde. Wir haben nur die Schnauze voll von Leuten, die tolldreist hierherkommen und die unsere Gesetze einen Scheißdreck interessieren. Ich weiß, diese Leute im Zaum zu halten ist eigentlich Ihr Job, aber ihr seid zu wenige für den Massenansturm böswilliger Wirtschaftsflüchtlinge. Hat man ja gerade gesehen.«

»Na schön, danke für die Hilfe. Ich frage mich nur, wie Sie und Ihre Freunde so schnell hier sein konnten.«

Fellheim zuckte die Achseln, was ihn nochmals zusammenfahren ließ, und er griff sich an die linke Schulter. »Da habe ich anscheinend doch etwas abbekommen. Wir behalten das Haus, in dem diese Leute wohnen, im Auge. Unser heutiger Beobachter hat uns gemeldet, dass sich ein Lynchmob in Bewegung gesetzt hatte, und ist ihm gefolgt. Als klar war, dass die Wache Rheinhausen das Ziel ist, habe ich unsere Leute zusammengetrommelt, und hier sind wir.«

»Ich habe Krankenwagen angefordert, und die Verstärkung hat auf dem Weg schon einige Angreifer festgenommen«, meldete Sylvia Klein, und Spellner nickte. »Deinen Freund Stjepan Dumitrescu haben sie übrigens auch eingesammelt. Heulte immer noch wegen der Ladung Pfefferspray, und offenbar hat jemand auf seinem linken Arm Polka getanzt. Der Haftbefehl wird wohl im Krankenhaus verkündet werden.«

»Kein Mitleid«, knurrte Spellner, und sowohl Fellheim als auch Sylvia Klein nickten. »Sie sollten aber auch ein paar andere Gegenden überwachen, nicht nur dieses eine Haus«, wandte sich Spellner wieder an den Leiter der Bürgerwehr.

Fellheim nickte erneut. »Ist uns schon klar. Wir wissen auch, dass die meisten Menschen in dem Haus vernünftige Leute sind und hier nur in Frieden leben wollen. Die schwarzen Schafe sind es, die uns stören, aber je mehr davon auf einem Fleck sitzen, desto schlimmer wird die Sache.« Fellheim nickte den Polizisten zu und ging zu einem der Krankenwagen, um sich verarzten zu lassen.

Klaus Heppner erfuhr erst wesentlich später von der »Schlacht um die Wache Rheinhausen«, wie die Boulevardblätter es einen Tag später nannten. Während die Kollegen buchstäblich um ihr Leben kämpften, versuchte er herauszubekommen, wie es Willi Beugen ging.

»Um den mache ich mir prinzipiell keine Sorgen«, verriet ihm Dr. Pantaleone im Johanniter-Krankenhaus. »Theoretisch dürfte ich es Ihnen nicht sagen, aber ich weiß, dass er es Ihnen sowieso erzählen wird, wenn er wieder Besuch empfangen darf. Das Messer hat die linke Niere nur leicht angeritzt. Derzeit dämmert er nach der OP im Aufwachraum vor sich hin. Wenn er wieder klar ist, sage ich Ihnen Bescheid. Es war wirklich günstig, dass er das Messer hat stecken lassen. Das Ding hatte nämlich Widerhaken, und beim Herausziehen wäre die Wunde extrem erweitert worden. Eins sage ich Ihnen, Herr Heppner: Wer so ein Messer in einen Menschen stößt, will ihn töten.«

Das sagte viel über den Jungen aus, dachte Heppner. Tolle Zukunftsaussichten für einen Dreizehnjährigen. Er bat den Arzt, Willi Beugen seine Grüße auszurichten, und fragte nach dem Zustand von Yildiz.

»Überraschend gut«, antwortete Dr. Pantaleone. »Nach meiner Meinung ist er außer Lebensgefahr, und bleibende Schäden sind wohl nicht zu erwarten. Wenn Sie sich entsprechend ausstaffieren, können Sie sogar ein paar Minuten mit ihm reden.«

Falls er überhaupt mit mir reden will, dachte Heppner im Stillen.

Mangels Kollegen fiel das Spiel guter Bulle – böser Bulle diesmal aus. Als Heppner vermummt wie ein Astronaut auf das Zimmer der Intensivstation kam, auf dem Yildiz lag, war er wach. Der Ermittler entschloss sich zu einem Frontalangriff.

»Pech gehabt, was, Patrick? Zeiske war wohl etwas besser als vermutet. Vielleicht hätten Sie erst ein paar Runden auf dem Schießstand absolvieren sollen.«

»Hab ich doch. Der Dreckskerl hat mich nur zu früh gesehen und zuerst geschossen«, antwortete Yildiz mit überraschend klarer Stimme.

»Was den Charakter von Zeiske angeht, gibt es wohl keine zwei Meinungen. Und wenn man bedenkt, was er Ihrer Familie angetan hat … Also als Mensch habe ich vollstes Verständnis für Sie. Als Polizist kann ich das Ganze aber nicht dulden.«

»Sie wissen es? Woher?«, flüsterte Yildiz überrascht. »Hat meine Frau –?«

»Kein Wort«, unterbrach Heppner ihn. »Die Trauer um ihre Schwester war aber nicht zu übersehen, und dann haben wir zwei und zwei zusammengezählt. Wie gesagt, ich verstehe Sie. Was Zeiske und Konsorten mit dem Kind gemacht haben … schon deswegen kann ich Ihre Reaktion prinzipiell verstehen, auch wenn ich sie nicht billige.«

Yildiz sah ihn verblüfft an. »Ich dachte, ihr Bullen würdet uns alle über einen Kamm scheren. Alles, was ein Angel oder Bandido macht, ist verwerflich.«

»Damit haben wir ja auch meistens recht«, grinste Heppner, während er sich auf den Stuhl neben dem Bett setzte. »Das heißt aber noch lange nicht, dass wir Aktionen ignorieren, die moralischen Ansprüchen entsprechen. Eure Aktion für das leukämiekranke Kind im letzten Jahr haben wir zum Beispiel sehr wohl zur Kenntnis genommen.«

Yildiz war offenbar beeindruckt. »Das wussten wir nicht. Ist aber auch egal. Ich werde jedenfalls nichts zu der Tat von gestern sagen. War es gestern oder vorgestern? Ich weiß nicht, wie lange ich weggetreten war.«

»Es war gestern. Okay, Sie wollen nicht über den Schusswechsel reden, aber vielleicht erzählen Sie mir was über Ihre Schwägerin und ihre Tochter. Wie sind sie überhaupt in Zeiskes Hände geraten?«

Yildiz überlegte, bevor er antwortete. »Versprechen Sie mir, dass das, was ich erzähle, nicht den Angels zu Ohren kommt, ja?«

Klaus Heppner nickte.

»Okay, also. Mazedonien ist Bandidos-Land. Dort holen sie sich die jungen Frauen, um sie hier auf den Strich zu schicken. Die Bullen dort arbeiten mit den Bandidos zusammen. Jeder Versuch, sich bei den Behörden zu erkundigen, führt sofort zu Gegenmaßnahmen, und schon viele haben ihre Fragen nicht überlebt. Die Polizei sagt dazu, dass Unfälle nun mal passieren.«

Yildiz verfiel für ein paar Augenblicke in Schweigen, bevor er weitererzählte. »Vor etwa eineinhalb Jahren muss ihnen Idris in die Hände gefallen sein. Es hat sehr lange gedauert, bis ich herausgefunden habe, in welches Bordell man sie gesteckt hatte. Dass es ausgerechnet Duisburg war, ist Ironie des Schicksals. Ende Mai habe ich über eine Quelle herausgefunden, wo sie ist. Wer die Quelle ist, werde ich nicht verraten, weil die betreffende Person sonst tot ist. Am 20. Juni ist es mir endlich gelungen, einen Kumpel als angeblichen Freier bei ihr einzuschleusen.«

Wieder einige Sekunden Schweigen. »Als er sie gefunden hat, war sie schon völlig verzweifelt, weil der Schmierpiss Zeiske ihr gerade gesagt hatte, dass Natascha nicht mehr lebt. Sie war nicht zu beruhigen und hat gesagt, jetzt habe ihr Leben keinen Sinn mehr. Ob sie meinem Kumpel nicht geglaubt hat, dass wir sie herausholen würden, weiß ich nicht. Am nächsten Tag sagte man ihm lakonisch, er solle sich eine neue Nutte suchen, Idris habe es hinter sich. Meine Frau hat dann bei der Polizei nachgefragt und die Bestätigung bekommen. Über Natascha hat die Polizei aber kein Wort verlauten lassen. Daraus habe ich geschlossen, dass sie wohl nicht in Duisburg gestorben ist.«

Yildiz hielt erschöpft inne. Da die Monitore einen rasch steigenden Blutdruck und eine gefährlich anmutende Herzfrequenz anzeigten und der Gesichtsausdruck der hinter der Glaswand abwartenden Ärzte steigende Ungeduld belegte, verabschiedete sich Heppner von Yildiz und ging noch einmal kurz bei Willi Beugen vorbei.

Er war schon ziemlich wach und tröstete gerade seine Frau, die auf seiner Bettkante saß und ihn ständig streichelte. Als Heppner eintrat, nickte Isabell Beugen ihm zu, obwohl ihr Gesichtsausdruck eher Missvergnügen ausdrückte. »Hättest du nicht etwas besser auf deinen Kollegen achtgeben können?«, zischte sie ihm zu.

Doch Willi Beugen winkte ab. »Er war doch gar nicht dabei. Außerdem hätte alles schlimmer kommen können.«

Heppner informierte seinen Kollegen kurz darüber, dass Yildiz den Grund für den Anschlag bestätigt hatte und der Grund für den Suizid der Schwägerin tatsächlich der Tod ihres Kindes gewesen war.

»Schluss jetzt, Jungs, nichts Dienstliches mehr. Willi muss sich erholen!« Isabell Beugen war unerbittlich.

»Sie hat recht, Willi. Wir werden noch erfahren, was Zeiske mit den Asen verbindet. Irgendwie habe ich das Gefühl, dass ich es schon weiß, aber einfach nicht darauf komme. Na ja, das klappt schon.«

Heppner verließ das Krankenhaus mit einem zwiespältigen Gefühl. Einerseits hatten sie wichtige Erkenntnisse gewonnen, andererseits war Willi Beugen schwer verletzt worden, und er hatte die wenig beneidenswerte Aufgabe, Detlef Schall über die Details zu informieren.

Seufzend fuhr er los. Der Tag neigte sich dem Ende entgegen. Was also sollte noch passieren?

Er hatte ja keine Ahnung.

***

»Und was machen wir jetzt mit ihm?«

Die drei Mitglieder von Nemesis standen um das herum, was einmal Bragi gewesen war. V zuckte die Achseln. »Einfrieren und Mitte Februar entsorgen, würde ich sagen.«

»Ist es das Risiko wert?«, fragte R. »Bei Thor haben wir darauf spekuliert, dass der Abstand zwischen Verschwinden und Auffinden der Leiche die übrigen Asen verwirrt und sie sein Verschwinden nicht auf sich selbst beziehen. Jetzt, nach der zweiten Hinrichtung, werden sie keine Zweifel daran haben. Ich finde, wir sollten die Leiche schnellstmöglich loswerden.«

»Also gut. Wie und wo laden wir den Kadaver ab? Denkt daran: Es muss auch spektakulär sein.«

»Ich wüsste da was«, meldete sich W. Sein Vorschlag sorgte für schallendes Gelächter und wurde einstimmig angenommen.

»Das ist gut«, sagte V. »Darauf hätte eigentlich ich kommen müssen. Das macht den Fehlschlag am Milser wieder wett. Die sind doch glatt nach Hause gefahren, ohne mir den Ort ihrer Spielchen zu verraten. Wie unhöflich von ihnen!«

Der Einzige, der nicht mitlachte, war Bragi. Zwar war sein Gesicht zu einer Grimasse verzerrt, die einem Lächeln nicht unähnlich sah, aber dies war auf die Agonie vor seinem Tod zurückzuführen. Das letzte Gesicht, das er vor seinem Tod gesehen hatte, war das von W gewesen. Trotz seiner Qualen hatte Bragi dann hysterisch zu lachen begonnen, was anhielt, bis das nächste Teil in ihm steckte.

V sah noch einmal auf Bragi und grinste. »Ja, man kann ihn mit Fug und Recht als *homo perforatus* bezeichnen. Schließlich weist sein Körper etwa so viele Löcher auf wie ein Fischernetz.«

***

»Du siehst müde aus, mein Liebling.« Marion empfing Klaus Heppner an der Wohnungstür und küsste ihn. »Das Essen steht fast schon auf dem Tisch.«

Diese Ankündigung weckte seine Lebensgeister. Er saß in Windeseile auf dem Tisch, während seine Freundin zum Herd ging und begann, Steaks zuzubereiten. Obwohl sie fast ausschließlich die rechte Hand benutzte, legte sie eine beachtliche Geschwindigkeit an den Tag. Sie erzählte von ihrem Tag im Büro, würzte die Steaks nach, und in dieser Sekunde geschah es. Aus irgendeinem Grund setzte sich eine auf der Arbeitsplatte liegende Zitrone in Bewegung und rollte die Arbeitsplatte entlang, bis sie von der Kante zu Boden fiel. Marion griff blitzschnell zu, fing die Zitrone auf und legte sie ohne zu überlegen in den Obstkorb, während sie weiter die Steaks wendete.

Klaus Heppners Mund stand etwa so offen wie ein Garagentor, und er musste irgendwelche stammelnden Laute von sich gegeben haben, denn Marion drehte sich um und fragte, was denn los sei. Sie hatte die Pfanne vom Herd genommen und kam zum Tisch, wo sie eine Gabel in die wehrlosen Steaks rammte und diese auf die Teller verteilte.

Heppner sah ihr fassungslos staunend zu. Sie benutzte ohne Einschränkungen und ohne nachzudenken ihre linke Hand. Erst als sie das Steak wie gewohnt schnitt und ein Stück mit der Gabel zum Mund führte, natürlich mit links, schien sie etwas zu bemerken. Sie sah auf die Gabel, den Teller, wieder auf die Gabel – und ließ diese mit einem Aufschrei fallen.

»Das … das gibt es doch nicht!« Marion sah auf ihre Hand und bewegte sie wieder und immer wieder in alle denkbaren Richtungen, dass Heppner sich schon Sorgen machte, sie würde ausleiern. Dann begann sie zu lachen. Sie lachte aus vollem Hals, so laut und so glücklich, wie ihr Freund es seit ihrer Verletzung nicht mehr gehört hatte.

Es war ihnen egal, dass die Steaks kalt und hart wurden. An diesem Tag bestand das Abendessen aus einer Flasche Bollinger. Das war es wert. Anschließend gingen sie ins Bett, wo Marion ihm zeigte, was sie mit zwei funktionierenden Händen anstellen konnte. Wie hatte er das vermisst!

Auch hinterher konnte sie nicht damit aufhören, ihn mit beiden Händen zu streicheln. »Ich fühle es«, flüsterte sie immer wieder. »Ich kann endlich wieder deinen Herzschlag spüren, wenn ich meine linke Hand auf deine Brust lege. Es ist so schön!«

Als sie einige Zeit später einschliefen, kuschelte sie sich an Heppners Brust. Ihr Gesicht zeigte im Schlaf ein seliges Lächeln, und auch er fühlte sich glücklich und zufrieden. Alles gut, dachte Heppner immer und immer wieder. Alles ist wieder gut.

Im Rückblick dachte Heppner: Mann, was war ich für ein naiver Idiot.

NEUN

17. Januar 2013

»Na suuuper«, knurrte Detlef Schall gedehnt. »Hättest du nicht mit Willi in die Bank gehen können? Dann hätte er jetzt kein Loch im Körper und die MK einen Mitarbeiter mehr.«

Heppner öffnete den Mund zu einer Antwort, aber sein Chef winkte ab. »Jaja, ist geschenkt. Was hältst du denn von der ›Schlacht um die Wache Rheinhausen‹? Könnten diese Pressefritzen nicht einmal darauf verzichten, zu übertreiben?«

»Nö.« Mehr sagte Heppner nicht dazu.

Frau Yildiz hatte den Kollegen gar nicht mehr die Tür geöffnet. Also eine Sackgasse. Was auch immer für den heutigen Morgen geplant war, wurde durch das Klingeln des Telefons pulverisiert.

***

Es war vier Uhr dreißig, als Dominik Pranten sich zum weiß Gott wievielten Mal fragte, warum um alles in der Welt er ausgerechnet diese Frau geheiratet hatte. Katja saß auf dem Beifahrersitz des grauen Renault Scénic, den er auf ihren Wunsch hin gekauft hatte. »Wir brauchen das Auto, wenn wir mit den Kindern in Urlaub fahren, Schatz«, hatte sie gesagt. Wie üblich hatte sie keine Widerrede geduldet und er getan, was sie wollte. Und wie oft waren sie dann mit den Kindern in Urlaub gefahren? Gar nicht!

Inzwischen waren Maja und Ronja schon siebzehn und neunzehn und würden den Teufel tun, noch mal mit den Eltern irgendwo campen zu gehen! Und dann die ständigen Probleme mit der Motorelektronik, die den Wagen zum Dauergast in den Werkstätten machte. Na, immerhin war die Karre groß genug, um mit ihr in den Skiurlaub zu fahren, wenn man die hinteren Sitze ausbaute und die Rücklehnen umlegte. Die Kinder hatten natürlich keinen Bock auf See im Paznauntal gehabt.

»Mann, warum fahren wir nicht nach Ischgl? Da ist wenigstens was los«, hatten sie gemault. Sie blieben also lieber zu Hause, um mit Feten das Haus zu verwüsten oder vor der Wii abzuhängen.

Und auch Katja nörgelte fast nur noch herum. »Was für eine lausige Idee, mitten in der Nacht aus Borken loszufahren. Verdammt, dann schleich doch nicht so in der Gegend herum und fahr wenigstens schneller! Wenn du wirklich was vom ersten Urlaubstag … oh mein Gott!« Die letzten Worte kamen als schriller Schrei heraus. Pranten sah es im Scheinwerferkegel des Fernlichtes fast gleichzeitig und stieg voll in die Eisen.

Der Scénic war Gott sei Dank frontgetrieben und reagierte gutmütig auf das brutale Bremsmanöver. Mit nur einem minimalen Schwänzeln kam das Auto zum Stehen, und der rechte Scheinwerfer beleuchtete die makabre Szene am Fahrbahnrand.

Das blaue Schild mit weißer Schrift hatte eigentlich die Funktion, die Vorbeifahrenden darüber zu informieren, dass man geradeaus zum Autobahnkreuz Hilden gelangte und an der nächsten Ausfahrt entweder nach Mettmann oder Düsseldorf-Hubbelrath abfahren konnte. Jetzt diente das Schild als eine Art Tablett. Oder eher als Kruzifix.

In der aberwitzigen Parodie einer Kreuzigungsszene war ein Mann an dem blau-weißen Schild fixiert. Sein Kopf hing auf die Brust herab, seine Arme und Beine waren seitlich ausgestreckt, und von den Handflächen und Füßen waren feine Blutrinnsale dem Gesetz der Schwerkraft gefolgt und über das Schild gelaufen. Im Gegensatz zur berühmtesten Kreuzigung hatten die Henker nicht die Großmut gehabt, die Blöße des Gekreuzigten mit einem Tuch zu bedecken. Dass es ein Mann war, erkannte man trotzdem nur an der Körperform, denn er war kastriert, und auch von der leeren Stelle zwischen den Beinen war Blut über das Schild gelaufen.

Katja öffnete die Tür, sprang aus dem Auto und übergab sich geräuschvoll am Straßenrand. Ihr Mann folgte ihr und beugte sich gerade über sie, als ein lautes Kreischen ihn herumfahren ließ. Dadurch erlebte er die letzten Sekunden im Leben seines ungeliebten Renault Scénic mit, der durch die Wucht des in ihn hereinfahrenden Zwanzigtonners nicht nur um zehn Meter nach vorn versetzt wurde, sondern auch die Hälfte seiner Länge einbüßte. Aus der Windschutzscheibe ragte ein Ski heraus wie der Spieß aus einem Schaschlik.

Für einen Moment vergaß sogar Katja ihre Übelkeit, und sie besann sich auf ihre offenbar von Gott vorgegebene Aufgabe. Dass durch das Erlöschen der Scheinwerfer die grausige Szene am Verkehrsschild nicht mehr zu sehen war, schien das zu erleichtern.

»Musstest du unser Auto mitten auf der Autobahn stehen lassen? Hättest du nicht rechts ranfahren können? Dann wäre unser Wagen jetzt nicht Schrott! Kannst du mir verraten, wie wir jetzt in den Urlaub kommen und wo wir neue Skiklamotten herbekommen sollen?«

Entgegen ihren Erwartungen erfolgte kein bekümmertes Kleinbeigeben von Dominik, sondern das Gegenteil. »Halt's Maul, blöde Kuh! Da oben hängt eine Leiche, und du redest von Urlaub? Los, geh hinter die Leitplanke und lass mich machen!« Dominik nestelte sein Handy aus der Hosentasche und wählte 110.

***

»Es hat gut drei Stunden gedauert, bis wir den Tatort gesichert hatten«, berichtete André Tiefenbach vom KK 11 Düsseldorf. Er und Heppner standen auf der komplett abgesperrten A 3 und sahen zu, wie das Schild mitsamt Leiche vom Gerüst entfernt wurde. Ein Kran sorgte dafür, dass das Schild nicht herunterkrachte.

»Die Zeugen, die uns die Sache gemeldet haben, stehen immer noch unter Schock. Ihnen geht es aber besser als dem Lkw-Fahrer, der in ihr Auto gescheppert ist und jetzt mit einem Schleudertrauma und einer Gehirnerschütterung im Krankenhaus liegt. Das Ehepaar wird wahrscheinlich wegen eines Verkehrsdeliktes belangt werden, aber ich glaube, dass auch ich bei diesem Anblick als Normalsterblicher die Nerven verloren hätte.«

»Immerhin haben sie reagiert«, knurrte Heppner humorlos. »Okay, es war dunkel, aber wie zum Teufel haben die Täter es geschafft, die Leiche dort aufzuhängen? Es müssen doch Autos vorbeigefahren sein, und so blind sind nicht mal die schlechtesten Verkehrsteilnehmer.«

Tiefenbach zeigte auf etwas am Fahrbahnrand, was Heppners Aufmerksamkeit bisher entgangen war. »Schau her: Das sind handgemachte Verankerungen für Spannseile und ein paar Reste der

Seile selbst. Die Rekonstruktion ist noch nicht vollständig, aber wir gehen von folgendem Szenario aus: Die Leiche wurde mit Stahlseilen von der Rückseite des Schildes hochgezogen. Wir haben entsprechende Schleifspuren an der Oberseite gesichert. Anschließend hat jemand den Burschen buchstäblich an das Schild genagelt, an Händen und Unterarmen, Schultern, Oberschenkeln und Füßen. Benutzt hat er hierzu wahrscheinlich eine handelsübliche Nagelpistole. Die Spannseile dienten derweil dazu, irgendeine Art von Abdeckung zu halten. Frag mich nicht, was für eine, so weit sind wir noch nicht. Jedenfalls muss irgendetwas sie von oben auf Spannung gehalten haben.«

»Vielleicht ein Hubschrauber«, spottete Tom Hermanns, der Heppner zum Fundort begleitet hatte.

André Tiefenbach schüttelte enttäuscht den Kopf. Er hatte die Bemerkung offenbar ernst genommen. »Viel zu laut. Das hätten die Anwohner gehört. Nein, es muss auf jeden Fall leise gewesen sein. Wir haben schon einen Aufruf über das Radio gestartet und können die Zeit eingrenzen, in der die Leiche dort angelegt wurde. Es muss zwischen dreiundzwanzig Uhr und der Fundzeit um vier Uhr dreißig gewesen sein. Ein Fernfahrer hat angegeben, etwa um drei Uhr ein orangefarbenes Baustellenfahrzeug gesehen zu haben, das etwa hier stand. Ob das Schild verdeckt war, konnte er aber nicht sagen.«

»Und wo ist die Abdeckung? Sie kann doch wohl schlecht weggeflogen sein«, ließ sich Tom Hermanns noch mal vernehmen. Die Bemerkung war spöttisch gemeint, doch Heppner hob die Hand. »Warum eigentlich nicht? Die Plane oder was immer als Abdeckung fungierte, muss ja von oben gespannt gewesen sein.«

»Das sagte ich ja bereits«, bestätigte sein Düsseldorfer Kollege. »Die Seile wurden übrigens nicht durchgeschnitten, sondern regelrecht gesprengt, und zwar mit einer Vorrichtung mit Zeitzünder. Wir haben Bestandteile einer Uhr in einem kleinen Krater gefunden, und die Reste der Seile waren zerfasert. Wenn ihr mich fragt: die perfekte Methode, weit weg zu sein, wenn die Leiche gefunden wird.«

Nach einem Räuspern fügte er hinzu: »Ich bin übrigens auch schon auf die Idee mit dem Wegfliegen gekommen und habe die

Winddaten eingeholt, um anschließend Hummel 1 in die Richtung zu schicken. Ich habe aber noch …«

Tiefenbach zuckte zusammen und griff nach seinem Handy. »Ja? Ich habe gerade … Was? Ja, natürlich! Ist mir egal, wie, aber holt das Ding herunter, und wenn ihr es abschießt! Anschließend will ich eine komplette Spurensicherung der Plane. Fingerprints und DNA-Spuren, und zwar gestern! Nein, ich will nicht hören, wie eure Belastung aussieht. Ihr macht das!«

Er beendete sein Gespräch und brach in Gelächter aus, das in Gegenwart der Leiche etwas deplatziert wirkte. »Die vermisste blaue Plane hängt an etwas, das einem Wetterballon verdammt ähnlich sieht, und schwebt derzeit über Meerbusch-Langst-Kierst. Ihr hattet recht, zum Teufel!«

Das Schild mit der Leiche war inzwischen auf einen Tieflader gelegt und verzurrt worden. Heppner besah sich die Leiche und nickte. Ja, es war mit Sicherheit Jeroen Verstruycken, wie André Tiefenbach bereits festgestellt hatte. Sein Körper war über und über mit Einstichen bedeckt, und er beneidete den Pathologen nicht um die Aufgabe des Zählens. Wo sonst seine Geschlechtsteile gebaumelt hätten, sah er nur ein ausgefranstes Loch, und automatisch schüttelte Heppner sich. Schließlich war er auch nur ein Mann.

Ein dunkler, leicht erhöhter Punkt in Höhe seines Herzens weckte seine Aufmerksamkeit. Er zog eine Lupe aus der Tasche und sah ihn sich genauer an. Ihm stockte der Atem. Irgendein Gegenstand steckte in der Brust des Toten, und auf der Kappe des knapp zwei Zentimeter durchmessenden dunkelgrünen Dings waren deutlich die Buchstaben »HB« zu lesen. Nicht nur wegen der Außentemperaturen fröstelnd, ging Heppner zu André und Tom zurück, die ihn fragend ansahen.

»Tja, Leute, ich kann zwar nicht sagen, was die multiplen Stichverletzungen verursacht und wer ihn kastriert hat, aber eins weiß ich: Verstruycken hätte wohl kaum überlebt, nachdem man ihm einen Faber-Castell-Bleistift ins Herz gerammt hat.«

***

Balder hielt es nicht mehr aus. »Verdammt noch mal, Odin, man macht Jagd auf uns! Das ist kein Zufall mehr! Erst verschwindet Thor und wird ermordet, jetzt verschwindet Bragi! Das ist kein Spiel mehr!«

»Das war es nie, Balder.« Die ruhige und gelassene Stimme ihres Anführers vermochte sonst jeden zu beruhigen, doch im Moment war Balder zu aufgebracht, um das zu registrieren.

»Und was soll es sonst sein? Für mich entwickelt sich die Sache zu einem gottverdammten Alptraum!«

»Wir waren uns immer darüber im Klaren, dass wir uns unsere eigenen Gesetze machen. Für Götter haben die menschlichen Gesetze keine Gültigkeit. Aber auch die Asen waren nicht unsterblich, Balder. Vielleicht ist jetzt der Zeitpunkt von Ragnarök gekommen, an dem wir unsere letzte Schlacht schlagen müssen. Das heißt aber noch lange nicht, dass wir uns tatenlos hinsetzen und darauf warten, abgeschlachtet zu werden.«

»Und was willst du tun, Odin? Wir wissen nicht, wer uns hetzt und wo wir zu suchen anfangen sollen.«

Odin lachte leise. »Das müssen wir auch nicht, Balder. Wir müssen sie nicht suchen. Sie werden von ganz allein zu uns kommen, um sich einen von uns zu holen. Ich habe einen Plan, um diese Killer auszuschalten. Hödur ist damit einverstanden, und wenn du zustimmst, setzen wir ihn in die Tat um. Aber es ist nicht ungefährlich und nicht einfach.«

Der Plan, den Odin erläuterte, schien logisch und nicht übertrieben kompliziert, barg aber Gefahren, und genau das machte ihn reizvoll, weshalb Balder begeistert zustimmte.

»Gut«, sagte Odin, »dann treffen wir uns heute Abend um zwanzig Uhr bei Hödur. Du musst sicherstellen, dass dir niemand folgt. Hödur wird alles vorbereiten.«

»Und was ist mit Bragi?« Balders Stimme war tonlos, und Odin beantwortete die Frage mit dem gleichen Mangel an Emotion.

»Glaubst du im Ernst, dass Bragi noch lebt? Ich nicht. Bis Ragnarök!«

Balder beendete das Gespräch, ohne die traditionelle Grußformel gesprochen zu haben. Zu viel war seit dem Dienstagabend geschehen, der zurückblickend eine einzige Pleite gewesen war. Der Anruf des Lieferanten war ausgeblieben, und er hatte auch auf

Rückrufe nicht mehr reagiert. Als Bragi nicht auftauchte und auch bei ihm alle Kontaktversuche scheiterten, waren sie fast in Panik nach Hause zurückgekehrt.

War mir jemand gefolgt?, fragte sich Balder immer und immer wieder. Wissen sie, wo ich wohne und wer ich bin?

Ein Klingeln an der Haustür ließ ihn zusammenfahren. »Was wollen Sie?«, brüllte er in die Sprechanlage. Keine Antwort. Nach zehn Sekunden klingelte es erneut. »Verdammt, so melden Sie sich doch«, schrie Balder unbeherrscht. »DHL-Paketdienst«, kam die entrüstete Antwort. »Ich habe ein Paket für Sie.«

Balder sah aus dem Fenster. Tatsächlich stand einer dieser gelben Wagen mit den drei roten Buchstaben vor der Tür. »Dann stellen Sie das Paket ab und verschwinden Sie!«, brüllte er in die Sprechanlage.

»Ich brauche eine Quittung«, forderte der DHL-Bote unbeirrt. Balder drückte unwillig auf den Türöffner, machte seine Wohnungstür aber erst auf, als er seine Ceska-Pistole in der Jackentasche umfasste.

Der Bote in der typischen gelb-roten Kleidung war ein junger Mann mit Vollbart und einer Nickelbrille, der sich offenbar sein Studium mit dem Paketaustragen verdiente. Er ließ sich den Empfang quittieren und schob kopfschüttelnd wieder ab.

Balder beäugte das würfelförmige Paket von zwanzig Zentimetern Kantenlänge misstrauisch. Als Absender stand dort: »Nemes, Isidor«. Komischer Name. Vielleicht ungarischer Jude? Was will der Abschaum von mir? Vielleicht eine Bombe, dachte er in plötzlicher Panik und schalt sich sofort einen Narren. Wenn sie mich ausschalten wollen, werden sie es persönlich tun. Er griff nach einem Messer, zerschnitt die Paketschnur und riss die Verpackung auf.

Was er vorfand, ließ ihn schreiend und die Hände vor die Augen schlagend zurücktaumeln, und seine mühsam wiedergewonnene Selbstsicherheit verflog. Wie im Fieber griff er nach der Flasche Single Malt und trank zwei, drei gierige Schlucke in der Hoffnung, dass der Schock sich legen oder das Bild vor seinen Augen verschwinden würde. Beides war aber nicht der Fall.

Das Paket war von innen mit Plastikfolie verkleidet, um das Auslaufen von Flüssigkeit oder das Austreten von Geruch zu verhindern. Den Gegenstand im Inneren hatte Balder oft genug bei den Spielen gesehen, und die Abbildung darauf, eine geballte Faust, war der Wahlspruch des Besitzers gewesen. Balder trank zitternd noch einen großen Schluck Whisky, bevor er von Krämpfen geschüttelt zusammenbrach. Zwei Dinge standen jetzt unverrückbar fest: Die Verfolger wussten, wer er war und wo er wohnte, und Bragi war tot.

Niemand lässt sich schließlich freiwillig kastrieren.

***

»Das ist starker Tobak«, murmelte Detlef Schall, nachdem Heppner ihm die Feststellungen aus Düsseldorf schonungslos berichtet hatte. »Diese Nemesis-Leute lassen auch nichts aus. Was machen sie mit dem Nächsten? Werfen sie ihn aus einem Flugzeug mitten auf den Averdunkplatz? Das war ein makabrer Scherz«, beeilte er sich zu sagen, als er sah, dass Tom Hermanns wieder zu einer seiner typischen Antworten ansetzte.

Hummel 1 hatte den Ballon mit der Plane kurz vor der holländischen Grenze durch einen gezielten Wurf eines Messers zum Absturz gebracht. Um das Beweisstück kümmerten sich jetzt die Kollegen vom Düsseldorfer Erkennungsdienst. André Tiefenbach hatte versprochen, die Duisburger MK auf dem Laufenden zu halten. Tom Hermanns bot sich an, den Bericht zu schreiben, und schob ab in sein Büro, während Heppner seine Ermittlungen wiederaufnahm.

Früher hatte es Tage gedauert, bis die Ergebnisse der retrograden Anrufermittlung vorlagen; jetzt war es nicht überraschend, dass die Verbindungsdaten des Handys, mit dem die Kölner Kollegen auf Kollmanns Jaguar hingewiesen worden waren, bereits als Mailanhang auf seinem Dienstrechner vorhanden waren. Heppner rief die Liste auf und starrte einige Sekunden sprachlos auf seinen Bildschirm.

Mit dem Handy war in den vergangenen neunzig Tagen nur fünfundzwanzig Mal telefoniert worden, und die Telefonate verteilten sich auf ganze vier Rufnummern, die dazu noch fortlaufend waren – mit Ausnahme des letzten Anrufs bei der Polizei Köln. Die fünfte Nummer in der Reihe war das Anruferhandy selbst.

»Was soll das denn?«, flüsterte Heppner entgeistert. »Haben die Burschen die Karten gemeinsam gekauft?« Ja, natürlich, schoss es ihm durch den Kopf. Du Idiot!

Es waren die Karten der Asen gewesen. Der Anruf bei der Kölner Polizei war vom Handy Kollmanns alias Thor geführt worden – was gleichzeitig den Schluss zuließ, dass es sich beim Anrufer um ein Mitglied von Nemesis gehandelt haben musste.

Detlef Schalls Begeisterung hielt sich in Grenzen. »Und jetzt? Was beabsichtigst du jetzt zu tun?«, fragte er müde.

»Das frage ich dich«, schoss Heppner zurück. »Wir haben zwei Möglichkeiten: Wir nehmen Kontakt mit ihnen auf, oder wir klemmen sie an. Entweder gelingt es uns, sie zu schützen, oder wir bekommen heraus, was der Grund für die Racheaktion ist.«

»Sofern sie die Handys noch benutzen, nachdem der zweite Ase hopsgegangen ist«, knurrte Schall trocken. »Na gut, ich versuche, einen Beschluss zu bekommen. Vielleicht ist Staatsanwalt Ravensbrück ja ausnahmsweise mal im Büro.«

Während er telefonierte, holte Heppner sich am neuen Kaffeeautomaten im MK-Raum eine große Tasse. Tja, seit den Zeiten von Hans Bomber hatte sich einiges verändert. Während er sein Heißgetränk schlürfte, beendete Schall sein Gespräch. Glücklich sieht er nicht aus, dachte Heppner.

»Mann, den Ravensbrück hätte ich nicht für so einen Schisser gehalten. Er meint, die Betroffenen hätten ja keine Straftat begangen, deshalb würde der Richter das nicht akzeptieren. Allerdings stellt er einen Antrag auf Erhebung der retrograden Verbindungsdaten der vier restlichen Handys. Außerdem hält er die Idee mit der Warnung für gut. Wir sollen die vier restlichen Nummern also anrufen, auch wenn wir nur noch drei erreichen können. Die Gespräche aufzuzeichnen hat er gerade noch erlaubt.«

Endziffer Eins der Rufnummern war Kollmann gewesen oder Thor, wenn man so wollte. Die Null übernahm Detlef Schall selbst, die Drei Heppner, die Vier übernahm Tom Hermanns und Peter Elgert die Endziffer Zwei.

Heppner schaltete den Rekorder ein und wählte. Es klingelte einmal, mehrmals … er wollte schon wieder auflegen, als auf der anderen Seite jemand abhob.

»Wer ist da?«

»Hier ist die Polizei Duisburg, mein Name ist Heppner vom KK 11. Mit wem spreche ich?«

»Das tut nichts zur Sache, Herr Heppner. Ich möchte gerne anonym bleiben. Was ist der Grund Ihres Anrufs?«

»Das wissen Sie mit Sicherheit besser als ich. Spreche ich mit Odin, Hödur, Bragi oder Balder?«

Der Mann lachte leise. »Sie sind gut informiert, Herr Heppner. Sehr gut informiert sogar. Sie kommen nur ein wenig zu spät. Waren Sie schon an der A3?«

Heppner blieb die Luft weg. Ohne es zu wollen, hatte er ein Mitglied von Nemesis an der Strippe. »Na gut«, sagte er ein wenig atemlos. »Und welchen Buchstaben habe ich jetzt in der Leitung?«

»Nennen Sie mich V. Wenn ich mich nicht täusche, haben Sie mich auch schon mal auf einem Video gesehen.«

»Sogar auf zwei Videos«, knirschte Heppner. »Einen Oscar bekommen Sie dafür aber sicher nicht.«

V lachte wieder leise. »Es ist amüsant, mit Ihnen zu sprechen, Herr Heppner. Vielleicht setzen wir das Gespräch später mal fort. Jetzt ganz kurz, bevor Sie auf die Idee kommen, mich zu orten: Der BMW von Bragi – oder besser von Verstruycken – steht abgeschlossen auf dem Parkplatz Ohligser Heide. Da liegt auch wieder ein Geschenk drin. Viel Spaß!«

»So was passiert auch nur dir«, knurrte Detlef Schall, als Heppner ihm unverzüglich Bericht erstattete. »Peter und ich haben nur auf eine Mailbox quatschen können, und Tom hatte einen Hysteriker am Ohr.«

»Aber so was von«, bestätigte Tom Hermanns. »Ich habe ihm gesagt, dass er in Gefahr ist, und er hat sofort losgeschrien, dass er das nur zu genau weiß. Ich bin gar nicht dazu gekommen, zu sagen, dass ich von der Polizei bin. Er hat sofort gebrüllt, wir würden ihn nie kriegen und jeder, der sich an ihn heranmachen würde, wäre ein toter Mann. Danach hat er aufgelegt und offenbar das Handy abgeschaltet. Der ist total durchgeknallt, Leute. Nemesis muss sich den gar nicht schnappen. Der springt wahrscheinlich von selbst irgendwo vom Dach!«

Das klang einleuchtend, lief dann aber doch etwas anders.

ZEHN

Mit einer Kollegin Streife zu fahren, betrachtete POK Rolf Kellner immer noch mit gemischten Gefühlen. Okay, wenn es darum ging, sich um entlaufene Kinder zu kümmern oder das Opfer einer häuslichen Gewalt zu trösten, hatten sie ihre Vorteile, aber wenn es zur Sache ging und die Fäuste gebraucht wurden, war ihm die Begleitung eines männlichen Kollegen schon lieber. Er blickte nach rechts und betrachtete seine Beifahrerin.

PK'in Hülya Oruc erfüllte eigentlich alle klassischen Vorurteile: Migrationshintergrund, weiblich, zierlich und eigentlich viel zu hübsch für eine Polizistin. Dazu war sie aus seiner Sicht ein sanftes Lamm, was für den rauen Dienst nicht geeignet war. Als sie zum ersten Mal ein Unfallopfer sah, das in zwei Teile zerlegt war, kotzte sie sich die Seele aus dem Leib. Kellner vergaß hierbei, dass es den meisten Neulingen genauso ging, ob Mann oder Frau, und es halt seine Zeit dauerte, bis man sich ein entsprechend dickes Fell zugelegt hatte.

Der Frühdienst in Düsseldorf-Oberkassel war bis jetzt recht eintönig verlaufen. Zwei Verkehrsunfälle, ein Ladendiebstahl und eine Verkehrsbehinderung standen auf dem Streifenbefehl. Rolf sah auf die Uhr. Gleich halb zwölf. Zeit, zur Wache zu fahren und einen Happen zu essen. »Döner?«, fragte er Hülya Oruc, und sie nickte begeistert. Obwohl sie mit ihren eins siebzig gerade mal fünfzig Kilogramm zu wiegen schien, aß sie für zwei, und sie schien dabei auch kein Gramm zuzunehmen. Beneidenswert, dachte Kellner und sah trübsinnig auf den Rettungsring an seinen Hüften.

»Pass auf!«, schrie Hülja Oruc, und Kellner schreckte hoch. Ein silberner AMG SLS war aus einer Tiefgarage vor ihnen auf die Rheinallee geschossen, ohne sie im Mindesten zu beachten. Der Fahrer fing sein Geschoss in letzter Sekunde ab, bevor er in den auf der gegenüberliegenden Straßenseite geparkten SUV schepperte, und gab mächtig Gas. »Na warte, du Arsch«, knirschte Rolf Kellner und nahm die Verfolgung auf. »Dich kriege ich! Hast du den Fahrer gesehen?«, fragte er Hülya Oruc, die nur den Kopf schüttelte.

Ohne sich einen Dreck um andere Verkehrsteilnehmer zu kümmern, bog der AMG nach rechts in die Hectorstraße ab.

»Wenn der über die Brüsseler Straße auf die A 52 geht, sehen wir von ihm nur noch einen Kondensstreifen«, kommentierte die Polizistin ihre Chancen. Rolf Kellner musste ihr zustimmen. Mit ihrem Passat hatten sie gegen den Sportwagen ganz sicher schlechte Karten.

»Wie fährt der Kerl denn? Hülya, der ist entweder besoffen, oder er steht unter Drogen!«

»So wie der fährt, beides!«, rief Hülya Oruc, als der verfolgte Wagen beim Linksabbiegen auf die Düsseldorfer Straße wieder einen unmotivierten Schlenker machte, der ihn fast in die geparkten Fahrzeuge getrieben hätte. Jetzt war es genug. Kellner schaltete Blaulicht und Martinshorn ein, blinkte den Kamikaze an und aktivierte das Stoppzeichen an der Frontseite seines Streifenwagens. Zu ihrer Überraschung hielt der Fahrer tatsächlich an.

»Düssel 12/21 führt auf der Düsseldorfer Straße Höhe Lohengrinstraße nach Verdacht 316 eine VK durch«, meldete Hülya Oruc der Leitstelle.

»Vielleicht gibt's statt Essen ja eine Blutprobe«, knurrte Kellner. Er sollte sich irren.

Als er und seine Kollegin auf den SLS zugingen, hob sich die Fahrertür, und ein etwa sechzigjähriger Mann stieg schwankend und etwas unbeholfen aus, was vielleicht daran lag, dass er die rechte Hand hinter dem Rücken verborgen hielt. Während Kellner weiter auf den Mann zuging und ihm freundlich zulächelte, setzte sich Hülya Oruc nach rechts ab, um ihm Deckung geben zu können. Was genau sie gesehen hatte, konnte Kellner nicht sagen, aber er bemerkte, dass sie die Hand an den rechten Oberschenkel legte, wo sich das Waffenholster der P99 befand.

»Das ist nahe genug«, hörte er in dieser Sekunde den AMG-Fahrer rufen. Die Stimme verriet, dass er sicherlich mehr als null Komma drei Promille im Körper hatte. »War mir doch klar, dass ihr mir auflauert, ihr Dreckschweine. Ihr habt keine Chance, ich bin auf euch vorbereitet!« Und mit diesen Worten zog er die rechte Hand hinter dem Körper hervor. Sie hielt eine schwarze Pistole nach Art einer Walther PPK, die er abwechselnd auf Kellner und Oruc richtete.

Kellner erstarrte. Trotz zweiundzwanzig Dienstjahren war es das erste Mal, dass er in die Mündung einer Waffe blickte. Seine Chancen waren eher mäßig. Obwohl der Mann stark alkoholisiert war, würde er den Polizisten in ein Sieb verwandeln, bevor dieser seine Waffe gezogen hätte. Hier half nur noch Verhandeln.

»Ich glaube, Sie begehen da einen schwerwiegenden Fehler. Mein Name ist Rolf Kellner, ich bin Polizeioberkommissar der Wache Oberkassel, und wir wollen eine Verkehrskontrolle –«

»Ach, spart euch doch diesen Schwachsinn!«, schrie der Mann. »Mich könnt ihr nicht täuschen! Bei Thor und Bragi hat das ja noch geklappt, aber mich bekommt ihr nicht! Mir schneidet ihr nicht den Schwanz ab und verschickt ihn in einem Paket! Und wenn ich sterbe, einen von euch Scheißern nehme ich mit!«

Oh Mann, dachte Rolf Kellner. Der Kerl ist nicht nur besoffen, sondern auch hysterisch. Könnte eine tödliche Mischung ergeben.

Hülya Oruc hatte unmerklich ihre Position leicht verändert, und sie, Kellner und der Irre standen jetzt in einem perfekten gleichseitigen Dreieck mit acht Metern Kantenlänge. Das hieß, der Schwenk der Waffe des Mannes würde einige Zeit in Anspruch nehmen und ihr möglicherweise die Gelegenheit zum Ziehen ihrer Pistole geben.

Kellner versuchte daher, die Aufmerksamkeit des Mannes auf sich zu lenken. »Was wollen Sie mit Ihrer Aktion bezwecken? Glauben Sie, dass wir eine Gefahr für Sie darstellen? Wir sind ganz gewöhnliche Streifenpolizisten. Falls Sie meine Waffe stört, lege ich sie gern ab. Aber dann legen auch Sie bitte die Pistole weg.«

»Ja, natürlich, damit ich euch Metzgern hilflos ausgeliefert bin! Nein, es ist genug jetzt! Ich mache euch alle!« Und der Mann hob die Pistole etwas an und schoss.

Wenn man von einer Kugel getroffen wird, merkt man den Einschlag, bevor man den Knall hört. Klaus Heppner hatte so etwas schon miterlebt, hatte aber das Glück gehabt, von einem nur kleinkalibrigen Geschoss in der Schutzweste erwischt zu werden. Dieses Glück blieb Rolf Kellner verwehrt.

Das Projektil traf ihn unterhalb des Gürtels in die rechte Hüfte und riss ihn nach hinten. Erst jetzt hörte er den peitschenden Knall eines Schusses, der merkwürdigerweise ein dumpferes Echo zu haben schien.

Kellner stürzte rücklings zu Boden, während Passanten auf der gegenüberliegenden Straßenseite hysterisch zu schreien begannen und ein scharfer, fast unerträglicher Schmerz durch seinen Körper fegte. Während er die linke Hand auf die schmerzende Stelle presste, nestelte er mit der rechten die Waffe aus dem Halfter und drehte sich herum, sodass er den Schützen aus der Bauchlage anvisieren konnte.

Der Schütze schien jedoch nicht mehr da zu sein. Erst beim zweiten Hinsehen sah er direkt auf die Sohlen eines Schuhpaares. Der Mann, der ihn gerade angeschossen hatte, lag rücklings auf dem Boden.

Hülya Oruc stand immer noch in der perfekten Deutschusshaltung, von der aus sie den Durchgedrehten niedergestreckt hatte. Erst jetzt löste sie sich aus der Erstarrung, ging vorsichtig von der Seite auf den Niedergeschossenen zu, fixierte mit einem Fuß den Waffenarm und trat mit dem zweiten die Pistole des Mannes weg, während sie permanent die Waffe auf ihn gerichtet hielt. Trotz seiner Schmerzen fühlte Kellner in erster Linie Erstaunen. Er erhob sich und hinkte auf den Verletzten zu.

Hülya Orucs Neun-Millimeter-Projektil war mitten in der Brust des Mannes eingeschlagen und hatte ganze Arbeit geleistet. Das Blut drang stoßweise aus der Wunde und färbte das blassblaue Lagerfeld-Hemd des Mannes tiefrot. Dennoch war der Mann noch bei Bewusstsein, und er starrte die Polizistin voller Wut an. »Eine Ische«, stöhnte er. »Und dann noch eine Kanaken-Ische. Das darf nicht sein. Nein! Nein! So lässt man mich nie nach Walhalla!«

»Jetzt hör auf mit dieser mythologisch-rassistischen Kacke! Hülya ist zehnmal mehr wert als du Armleuchter. Wer bist du, und was sollte die Scheiße?« Rolf Kellner packte den Mann am Kragen, und während Hülya Oruc versuchte, die Brustwunde abzudecken, schüttelte Kellner den Mann leicht. Dessen Gesichtsausdruck veränderte sich, während Blut auf seine Lippen trat.

»Ihr wisst es nicht? Dann seid ihr nicht … dann seid ihr wirklich … nur … Polizisten?« Das Sprechen fiel ihm von Sekunde zu Sekunde schwerer, und seine Augen wurden umschattet. Trotzdem riss er sie noch einmal auf und starrte an Kellner vorbei, der kurz über die Schulter sah.

Ein Mann Mitte bis Ende vierzig hatte sich genähert und stand jetzt hinter ihnen. »Ist er schwer verletzt? Soll ich einen Krankenwagen rufen?«

Jetzt versuchte der Verletzte, sich noch einmal aufzurichten, was das Blut stoßweise aus der Wunde spritzen ließ. »Nein! Nicht du! Nicht du! Ich ...« Er sank in sich zusammen und begann vor sich hin zu murmeln. »Ragnarök kommt ... Odin ... Odin, verzeihe mir! ... Walhalla ... Walh...« Mitten im Wort versagte seine Stimme. Sein Kopf fiel zur Seite, und die eisgrauen Augen starrten blicklos ins Leere.

»Wissen Sie, was er meinte?«, fragte Kellner, doch als er den Kopf drehte, sah er, dass der freundliche Passant nicht mehr da war. Na ja, so viel Blut ist nicht jedermanns Sache. Erst als Kellner sich aufrichtete, registrierte er den eigenen Schmerz an seiner Seite wieder und griff erneut dorthin. Seine dunkelblaue Uniformhose war zerrissen und nass, und als er die Hand wieder hob, war sie rot von seinem eigenen Blut.

Hülya Oruc reagierte sofort. »Leg dich hin und zieh die Hose aus«, kommandierte sie. Noch während sie zum Streifenwagen lief, um den Verbandskasten zu holen, telefonierte sie mit der Leitstelle, um einen RTW zu bestellen.

Nach ihrer Rückkehr presste sie ein großes Verbandtuch auf die Wunde und umwickelte das Tuch fest mit mehreren Mullbinden. »Ich bin ja kein Experte, was Schusswunden angeht«, meinte sie sachlich, »aber es sieht so aus, als wär die Kugel außen am Knochen entlanggeglitten. Du hast also nur eine heftig blutende Fleischwunde. Mach mir also keinen Scheiß und kippe mir nicht aus den Latschen!«

Ihre Gesichtszüge wurden weicher, und sie beugte sich zu ihrem Kollegen herunter, bis ihr Mund nah an seinem Ohr war. »Dich mal aufzufordern, die Hose herunterzulassen, habe ich mir zwar schon vorgestellt, aber der Zusammenhang war etwas anders. Wer weiß, vielleicht später.«

Kellner schoss das Adrenalin durch den Körper. Er blieb also bei Bewusstsein, bis der Notarzt ihn untersucht und ihm eine Spritze gegen die stärker werdenden Schmerzen in die eilig gelegte Kochsalzinfusion injiziert hatte. Während sein Bewusstsein schwand, kam ihm noch ein Gedanke: dass er seine Einstellung zu Kolleginnen im Allgemeinen und Hülya Oruc im Speziellen würde korrigieren müssen.

***

»Das kann doch wohl nur ein schlechter Scherz sein!« André Tiefenbach stand fassungslos auf dem Sicherstellungsgelände der Polizei Düsseldorf und betrachtete den blauen 5er-BMW, der vom Parkplatz der Autobahnraststätte Ohligser Heide eingeschleppt worden war. »Ich fasse es nicht! Ja sind denn diese Streifenfuzzis zu überhaupt nichts fähig?«

Die Scheibe der Fahrertür glänzte durch Abwesenheit. Damit war gemeint, dass sie vollständig ins Türfutter heruntergelassen und der Innenraum hierdurch Wind und Wetter schutzlos preisgegeben war, denn der Wagen stand natürlich nicht in der Halle, sondern auf der großen Schotterfläche.

Tiefenbach wirbelte herum. »Wo ist der Schwachkopf von Fahrer, der diesen Wagen eingeschleppt hat?«, fuhr er den unglücklichen Angestellten des Sicherstellungsunternehmens an, der gerade das Pech hatte, hinter ihm zu stehen.

»Der hat gerade Pause. Ich glaube, er ist losgefahren, um sich Pommes zu holen.«

»Dann schaffen Sie mir diesen Vollpfosten wieder her, und zwar auf der Stelle!«, raunzte Tiefenbach seinen unglücklichen Gesprächspartner an, der sich beeilte, so schnell wie möglich aus seiner Reichweite zu kommen.

»Wenn man nicht alles selbst macht. Verlasse dich auf andere, und du bist verlassen. Habe ich es hier nur mit Gehirnamputierten zu tun? Wenn ich die in die Finger bekomme, können die sich warm anziehen.«

»Verdammt noch mal, wieso hatten wir keine Leute zur Verfügung, um selbst dorthin zu fahren? Geht denn in dieser Sache alles schief? Ich könnte kotzen!«, stieß Patrick Wenzel, ein Mitglied des Düsseldorfer Erkennungsdienstes, ins gleiche Horn. Weitere Fluch- und Hasstiraden wurden durch das Eintreffen des Abschleppwagenfahrers unterbunden. Die Laune von André Tiefenbach besserte sich dadurch nicht im Geringsten.

»Seit wann arbeiten Sie eigentlich für ein polizeiliches Schlepp-unternehmen? Haben Sie gerade zum ersten Mal ein Auto abgeschleppt, das aus strafprozessualen Gründen sichergestellt worden ist, oder haben Sie alles vergessen, was man ihnen beigebracht hat?«, pflaumte er den sichtlich verdutzten Mann an.

Der fing sich rasch. »Ich weiß gar nicht, was Sie von mir wollen. Ich habe alles genauso gemacht, wie es mir die Kollegen vor Ort gesagt haben. Ich habe den Wagen geöffnet, mich hineingesetzt, den Gang rausgemacht, und dann haben wir gemeinsam den Wagen auf die Gabel gerollt. War daran was falsch?«

Tiefenbachs Blutdruck hätte zu diesem Zeitpunkt wahrscheinlich die Skala jedes Messgerätes gesprengt. Sein Gesicht war rot angelaufen, und seine Adern am Hals traten hervor wie Stricke. Wie viele Kollegen hatte er allerdings die Angewohnheit, bei Wutanfällen nicht laut, sondern sehr leise zu werden.

Als er jetzt mit dem Abschleppwagenfahrer sprach, flüsterte er nur noch. »Ich weiß nicht, wer in dieser Sache das Spatzenhirn hatte, Sie oder die Beamten der Schutzpolizei, aber das ist mir jetzt auch egal. Dieses Auto gehörte einem Mordopfer, und die Täter hatten es dorthin gefahren, wo Sie es gerade abgeholt haben. Die Täter haben dort also einen Haufen Spuren, nämlich ihre Fingerabdrücke, Faserspuren und serologischen Spuren, sprich DNA, hinterlassen. Diese Spuren, die möglicherweise unsere einzigen Hinweise auf die Identität der Täter bildeten, haben Sie jetzt mit Ihrem Arsch und Ihren Händen zerstört. Ich hatte genaue Hinweise für die Behandlung dieses Fahrzeugs an den Wachhabenden der Autobahnwache gegeben. Der Wagen sollte nicht geöffnet und komplett auf einen Plateauwagen geladen werden, ohne irgendetwas zu verändern. Ich hoffe, Sie fühlen sich jetzt gut dabei, wenn durch Ihre Schuld Straftäter davonkommen, die mindestens zwei Morde begangen haben. Bravo!«

Arnold Klein, so hieß der unglückliche Abschleppwagenfahrer, war während Tiefenbachs Worten immer kleiner geworden. »Das ... das habe ich alles nicht gewusst. Das hat mir doch keiner gesagt. Ehrlich, ich bin von einer ganz normalen Sicherstellung ausgegangen. Was kann ich jetzt noch tun?«

Der Polizist schüttelte den Kopf. »Nicht viel, fürchte ich. Ihre

Pause fällt zumindest jetzt mal aus. Sie werden sich jetzt Ihrer kompletten Oberbekleidung entledigen, diese in eine große braune Packpapiertüte packen, die ich Ihnen gleich geben werde, und außerdem werden Sie das Ganze in Gegenwart meines Kollegen tun, der Ihnen auch Fingerabdrücke und eine DNA-Probe abnehmen wird. Schließlich möchte ich nicht auf Grundlage von Fingerspuren im Auto die Fahndung nach einem Täter einleiten, der sich dann im Endeffekt als Abschleppwagenfahrer entpuppt.«

Tiefenbach drückte Arnold Klein die Tüten in die Hand und deutete auf den Container, in dem sich die Fahrer vor und nach ihrer Arbeit umzogen. »Pass bloß auf den Vogel auf«, rief er seinem Kollegen, der Klein begleitete, hinterher. »Der kommt sonst noch auf die Idee, seine Klamotten auf einen großen Stapel mit Kleidung seiner Kollegen zu legen.«

Arnold Klein wurde womöglich noch kleiner, wohingegen Patrick Wenzel trotz der miesen Situation zu grinsen begann. Tiefenbach zog sein Handy hervor, rief bei der zuständigen Duisburger Mordkommission an und schilderte ohne Beschönigung die ganze Pleite.

Am anderen Ende der Leitung, an der sich Detlef Schall die Geschichte anhören musste, herrschte etwa dreißig Sekunden lang absolute Stille. Dann entlud sich Detlefs mentale Spannung in einem infernalischen Gebrüll.

»AAAAARGH!« Schall sprang auf, ging zur Tür und lehnte seinen Kopf frustriert gegen den Türrahmen. Nach fast einer Minute hatte er sich so weit gesammelt, dass er zum Telefon zurückkehren konnte. Trotzdem zitterte seine Stimme immer noch vor unterdrückter Wut.

»Bist du noch da? Wenn ja, kannst du mir bitte erklären, was so wichtig gewesen sein kann, dass der Wagen von Verstruycken nicht von der Fachdienststelle, sondern von irgendwelchen Schutzpolizisten sichergestellt werden musste?«

»Karl Münch ist tot«, begann Tiefenbach mit seiner Erklärung.

»Scheiße! Der war doch gerade mal Anfang fünfzig!« Natürlich kannte Detlef Schall den Kollegen aus Düsseldorf, der seit ungefähr fünfzehn Jahren Mitglied des KK 11 war und der bei den regelmäßigen Treffen mit den Kollegen der Schwesterdienststelle immer durch seine gute Laune hervorgestochen hatte.

»Danach fragt eine Kugel aber nicht«, sagte André Tiefenbach hart. »Karl hat sich heute Morgen im Foyer des Polizeipräsidiums erschossen. Du kannst dir sicher vorstellen, dass das gesamte KK 11 und der Erkennungsdienst im Großeinsatz waren. Und bevor du fragst: Wir kennen noch keine Gründe. Er ist einfach heute Morgen zum Dienst gekommen, hat sich, ohne ein Wort zu sagen, seine Waffe aus dem Schließfach geholt, ist mitten ins Foyer gegangen und hat sich das Gehirn aus dem Schädel gepustet.«

Als Detlef Schall jetzt schwieg, lag das ausschließlich an seiner Betroffenheit. »Geschenkt, André. Den Grund akzeptiere ich. Ich bin nur mal gespannt, wie unser Staatsanwalt das sieht. Was passiert jetzt?«

»Unser Erkennungsdienst hat gerade damit begonnen, den BMW zu untersuchen. Sie versuchen zu retten, was noch zu retten ist, und haben den Wagen quasi komplett in Folie gepackt. Der Wagen ist übrigens mit Ausnahme von zwei Gegenständen komplett leer.«

»Und was ist noch drin?«, fragte Schall.

»Ein Handy und ein USB-Stick. Beides war demonstrativ mit Klebeband auf das Armaturenbrett geklebt. Ich nehme einfach mal an, dass die Täter uns etwas damit sagen wollen.«

»Und ob«, knirschte Schall. »Die Kerle spielen ein perfides Spiel mit uns. So etwas wie eine Schnitzeljagd. Entziffere die Hinweise, und du löst den Fall. Oder so ähnlich.«

»Cluedo für Erwachsene«, warf André Tiefenbach ein, und Detlef Schall grunzte zur Bestätigung.

»Das Handy dürfte Verstruycken gehört haben, und auf dem USB-Stick sind wieder ein Bekennervideo und die Tat selbst. Und Klaus hat vorhin noch über dieses Handy mit einem aus der Gruppe Nemesis telefoniert. Der muss sich die Bergung von Verstruycken mit dem Fernglas angesehen haben. Was sind die Typen dreist! Die müssen sich doch den Bauch halten vor Lachen.«

Damit lag Detlef Schall sogar richtig – wenn auch aus anderen Gründen.

***

»Im Ernst? Unfassbar! Jetzt machen es uns die Kerle aber wirklich einfach!« V lauschte dem Bericht von R, der die letzte Aktion von

Nemesis durchgeführt hatte. Es war einfach gewesen, ein Paket per DHL an einen Bewohner des Nachbarhauses zu versenden und darauf zu warten, dass es ausgeliefert wurde. Als der DHL-Wagen vor der Tür hielt, brachte R das vorbereitete Paket zu Balder, während W im Wagen wartete. »War kinderleicht«, grinste R. »Die DHL-Kluft habe ich noch aus der Studienzeit, den Bart habe ich mir angeklebt, und fertig war der Paketbote. Ich habe mich fast totgelacht bei seinem hysterischen Geschrei.«

»Aber der zweite Teil des Plans ist fehlgeschlagen«, wandte W ein. »Wir wollten, dass Balder in Panik zu Odin fährt, dessen Adresse wir als einzige noch nicht kennen. Selbst wenn er es vorhatte – wie wir wissen, hat er's nicht dorthin geschafft. Die Frage ist, ob wir die Adresse jetzt noch herausbekommen.«

»Ich krieg sie garantiert heraus«, sagte R selbstbewusst. »Es ist nur eine Frage der Zeit.«

V blickte sinnierend zur Decke. »Zeit ist genau das, was jetzt knapp wird. Die beiden letzten Asen werden sich verkriechen und die Füße stillhalten, und wir werden sie herauslocken müssen. Balder war ein hysterischer Idiot. Wie schwer, sagtest du, ist der angeschossene Polizist verletzt?«

»Anscheinend nur eine Fleischwunde an der Hüfte«, beruhigte ihn R.

»Gut«, seufzte V. »Schließlich soll möglichst kein Unschuldiger verletzt werden.«

V lehnte sich zurück und blickte zur Decke. Als er sprach, klangen seine Worte fest und bestimmt, und seine beiden Zuhörer waren sofort gebannt. »Wir wussten von vornherein, dass die ersten beiden Aktionen leichter sein würden als der Rest. Wir haben uns zuerst die drei psychisch Schwächsten ausgesucht: den primitiv-reaktiven Brutalo, den selbst ernannten Künstler und den Hysteriker. Bei den letzten beiden wird es hart. Sie werden keine Fehler machen, die uns einen leichten Zugriff ermöglichen.«

R und W nickten stumm.

»Da wir bis jetzt nur Hödur kennen, halten wir uns zunächst an ihn. Wir ermitteln sein Umfeld, und bei günstiger Gelegenheit schlagen wir zu.«

»Und was wird mit Odin?«, fragte W. »Wir kennen zwar seine

Identität und sein Aussehen, haben aber keine Ahnung, wo er wohnt, weil er komplett abgeschirmt wird. Wie sollen wir also an ihn rankommen?«

»Ich glaube eher, er will an uns herankommen«, erwiderte V schmunzelnd.

Seine Freunde sahen ihn überrascht an.

»Die beiden sind die Besten von Walhalla. Ich bin mir sicher, sie werden sich Gegenmaßnahmen einfallen lassen.«

»Und woran denkst du dabei?«, fragte W gespannt. Das Grinsen von V wurde breiter. »Denkt mal nach. Hödur ist Spezialist für Mikroelektronik und Ortungssysteme. Seine Firma beliefert die gesamte NATO. Also …«

»Werden sie garantiert Peilsender am Körper haben«, ergänzte W.

»Eher *im* Körper«, korrigierte R. »Sie wissen schließlich, dass die Leichen von Thor und Bragi nackt aufgefunden wurden.«

»Also lassen wir Hödur uns finden«, grinste V. »Odin wird zwar nicht selbst suchen, sondern uns unter irgendeinem Vorwand die Polizei auf den Hals hetzen, aber er wird sicher in der Nähe sein, um sich das Schauspiel anzusehen, und dann haben wir ihn.«

»Auf Hödur freue ich mich schon«, meinte R grimmig. »Mit dem habe ich noch persönlich ein Hühnchen zu rupfen.«

»Wie ich mit Thor und W mit Balder«, bestätigte V. »Wenn alles gut geht, wird dein Gesicht das Letzte sein, was er in seinem Leben sieht. Dann wissen sie, weshalb wir sie verfolgt haben.«

Zufrieden sahen die drei Rächer sich an.

»Morgen legen wir los«, bestimmte V. »Wir werden aber zunächst eine andere Aufgabe erledigen. Wir holen uns jemanden, mit dem ich mich unterhalten möchte. Das wird aber eine harmlose Sache. Gönnen wir uns eine ruhige Nacht und angenehme Träume. Ich bin sicher, Odin und Hödur werden wenig Ruhe finden.«

Eine Plattitüde, aber recht hatte er.

***

»Sag das noch mal«, stöhnte Detlef Schall entsetzt.

»Wir hatten in Düsseldorf eine Schießerei, die wahrscheinlich mit eurem Fall in Verbindung steht«, bestätigte Hartmut Weiherstahl, der Leiter des KK 11 Düsseldorf. »Ein Autofahrer ist durchgedreht und hat bei der Verkehrskontrolle auf die Beamten geschossen, wurde aber selbst tödlich verletzt. Unser Erkennungsdienst dreht derzeit am Rad, und wir sind auch personell nach der Sache mit Karl Münch am Ende. Den Tatort haben wir schon aufgenommen, aber ihr solltet euch mit den Zeugen unterhalten und euch die Wohnung des Erschossenen ansehen.«

»Was zum Teufel hat das mit uns zu tun?«, fragte Detlef Schall gereizt, der sich keinen Reim auf die Sache machen konnte.

Sein Düsseldorfer Pendant lachte. »Bedank dich bei Klaus Heppner. Der hat André nämlich von euren Asen erzählt, und nachdem der moribunde Angeschossene was von Odin, Walhalla und Ragnarök gefaselt hat, lag der Zusammenhang nahe.«

»Oh Mann, dann hat es Nummer drei auch erwischt, und wir wissen immer noch von nichts. Okay, ich schicke euch Klaus und Hanna rüber. Wo sollen sich die beiden melden?«

»Bei uns im Präsidium. Die beiden sollen über den Hofeingang reinkommen. Der Haupteingang ist ja noch als Tatort abgesperrt.«

Kaum hatte Detlef Schall allen Bescheid gegeben, stoben Hanna Karl und Klaus Heppner los, als wäre der Teufel hinter ihnen her. Dank der endlich fertiggestellten B 8n waren sie tatsächlich binnen zwanzig Minuten am Düsseldorfer Präsidium, wo ein sichtlich genervter Hartmut Weiherstahl sie empfing.

»Gut, dass ihr kommt, hier ist echt die Hölle los. Die Reporter stehen bei mir Schlange und wollen Einzelheiten zum Selbstmord im Präsidium wissen. Sie haben mich vorhin auf der Pressekonferenz mit Fragen gelöchert. ›Hat er persönliche Probleme gehabt?‹, ›Wurde er gemobbt?‹ und Ähnliches. Mann, ich konnte immer nur sagen, dass ich von nichts weiß.«

»Und was war es wirklich?«, fragte Hanna Karl. »Du weißt mehr, das sehe ich dir an.«

Hartmut Weiherstahl seufzte. »Das bleibt aber unter uns, ja? Er war bis über beide Ohren verschuldet, weil er ohne Ende gezockt hat. Er konnte an keinem Spielautomaten vorbeigehen, ohne sein gesamtes Geld hineinzuwerfen. Wir haben in seiner Wohnung ein Schreiben des Vermieters gefunden, dass er ihm wegen mehrmonatigen Mietrückstands fristlos kündigt, und auch eine Benachrichtigung über eine Lohnpfändung. Mann, warum hat Karl uns denn nichts gesagt? Wir hätten ihm doch helfen können!«

»Helfen kann man nur jemandem, der sich helfen lassen will«, konstatierte Hanna Karl schlicht. »Ich weiß, wovon ich rede. Aber jetzt lass uns zur Sache kommen. Wo ist die Kollegin, mit der wir uns unterhalten sollen?«

»In meinem Büro. Unser Polizeiarzt ist bei ihr und kümmert sich um sie. Sie ist zwar nicht verletzt, aber jemanden zu erschießen, wenn auch aus Notwehr, greift dich doch heftig an.«

Auf dem Weg in Hartmuts Büro musste Heppner seiner Kollegin einfach eine Frage stellen. »›Ich weiß, wovon ich rede‹, hast du gesagt. Was meinst du damit?«

»Mein Bruder ist vor zwei Jahren an einer Überdosis Heroin gestorben. Er hat uns bis zum letzten Tag getäuscht und uns vorgemacht, seine Sucht im Griff zu haben, dabei war es umgekehrt. Lass uns das Thema vergessen, ja?« Hanna Karl beschleunigte ihre Schritte und ließ ihren Kollegen hinter sich.

Die Polizeibeamtin im Zimmer von Hartmut Weiherstahl wirkte auf den ersten Blick professionell und beherrscht. Erst beim zweiten Hinsehen bemerkte man, dass ihre Hände zitterten. Dennoch bemühte sie sich sichtlich um Kontrolle. »Lassen Sie es uns so schnell wie möglich hinter uns bringen, damit ich zu meinem Kollegen ins Krankenhaus kann, ja?«

Sie stellte sich als PK'in Hülya Oruc vor und schilderte mit fester Stimme, was sich beim Anhalten des AMG SLS ereignet hatte. »Ich verstehe nicht, was er mit diesem Gerede über nordische Götter gemeint hat. Es war fast so, als wäre es eine Art Gebet. Wissen Sie mehr darüber?«

Klaus Heppner berichtete über die Asen, ihren Ausschluss aus dem Corps Walhalla und die Vergeltungsaktion von Nemesis. Hülya Oruc nickte. »Dann muss heute Vormittag etwas passiert sein, das ihn total aus der Spur geworfen hat. Er war völlig durchgedreht, und sogar ganz am Ende kam er nicht mehr zur Vernunft. Er hat sogar einen Passanten für irgendeinen Mann aus seiner Vergangenheit gehalten. ›Nicht du‹, hat er mehrmals gesagt.«

Hanna Karl und Heppner sahen sich an. »Vielleicht war er klarer, als wir es ihm zugestehen, und deine Beobachtung gibt uns einen Hinweis. Kannst du diesen angeblichen Passanten beschreiben?«

Hülya Oruc nickte entschieden. »Er war eins achtzig bis eins fünfundachtzig groß, hat sicher Kleidergröße achtundneunzig oder hundertzwei getragen, denn er war sehr schlank. Mitte bis Ende vierzig, würde ich schätzen, unter einer blauen Skimütze mit weißem Zackenmuster lugten blonde Haare hervor. Seine Augen waren blaugrau, und er trug weder Bart noch Brille. Ach ja, er ist Raucher und offenbar seit Kurzem geschieden oder hat sich getrennt, denn der Abdruck des Ringes ist noch am Finger gewesen, obwohl er keinen mehr trug, und man sah die Nikotinverfärbung zwischen Zeige- und Mittelfinger. Außerdem hat er ein Muttermal von der Form einer Linse am rechten Kinnwinkel.«

Heppner blieb die Luft weg. »Das alles hast du in ein bis zwei Sekunden registriert? Länger kannst du den Mann ja nicht gesehen haben. Und das bei dem Stress …«

»Ja, es tut mir leid, dass die Beschreibung nicht besser ist«, murmelte Hülya Oruc betrübt.

Die Duisburger Ermittler sahen sie sprachlos an.

»Ach ja, der Mann trug außerdem einen hellgrauen Steppanorak von Helly Hansen, Jeans und schwarze Winterstiefel. Mehr weiß ich nun wirklich nicht.«

»Hast du so etwas wie ein fotografisches Gedächtnis?«, fragte Hanna Karl atemlos, und Hülya Oruc nickte.

»Ich konnte mir immer schon gut Dinge merken. Schon in der Schule. Ich habe meiner Mutter auch immer gesagt, wo sie ihre Schlüssel und alles andere verlegt hat. Sie hat schon geglaubt, ich sei so was wie eine Hexe.«

»Na gut, dann wirst du den Mann wahrscheinlich wiedererkennen können.«

»Ihr werdet das auch«, meinte die Streifenpolizistin trocken und drehte das Blatt Papier um, das vor ihr auf dem Schreibtisch lag. »Das ist der Mann.«

Sie hatte mit Bleistift auf einem Blatt eine Porträtskizze des angeblich zufälligen Passanten angefertigt, die alle Details zeigte und die einem Profikunstwerk in nichts nachstand. Als Hülya Oruc die fassungslosen Gesichter ihrer Kollegen sah, winkte sie lächelnd ab. »Ich war in der Schule auch künstlerisch sehr gut, habe einige Wettbewerbe gewonnen und wollte eigentlich Kunst studieren.«

»Das hätte auch prima gepasst«, bestätigte Heppner, während Hanna Karl den ebenfalls fassungslosen Hartmut Weiherstahl mit der Skizze zum Kopierer schickte. »Wieso bist du eigentlich bei der Polizei gelandet?«

Hülya Orucs Lächeln erlosch wie eine abgebrannte Kerze. »Ich war fünfzehn, als mein Vater meine Mutter zum ersten Mal halb tot schlug. Er war strenggläubiger Moslem und akzeptierte nicht, dass ich mich westlich kleidete, in Discos ging und meine Mutter dies auch noch billigte. Er wollte mich mit siebzehn an einen Cousin in Anatolien zwangsverheiraten, aber meine Mutter und ich sind ins Düsseldorfer Frauenhaus geflohen, bis die Scheidung durch war. Als er uns nachher bedrohte, meinten die zuständigen Polizisten, dass sie nichts gegen ihn unternehmen könnten, weil ja noch nichts geschehen war. Zwei Tage nach meinem neunzehnten Geburtstag drang mein Vater in unsere Wohnung ein, zog eine Pistole und schoss das Magazin auf meine Mutter und mich leer. Ich überlebte nur knapp, meine Mutter starb. Im Prozess meinte er, dass die Scheidung seine Ehre zerstört habe und die Tat für ihn eine Frage der Ehre gewesen sei. Ich habe nach meiner Genesung den Geburtsnamen meiner Mutter angenommen und bin zur Polizei gegangen, weil ich verhindern wollte, dass anderen so etwas zustößt wie mir.«

Sie schwiegen einen Moment betreten, dann traf Hartmut Weiherstahl mit den Kopien ein.

»Lass eine Öffentlichkeitsfahndung nach dem Mann einleiten«, sagte Heppner. »Du weißt schon, ›wichtiger Zeuge gesucht‹ und so weiter. Und du solltest Hülya für eine Beförderung vorschlagen oder noch besser gleich fürs KK 11 anwerben.«

Weiherstahl grinste und nickte. »Sie hatte sogar schon erste Spuren markiert und eine Halterfeststellung für den AMG durchgeführt. Das Kennzeichen lautete D-JL 1852, und der Wagen ist seit vorgestern zugelassen auf einen Julius Lafarge, der auf der Rheinallee 122 wohnt.«

Er sah Heppner erwartungsvoll an, aber der verstand nur Bahnhof.

»Und wer ist das?«, fragte er trocken.

»Mann, liest du keine Wirtschaftsseiten?«, fragte Weiherstahl in komischer Verzweiflung. »Lafarge war der Leiter der Ringhorn Solar Systems, der einzigen Solarfirma, die in den letzten Jahren noch schwarze Zahlen geschrieben hatte. Letztes Jahr hat es eine freundliche Übernahme der RSS durch Solarworld gegeben, bei der sich Solarworld die Übernahme insbesondere der Dünnschicht-Modultechnik glatte achthundert Millionen kosten ließ. Lafarge besaß fünfundfünfzig Prozent der RSS-Aktien und schwimmt seither im Geld.«

Hanna Karl tippte auf ihrem iPhone herum und begann zu lachen. »Wikipedia ist doch was Tolles. Ringhorn war das Schiff des Asen, der allgemein für das Licht stand. Lafarge hat uns durch seinen Firmennamen mit der Nase direkt auf seine Identität gestoßen: Er war Balder.«

»Ein Beschluss zur Durchsuchung der Wohnung liegt vor«, sagte Hartmut Weiherstahl und warf ihr einen Schlüssel zu. »Der hier lag im AMG. Ich nehme an, dass er zur Wohnung von Lafarge passt. Vielleicht erhaltet ihr dort Hinweise auf die anderen Asen und ihre Jäger.«

Vom Belsenplatz brauchten die Beamten keine zehn Minuten bis zur Rheinallee. Bei der Adresse handelte es sich um ein modernes Apartmenthaus, und die Klingeln zeigten, dass Lafarge offenbar das Penthouse bewohnt hatte. Der Schlüssel passte in das Bedienschloss des Fahrstuhls und verschaffte Karl und Heppner mühelos direkten Einlass in das Reich von Lafarge.

Hanna Karl sog scharf die Luft ein, als sie das Ambiente des Flurs erfasste. »Protzig und überladen« war nach Heppners Meinung kein Ausdruck. Otto hatte mal gesagt: »Schreiende Farben sind out – brüllende Farben sind in«, und Lafarge oder sein Innenarchitekt hatten es beherzigt. Heppner rümpfte also die Nase und ging voraus in den *living room*, der fast das Ausmaß einer Schulsporthalle hatte. In dem ansonsten perfekt und fast klinisch sauber mit modernen Möbeln und Drucken von Roy Lichtenstein eingerichteten Raum, dessen Stirnseite aus einer Panoramascheibe mit Blick auf den Rhein bestand, fiel der Zustand des Wohnzimmertischs sofort auf. Eine Whiskyflasche lag umgestürzt auf der gesprungenen gläsernen

Tischplatte, und der Inhalt der Flasche hatte sich über den Tisch und auf den hochflorigen Teppichläufer ergossen. Single Malt der Extraklasse, also weit jenseits meiner Gehaltsstufe, dachte Heppner fast neidisch. Das edle Gesöff hatte den Boden eines auf dem Tisch stehenden hastig aufgerissenen Pakets durchnässt, und aus reiner Neugier sah Hanna Karl hinein. Ihre Augen wurden groß.

»Nun sieh mal an«, sagte sie gedehnt. »Es geht doch wirklich nichts verloren.« Mit gerunzelter Stirn trat Heppner näher. »Da drin sind die fehlenden Teile von Verstruycken«, klärte ihn seine Kollegin auf. »Nemesis hat offenbar die Adresse von Lafarge gekannt und ihm ein Präsent zugeschickt.«

Heppner klappte den Deckel des Pakets vorsichtig zu, nachdem er Fotos aus mehreren Perspektiven geschossen hatte. »›Nemes, Isidor‹«, las Hanna Karl auf dem Aufkleber. »Komischer Absender.« Heppner sah hin, stutzte und musste grinsen.

»Die Rächerfraktion hat Humor. Streiche die letzten vier Buchstaben des Vornamens, und du hast Nemesis als Absender.«

Der Rest der Wohnung erwies sich als ziemlich unergiebig. Amokschütze Lafarge hatte entweder eine penible Putzfrau oder eine Mikrobenphobie, so klinisch sauber war die Wohnung. Selbst die makellosen Anzüge hingen auf den Bügeln in Reih und Glied. Hanna Karl und ihr Kollege stellten den Laptop von Lafarge und sämtliche Telefonregister in der Hoffnung sicher, eine Spur zu Odin und Hödur zu finden, die als Einzige noch übrig waren, und ließen eine versiegelte Wohnung für die Spurensicherung zurück. Vielleicht fanden die Spezialisten DNA-Spuren der beiden überlebenden Asen, auch wenn die Chance gering war.

Heppners Handy spielte auf der Rückfahrt »Join Me in Death« von HIM. Aha, Professor Kürten hatte etwas Neues, war sein erster Gedanke. Er sollte sich nicht täuschen.

»Auch Verstruycken hatte die Hellabrunner Mischung im Blut. Er ist also vor seinem Tod narkotisiert worden. Bei ihm fand ich eine geringere Anzahl von Metaboliten, das heißt, das Präparat war bei seinem Tod noch nicht vollständig abgebaut. Todesursächlich war tatsächlich ein Bleistift. Unfassbar, wie tödlich Schreibwaren sein können. Dass es sich um einen Bleistift von Faber-Castell mit Härtegrad HB handelt, dürfte eher nebensächlich sein. Ein weicher

Bleistift hätte die gleiche Wirkung erzielt. Der Stift wurde übrigens genau hundertsechsundsiebzig Mal in seinen Körper gerammt. Ich kann nicht genau sagen, ob es immer derselbe Bleistift war, aber alle Wunden stammen von einem solchen Schreibgerät. Ich habe in den Wunden sowohl Rückstände von Holz als auch Grafitrückstände gefunden. Daraus besteht nämlich entgegen dem Namen Bleistift die Schreibspitze.«

Heppner machte einen beeindruckten Laut, und der Rechtsmediziner fuhr fort. »Die Kastration wurde mit einem stumpfen Messer durchgeführt, und zwar prämortal. Verstruycken wurde also bei lebendigem Leibe entmannt. Ich bezweifle allerdings, dass er danach noch lange gelebt hat. Der Bleistift wurde ihm jedenfalls mit großer Wucht in das noch schlagende Herz getrieben. Der Täter hat nach meiner Meinung anatomische Kenntnisse, denn er wusste genau, wo er ansetzen musste, um zwischen den Rippen durchzukommen. Verstruycken dürfte zu diesem Zeitpunkt bereits bewusstlos gewesen sein, denn niemand sieht seelenruhig dabei zu, wie ihm ein Mordwerkzeug auf die Brust gesetzt wird. Die Haut zeigt in der Umgebung keine Anomalien oder Irritationen, was der Fall wäre, wenn die Bleistiftspitze darauf herumgewandert wäre.«

Nach ein paar Sekunden Schweigen im Walde kam Professor Kürten zum Schluss: »Ich bin mit der Untersuchung fertig und kümmere mich anschließend um diesen Lafarge, der meinte, ungestraft auf Polizisten ballern zu können. Wie ist er bloß auf eine solche Schnapsidee gekommen?«

Klaus Heppner informierte den Rechtsmediziner über ihren Verdacht, dass es sich um den durchgedrehten Balder handeln könnte.

Kürten pfiff leise durch die Zähne. »Schlechte Zeiten für nordische Götter, möchte man meinen. Im Moment steht es damit im Spiel Norwegen gegen Griechenland 0:3. Schicken Sie mir das Gemächt bei Gelegenheit zu, damit ich Verstruycken komplettieren kann. Ich melde mich, wenn mir bei Lafarge etwas auffällt. Übrigens: Laut Labor war die Substanz unter Kollmanns Fingernagel Mutterboden aus einem Nadelwald. Keine Überraschung – das passt zu der Bärenfalle.«

Heppner vereinbarte mit Hartmut Weiherstahl, dass beide Verfahren verbunden und sie ihre Berichte in Duisburg schreiben würden. Der Erkennungsdienst würde den Paketinhalt umgehend sichern und an Professor Kürten weiterleiten. André Tiefenbach drückte ihnen zum Abschied noch den USB-Stick und das Telefon aus Verstruyckens BMW in die Hand. »Ihr wisst bestimmt mehr damit anzufangen als ich«, seufzte er.

Da waren sich die Duisburger Ermittler sogar sicher.

Bei ihrer Rückkehr blieb ihnen nur noch die Zeit, ihre Berichte zu schreiben und ins Eingangskörbchen zu werfen. Heppner sah auf seinen Outlook-Posteingang und registrierte missvergnügt, dass er fast überquoll. Eine Mail erregte dennoch seine Aufmerksamkeit: Vodafone hatte die Verbindungsdaten der Walhalla-Handys geschickt.

Auf den ersten Blick schienen sie sich alle nur gegenseitig angerufen zu haben. Mit einem enttäuschten Seufzen wollte er den Mailanhang schon wieder schließen, als er dann doch eine ihm unbekannte Nummer entdeckte, die nur in den Verbindungsdaten des Handys mit der Endziffer Null auftauchte. Wenn die Vergabe der Nummern hierarchisch war, schoss es ihm durch den Kopf, dann war Odins Handy das mit der kleinsten Nummer, doch mit wem hatte er telefoniert?

Seine letzte Diensthandlung an diesem Abend war also, bei der RegTP, der nationalen Regulierungsbehörde für Telekommunikation und Post, die Feststellung des Anschlussinhabers einzuleiten. Am nächsten Morgen würde er das Ergebnis auf dem Schirm sehen, und dann würde er einen Zeugen haben, der ihm Odin liefern konnte. Zufrieden wählte er Marions Nummer.

»Ich bin in spätestens einer Viertelstunde zu Hause, mein Liebling. Ich habe einen Bärenhunger, Brand wie eine Bergziege, und ich könnte ein Pferd verspeisen.«

Marion lachte und versprach, ihn ausreichend zu verpflegen.

Vielleicht hätte er nicht so viel von Tieren reden sollen, dann wäre ihm das Kommende vielleicht erspart geblieben …

ELF

18. Januar 2013

Heppners Kopf schmerzte, als würde ein Trupp bösartiger Zwerge darin Samba tanzen, und sein Mund war so trocken, dass die Sahara dagegen nur ein Feuchtbiotop sein konnte. Er versuchte zu schlucken, und das dabei entstehende reibende Gefühl ließ ihn einen dumpfen Schmerzenslaut ausstoßen. Die Reaktion darauf bestand aus einem Glas Wasser, das ihm an die Lippen gehalten wurde. Er schluckte ausgiebig und gierig, ohne zu überlegen.

»Sie sind also wach, Herr Heppner. Das ist gut. Seien Sie nicht irritiert darüber, dass Sie nichts sehen. Sie tragen eine Augenbinde, die verhindern soll, dass Sie uns identifizieren können.« Beim Erkennen der Stimme riss der Polizist ruckartig den Kopf in den Nacken, ein Schwall Wasser klatschte auf seine Brust, und mit einem Schlag kehrte die Erinnerung zurück.

Er war vom Präsidium aus nach Hause gefahren, hatte sich auf das Abendessen mit Marion gefreut und seine gute Laune auch nicht vom einsetzenden Eisregen trüben lassen. Auf der Fuchsstraße stand ein grüner Fiat mit Offenbacher Kennzeichen mitten auf der Straße, und der Fahrer fragte einen Passanten nach dem Weg. Obwohl er ihm einen Stadtplan unter die Nase hielt, zuckte der Fußgänger mit den Achseln und ging einfach weg. Ziemlich unhöflicher Geselle, dachte Heppner schmunzelnd und sah zu, wie der Fahrer des Fiat ausstieg, sich suchend umsah und dann zu ihm herübertrabte.

Obwohl es nicht gerade hell war, trug er eine Sonnenbrille mit großen Gläsern, die einen Großteil des Gesichtes verdeckten, und den Rest besorgte die Schlägermütze auf seinem Kopf. Da sie aber trotzdem zu dem beigefarbenen Kamelhaarmantel und der Pfeife in seinem Mund passten, hielt Heppner den Mann für ein harmloses Relikt aus den Siebzigern. Er kam herüber, zeigte auf den Stadtplan, und Heppner ließ die Scheibe herunter.

»Entschuldigen Sie, könnten Sie mir wohl sagen, wie ich zur Hultschiner Straße komme? Mein Navi streikt, und das ist etwas kompliziert mit dem Plan.« Er hielt Heppner den Falk-Plan hin, und dieser griff danach, während sich der Unbekannte so stellte, dass er über die Schulter des Polizisten sehen konnte. Ein Blick auf den Plan ließ Heppner zuerst schmunzeln. Klar, dass man die angegebene Straße nicht findet, wenn man im Plan der falschen Stadt sucht. Heppner drehte sich um, sah den Fiat-Fahrer an und wollte ihn auf seinen Irrtum hinweisen, doch sein Lächeln erstarb, als er das linsenförmige Mal an seinem Kinn erkannte.

Ich bin tot, dachte Heppner.

Der scheinbar so hilflose Fiat-Fahrer hatte den Arm in seine Richtung ausgestreckt, und aus dem Ärmel zeigte ein dünnes Rohr auf Heppners Kopf. Noch bevor dieser irgendetwas sagen oder sonst wie reagieren konnte, ertönte ein Geräusch wie von einer geöffneten Seltersflasche, und etwas Spitzes bohrte sich in Heppners linke Halsseite. Er griff danach und hatte etwas in der Hand, das an einen Dorn mit Federn erinnerte. Während er noch darauf starrte, begann die Welt vor seinen Augen zu wabern, und seine linke Körperseite wurde gefühllos. Trotzdem versuchte er zu entkommen. Er griff nach dem Schalthebel, doch bereits durch die Gewichtsverlagerung kippte er auf den Beifahrersitz und konnte sich nicht mehr aufrichten.

Er hatte noch bemerkt, wie die Beifahrertür geöffnet wurde und eine zweite Person ihn auf den Beifahrersitz zog, dann war es schwarz um ihn geworden.

»Mister V, wie ich vermute.« Klaus Heppners Stimme klang rau und krächzend, doch die Worte waren verständlich.

Die Antwort war Gelächter von drei männlichen Stimmen, die offenbar seine Anspielung auf Henry Morton Stanley bei der Begrüßung Livingstones verstanden hatten.

»Ganz recht, Herr Heppner. Neben mir sind außerdem meine Freunde R und W anwesend. Verzeihen Sie uns, wenn wir Ihnen nicht die Hand schütteln, aber wir möchten es vermeiden, serologische Spuren zu hinterlassen.«

»Sehr umsichtig von Ihnen. Sie wissen, dass unsere Pathologen sehr gut sind, nehme ich an.«

V gab ein missbilligendes Geräusch von sich. »Herr Heppner, Sie liegen völlig daneben mit Ihren Schlussfolgerungen. Wir werden Ihnen kein Leid zufügen. Sie sind nicht in Gefahr und werden in wenigen Stunden freigelassen, vielleicht sogar früher.«

»Und was sollte dann meine Entführung?«, fragte Heppner erleichtert, aber verständnislos.

V lachte leise. »Ich hatte Ihnen doch gesagt, dass wir unser Gespräch fortsetzen würden. Da ich schlecht in Ihr Büro spazieren konnte, habe ich diesen Weg gewählt. Ich möchte Ihnen verdeutlichen, warum wir tun müssen, was wir tun, und wie wir es tun.«

»Na, da bin ich aber mal gespannt«, bemerkte Heppner mit einer gehörigen Portion Zynismus.

V schien es dennoch zu überhören. »Sie sind einer von den Guten. Sie jagen Verbrecher und versuchen, sie ihrer gerechten Strafe zuzuführen. Deshalb werden wir niemals jemandem von Ihrer Sorte ein Haar krümmen. Verzeihen Sie uns bitte die Narkose, aber wahrscheinlich wären Sie uns nicht freiwillig gefolgt.«

»Darauf können Sie getrost einen ganzen Teelöffel Ihrer Hellabrunner Mischung nehmen«, schnappte Heppner.

Wieder musste V lachen, und allmählich entspannte sich der Polizist. Obwohl er nichts sah, begann er, V zu glauben. Zudem beruhigte es ihn ungemein, dass er vollständig bekleidet war. Die Lage der Stiche in Verstruyckens Körper zeigte, dass er sie in nacktem Zustand erlitten hatte, und Kollmann …

Heppner lehnte sich zurück und stellte fest, dass er in einem Holzstuhl mit Armlehnen saß. Die Rückenlehne reichte ihm bis etwa zur Schulter, und der Stuhl fühlte sich im Allgemeinen sogar bequem an.

V setzte seine Erklärung fort. »Sie werden sicherlich schon einige Male an die Grenzen Ihrer Möglichkeiten gestoßen sein. Ein Täter, dessen Schuld für Sie zweifelsfrei feststeht, wird vom Gericht mit hanebüchenen Begründungen freigesprochen oder kommt mit einer lächerlich geringen Strafe davon. Sie könnten einen Täter festnageln, aber der einzige Zeuge ist viel zu verängstigt, um dem Täter und seinen hochbezahlten Anwälten vor Gericht entgegenzutreten, oder wird von ihnen auseinandergenommen, bis das Gericht ihn als unglaubwürdig einstuft. Solche Fälle mögen für einen Polizisten oder Staatsanwalt einfach nur ärgerlich sein, für die Opfer sind sie die Hölle. John Locke sagte einst: ›Den Schuldigen zu schonen heißt, die Opfer zu bestrafen.‹ Wir hatten genug davon. Jeder von uns hatte seine eigenen Erfahrungen mit der viel beschworenen

Gerechtigkeit der Justiz gemacht, und wir vertrauen nicht mehr auf sie. Stattdessen sorgen wir selbst für Gerechtigkeit.«

»Kommt mir irgendwie bekannt vor«, warf Heppner spöttisch ein. »Hat man alles schon gesehen in Filmen wie ›96 Hours‹, ›The Punisher‹ oder ›Ein Richter sieht rot‹. Ich –«

Ein Mann im Raum lachte laut auf, um von einem wütenden Zischen des Mannes, der sich V nannte, unterbrochen zu werden.

Irgendetwas hatte ihn irritiert; dennoch klang seine Stimme ruhig und gelassen, als er weitersprach. »Sie haben dahingehend recht, wenn Sie auf Filme anspielen, in denen jemand Rache übt. Hier ist das nicht der Fall. Wir sind keine skrupellosen Mörder, und wir sind auch keine Amokläufer, die wahllos Menschen töten. Unser Bestreben ist Gerechtigkeit, auch wenn wir hierbei das alte Motto ›Auge um Auge‹ anwenden. Die selbst ernannten Götter haben ihre Strafe weiß Gott verdient, wenn nicht sogar Schlimmeres.«

»Schlimmeres als Tod durch Folter?«, fragte Heppner verblüfft. »Ist schwer vorstellbar. Vielleicht helfen Sie mir etwas auf die Sprünge.«

Die Antwort bestand zunächst in einer gemurmelten Diskussion, bis V wieder das Wort ergriff. »Wir haben uns entschlossen, Fragen zuzulassen, die wir mit ›Ja‹ oder ›Nein‹ beantworten werden. Vielleicht versetzen unsere Antworten Sie in die Lage, die überlebenden Asen vor uns zu finden. Ich finde, das macht die Sache fast zu einem sportlichen Wettkampf. Sobald die Antwort zum dritten Mal ›Nein‹ lautet, ist die Fragestunde beendet, und Sie werden wieder auf freien Fuß gesetzt. Leider müssen wir Sie dann wieder narkotisieren, aber die erste Betäubung haben Sie ja gut überstanden.«

Na, ihr hört ja nicht das Dröhnen in meinem Schädel, dachte Heppner gereizt und begann, sich auf seine erste Frage zu konzentrieren.

»Stehen oder standen Sie drei zu der Gruppe der Asen in einer besonderen Beziehung? Damit meine ich beruflich oder familiär.«

»Ja.«

»Verfolgen Sie die Asen aufgrund von Straftaten, die sie begangen haben?«

»Ja.«

»Sind es Straftaten zu Ihrem eigenen Nachteil, weshalb Sie die Asen töten?«

»Nein.«

Autsch. Ein Nein in dieser frühen Phase tat weh. Er musste vorsichtiger sein.

»War die Art der begangenen Straftaten der Grund, weshalb die Ahndung so rigoros ausfiel?«

»Ja.«

»Waren die Todesarten auf Götternamen der Opfer abgestimmt? Thor durch einen Hammer, Bragi durch einen Griffel?«

»Ja.«

Heppner überlegte. Was könnte man noch fragen? Hmmm …

»Stehen Sie selbst in Kontakt mit dem Corps Walhalla?«

»Nein.«

Jetzt wurde es eng. Die nächste Frage konnte bereits die letzte sein. Heppner entschloss sich zu einem Frontalangriff.

»Hat die Anzahl von Stichen im Körper von Verstruycken eine bestimmte Bedeutung? Sollten sie vielleicht ein Hinweis an uns sein?«

»Ja – und ja.« Die Stimme von V klang jetzt angespannt.

»Ist die Anzahl von Stichen ein Hinweis auf das, was die Asen bei ihren Dienstagstreffs machen?«

»Ja.«

Eine deutliche Steigerung der Spannung. Jetzt ging der Polizist aufs Ganze. »Wussten Sie etwas von der Verbindung der Asen zu einem Bandido namens Zeiske und worin diese Verbindung bestand?«

Sekundenlang erhielt er keine Antwort, dann atmete V pfeifend aus. »Nein, das wussten wir nicht. Was wissen Sie darüber?«

Heppner zucke die Achseln. »Ehrlich gesagt gar nichts. Zeiske wurde nur sehr nervös, als er im Rahmen eines Gesprächs hörte, dass Kollmann & Co. systematisch liquidiert würden. Daraus schloss ich, dass es eine Verbindung gibt.«

Den Geräuschen entnahm Heppner, dass V sich von irgendeiner Sitzgelegenheit erhob. »Wir werden das prüfen, Herr Heppner. Ich danke Ihnen für das Gespräch, es war sehr aufschlussreich.«

Als sich seine Hand auf Heppners Schulter legte, hob dieser

automatisch den Kopf. Diesmal bemerkte er das leise Ploppen gleichzeitig mit dem Stich in seinen Hals, und er ergab sich frustriert in sein Schicksal.

***

»Hölle und Verdammnis!« Hödur schleuderte das halb volle Glas Carlos I. quer durch sein Wohnzimmer, sodass es klirrend an der Wand zerbarst. Der teure Cognac rann an der cappuccinofarbenen Vliestapete herab und versah die Wand mit einem Muster, das an die Tränen Hödurs erinnerte, nachdem Odin ihm gestern Abend die Nachricht von Balders Tod überbracht hatte. »Ich mach sie alle! Diese mörderischen Scheißbullen werden sich wünschen, niemals geboren worden zu sein!«

»Nun bleib mal ruhig, Hödur. Nach den Schilderungen sowohl in den Medien als auch im Statement der Düsseldorfer Polizei hatten die Polizisten keine Wahl. Balder ist einfach durchgedreht und hat sinnlos herumgeballert. Richte deinen Zorn also nicht auf die Polizei, sondern auf diejenigen, die Balder tatsächlich auf dem Gewissen haben, und das sind diese Killer!«

Hödur ließ sich in einen Sessel vor dem offenen, flackernden Kamin fallen, schlug die Hände vors Gesicht und weinte. Odin trat an seine Seite und legte ihm die Hand auf die Schulter. »Ich weiß, dass du ihn geliebt hast, mein Freund. Ich verspreche dir, wenn wir mit dieser Killertruppe fertig sind, wird man sich an ihren Namen nicht einmal mehr erinnern. Dazu müssen wir aber unseren Plan ausführen. Ob zu zweit oder zu dritt, ist für den Erfolg nicht von Bedeutung.«

»Das Risiko ist dennoch extrem hoch«, warf Hödur stockend ein. »Unsere wahre Identität wird mit Sicherheit aufgedeckt, und unser Tun am Dienstagabend wird die gemeinen Menschen nicht erfreuen. Diese Killertruppe wird mit Sicherheit reden.«

»Wenn sie das noch kann.« Odin grinste sardonisch. »Wenn die Polizei zugreift, wird es zu einer Schießerei kommen. Freiwillig werden diese Mörder sich nicht fangen lassen, und bei der Auseinandersetzung werden direkt zu Beginn ein oder zwei Polizisten ihr Leben verlieren. Dafür kann schon gesorgt werden. Die übrigen werden dermaßen unter Adrenalin stehen, dass sie die vermeintlichen Mörder ihrer Kollegen niederschießen werden. Und Tote erzählen nun mal nicht viel.«

Odin ging um Hödurs Sessel herum und setzte sich auf die Couch auf der anderen Seite des gläsernen Wohnzimmertisches. Wären Hanna Karl oder Klaus Heppner anwesend gewesen, hätten sie sofort bemerkt, dass sich die Ausstattung des Wohnzimmers von Hödur lediglich in der Farbe der Tapeten von Balders Wohnung unterschied. Auch Hödur besaß helle Ledermöbel und weiße, moderne Regalschränke, in denen vorwiegend kleine abstrakte Plastiken standen. Während bei Balder Grafiken von Lichtenstein die Wände verzierten, stand Hödur offenbar mehr auf Kandinsky und Miró.

Jetzt erhob er sich und holte sich einen weiteren Cognac, ohne den Fleck an der Wand eines Blickes zu würdigen.

»Mag sein, dass du recht hast und wir die Bullen noch brauchen. Mit den beiden, die meinen Bruder abgeknallt haben, bin ich trotzdem noch nicht fertig. Die knöpfe ich mir noch auf meine Weise vor.«

Odin zuckte die Achseln. »Das ist deine Sache. Primär müssen wir jedoch zunächst Abwehrmaßnahmen gegen unsere Auslöschung treffen. Ich hoffe, du hast alles vorbereitet?«

Hödur nickte und ging zu einem Kandinsky an der Wand gegenüber dem Kamin. Als er auf eine bestimmte Stelle des Rahmens drückte, ließ ein Federmechanismus die rechte Bildseite vorschnellen. Hinter dem Bild verbarg sich ein mittelgroßer Tresor, der fest in die Wand eingebaut war. Hödur trat vor den Tresor, und während ein Netzhautscanner sein rechtes Auge abtastete, rezitierte er die Worte:

»Von Asgard aus schlugen sie eine Brücke
auf dass ihnen Midgard nie entrücke,
das Reich der ersten Menschen,
Askr und Embla.«

»Hödur identifiziert, Zugang gewährt«, ertönte eine sanfte Stimme, und die Safetür schwang auf. Hödur griff in den Tresor und entnahm einen Gegenstand, der an eine Laserpistole aus einem Science-Fiction-Film der achtziger Jahre erinnerte, sowie zwei kleine Kästchen.

»Das ist es«, sagte er schlicht und trat auf Odin zu. »Wohin hättest du es gern?«

Der Anführer der Asen deutete wortlos auf seinen linken Oberarm und zog bereits sein Jackett aus, während Hödur wartete. Als Odin den Ärmel seines Hemdes hochgekrempelt hatte, setzte Hödur ihm die Injektionspistole an den Oberarm und drückte ab. Außer einem leisen Zischen war zunächst nichts zu hören, doch nach wenigen Sekunden begann eines der beiden Kästchen leise im Rhythmus von Odins Herzschlag zu piepen.

»Wir benutzen diese Tracer für die NATO-Patrouillen in Afghanistan. Wenn die Taliban einen Soldaten als Geisel nehmen, spüren wir ihn damit auf. Solange dein Herz schlägt, sendet der Tracer permanent auf einer Mikrowellenfrequenz deine GPS-Koordinaten, und der Empfänger, den ich in der Tasche habe, und der in meiner Firma machen eine Kreuzpeilung und schicken deine Positionsdaten auf mein Handy. Mein Signal wird genauso bei dir ankommen.«

Hödur drückte sich die Pistole selbst an den rechten Oberschenkel, und binnen Sekunden erfüllten zwei Pieptöne den Raum. Hödur lächelte und öffnete die beiden Kästchen, denen er zwei flache Karten von der Größe einer normalen EC-Karte entnahm. Er drückte auf zwei offenbar aufgedruckte Symbole, und das Piepen erstarb.

»Stummschaltung«, erklärte er. »Schließlich soll ja keiner vorzeitig aufmerksam werden. Sollte einer von uns entführt werden, was wir an einer ungewöhnlichen GPS-Ortung und einer abrupt veränderten Herzfrequenz erkennen können, wird der Alarm ausgelöst, und wir verfahren nach Plan. Die blaue Taste auf dem Steuergerät ist der Deaktivator für deinen Tracer. Halt die Karte über die Injektionsstelle und drück zwei Sekunden lang darauf. Wenn die Killer einen von uns bekommen, sollen sie ja nicht die Position des anderen wissen. Außerdem dürfen wir die Kontrollanrufe alle zwei Stunden nicht vergessen.«

Odin rieb sich den schmerzenden Oberarm und nickte. »Mich beschäftigt zudem, dass der Lieferant nicht mehr erreichbar ist. Natürlich ist er ein viel beschäftigter Mann, aber er ist sonst immer zuverlässig gewesen. Da muss was passiert sein. Ich werde es aber weiter versuchen.«

Hödur begleitete seinen Gast zur Tür. »Bis Ragnarök!«, grüßte er.

Odin zog eine Grimasse. »Vielleicht ist es so weit, und wir treten an zu unserem letzten Gefecht. Aber wir werden …« Jäh fiel ihm ein, dass er fast die gleichen Worte zu Balder gesagt hatte, bevor dieser den Verstand verlor. »Wir werden den Kampf siegreich bestehen«, schloss er mit mehr Zuversicht in der Stimme, als er tatsächlich empfand.

Hödur sah dem davonfahrenden BMW X5 Odins schweigend nach. Er hatte Odin nicht erzählt, dass Balder alias Julius Lafarge kurz vor seinem Tod hysterisch bei ihm angerufen und ihm vom Inhalt des Pakets berichtet hatte – und dass er vom Tod Balders bereits wusste.

»Die kennen uns, August«, hatte Julius geschrien. Er war offenbar betrunken und so durch den Wind gewesen, dass er am Telefon sogar Hödurs wirklichen Namen aussprach. »Die kennen uns, und sie werden uns umbringen. Da! Sie kommen schon. Mich kriegen sie nicht, die Schweine! Denen zeige ich es!«

Was anschließend geschah, konnte sich Hödur ausrechnen. Julius musste die Streifenpolizisten in seinem Wahn für Mitglieder der Killertruppe gehalten und mit seiner Ceska losgeballert haben. Ich hätte ihm besser das Schießen als Physik beibringen sollen, dachte er. Die Analyse der Abläufe minderte seinen Hass auf die Polizei jedoch nicht im Geringsten. Sie haben ihn abgeknallt, dachte Hödur, und seine Wut stieg erneut. Sie haben ihn abgeknallt und dann ganz unverfroren hier angerufen, um mich über seinen Tod zu informieren, weil ich in seinem Handy unter ICE für *»In Case of Emergency«* gespeichert war. Die mache ich fertig.

Hödur schüttete den Cognac mit zwei großen Schlucken herunter und führte einige Telefonate über sein Festnetztelefon. Danach legte er seine Lieblings-CD ein und lauschte verzückt und mit geschlossenen Augen den Klängen von Tschaikowskys »Pathétique«, die über die Surround-Anlage von Bang & Olufsen eine Klangwelt erschuf, die ihn fast in eine Stimmung versetzte wie ein vollendeter Dienstagabendgenuss.

Odin selbst nagte während der Heimfahrt an der Unterlippe. Für ihn stand fest, dass die Polizei Hödur würde identifizieren können. Jetzt galt es, sich selbst möglichst gut abzusichern und die Spuren, die zu ihm führten, zu verwischen. Es tat ihm leid um Hödur und den Lieferanten. Mit Ersterem hatte er eine Menge Spaß gehabt, und der Lieferant hatte sich als nützlich erwiesen. Sie zu beseitigen würde kein Vergnügen darstellen. Während er einen Plan ersann, begann sein spezielles Handy zu vibrieren, und im Display erkannte er die Nummer des Lieferanten. Das ist ja erstklassig, dachte Odin, da er nun den ersten Teil seines Plans umsetzen konnte.

***

»Klaus? Klaus! So wach doch auf! Hörst du mich?«

Eine ihm wohlbekannte Stimme durchbrach das Meer aus Kopfschmerzen, in dem Heppners Bewusstsein umhertrieb. Er öffnete blinzelnd die Augen und sah in Marions besorgte Augen, während ihre Hand seine Wange tätschelte.

»Nimm die linke Hand«, murmelte er automatisch, und die leichten Ohrfeigen hörten abrupt auf.

»Ist doch nicht zu glauben«, stöhnte seine Freundin konsterniert. »Ich warte die ganze Nacht auf dich, finde dich morgens früh in deinem BMW vor der Haustür, und du reißt auch noch Witze.«

»Danach ist mir nicht im Geringsten zumute«, ächzte Heppner und versuchte, seinen Kopf anzuheben. Blöde Idee. Sein Kopfschmerz wurde fast unerträglich. »Rufe bitte bei der Ventura an und sag, dass du später kommst. Anschließend fährst du mich bitte ins Krankenhaus, damit mir dort eine Blutprobe entnommen werden kann, und danach bringst du mich bitte ins Büro. Aber zuallererst: Hol mir bitte zwei Ibuprofen 600, bevor mein Schädel platzt.«

Tatsächlich hatten die Nemesis-Leute Heppner vor seiner eigenen Haustür abgeladen. Er saß auf dem Beifahrersitz seines BMW und war nicht nur vollständig angezogen, sondern auch mit einer Wolldecke aus seinem Kofferraum gegen die Kälte geschützt. Echt fürsorglich, dachte er. Wollen wir doch mal sehen, welche Spuren ihr in meinem Auto hinterlassen habt.

Während Marion sich anziehen ging, sah Heppner auf seine

Uhr. Kurz vor acht, also Zeit, Detlef Schall anzurufen. Der war natürlich völlig aus dem Häuschen, als er von Heppners intimem Zwiegespräch mit Nemesis erfuhr.

Marion, die einen Großteil des Gesprächs mithörte, nicht minder. »Du hast dich echt mit denen unterhalten?«, fragte sie fassungslos.

»Was sollte ich deiner Meinung nach denn tun, nachdem sie mich freundlich an einen Stuhl gefesselt hatten? Sie anschweigen? Immerhin habe ich doch ein paar Informationen gewonnen. Ich muss die Zahl 176 nachschlagen, und wir müssen das Umfeld der Asen genau abklären. Dann finden wir auch Nemesis beziehungsweise deren Mitglieder. Oh, mein Kopf!«

Dass er im Klinikum Duisburg eine Blutprobe gegen sich selbst anordnete, überraschte den ausführenden Arzt nicht wenig, zumal er als Humanmediziner nicht viel mit dem Begriff »Hellabrunner Mischung« anfangen konnte. Dennoch zapfte er Heppner achselzuckend eine Ampulle Blut ab und versprach, sie toxikologisch untersuchen zu lassen. Danach konnte Heppner endlich das Ibuprofen schlucken, schloss die Augen und ließ sich von seiner Freundin ins Büro fahren.

»Und du fühlst dich wirklich dienstfähig?«, fragte sie besorgt.

»Eigentlich nicht. Diese Hellabrunner Mischung dürfte von Dr. Frankenstein oder einem nahen Angehörigen zusammengebraut worden sein. Mir tun die Tiere leid, denen sie verabreicht wird. Die haben nachher kein Mittel gegen die Kopfschmerzen. Na ja, das wird schon wieder.«

Es dauerte fast eine halbe Stunde, bis Heppner alle Fragen von Detlef Schall und der übrigen Crew beantwortet hatte. Ede Vollstraß kümmerte sich derweil um die Spuren in seinem Auto.

»Eine Antwort habe ich jedenfalls schon für dich«, schloss Hanna Karl die Diskussion. »Verstruycken wurde mit hundertsechsundsiebzig Stichen liquidiert. Der Paragraf des Strafgesetzbuches, der diese Nummer trägt, heißt ›Sexueller Missbrauch von Kindern‹. Ich denke, dass wir den Zusammenhang gefunden haben.«

»Das ergibt einen ziemlich gruseligen Sinn«, brach Detlef Schall das darauffolgende Schweigen. »Wir haben ja ermittelt, dass sich Kollmann an seiner eigenen Tochter vergangen hat. Verstruyckens Zeitungen waren diejenigen, die ständig gegen die ermittlungsführenden Polizisten und Staatsanwälte im Fall Dutroux geschossen haben und für die Ablösung des einzigen Staatsanwaltes verantwortlich waren, der die tatsächlichen Hintergründe über das Netzwerk dieses ekligen Kinderschänders aufdecken wollte. Und gegen Julius Lafarge lief 2006 ein Verfahren wegen des Verdachts der Vergewaltigung einer Achtjährigen. Das Verfahren wurde allerdings eingestellt, weil das Kind sich umbrachte und außer ihrer noch nicht protokollierten Aussage keine Beweismittel vorhanden waren. Serologische Spuren gab es nicht, weil der Täter ein Kondom benutzt hatte. Ihre Beschreibung des Täters war recht vage, und Lafarge wurde von ihrem Vater als Tatverdächtiger benannt. Der Anwalt Lafarges vermochte Zweifel an der Aussage des Vaters zu wecken, weil dieser als Geschäftsführer eines Lafarge-Unternehmens gerade gefeuert worden war. So hatte der Anwalt leichtes Spiel, die Identifizierung als Racheaktion abzuqualifizieren.«

»Du meinst also, die fünf Herren treffen sich an den bewussten Dienstagen, um perverse Spiele mit kleinen Mädchen zu treiben? Das ist ja das Ekelhafteste, von dem ich je gehört habe!«

Hanna Karls Empörung wurde von allen Anwesenden geteilt, und ein erregtes Stimmengewirr erhob sich. Detlef Schall hob die Hände, um für Ruhe zu sorgen, weil sein Telefon zu klingeln begonnen hatte. Er hob ab und sah mit gerunzelten Brauen im Raum umher, was schlagartig für Ruhe sorgte.

»Ja, was gibt es denn, Hartmut? Aha. Wie bitte? Wer um alles …? Ein Anwalt eines Angehörigen? Menschenrechte verletzt? Sofortiges Verbot des Führens …? Ja, das glaube ich jetzt nicht! Sind denn alle nur noch bekloppt? Ja, ich sage den anderen Bescheid.«

Schall legte kopfschüttelnd auf und sah Hanna und Klaus Heppner an. »Vor einer halben Stunde ist ein hochkarätiger Rechtsanwalt im Düsseldorfer PP erschienen und hat Strafanzeigen gegen Hülya Oruc und Rolf Kellner wegen gemeinschaftlichen Totschlags und gegen Hanna und dich wegen Hausfriedensbruchs und Diebstahls erstattet. Während in eurem Fall die Sache unter Hinweis auf den erlassenen Durchsuchungsbeschluss schnell abgebügelt wird, müssen sich die beiden Düsseldorfer Kollegen auf Scherereien gefasst machen. Es gibt ein offizielles Ermittlungsverfahren, und bis zu dessen

Abschluss wird beiden das Führen von Dienstgeschäften untersagt. Sie werden, wie der Volksmund sagen würde, suspendiert.«

Das erregte Stimmengewirr übertraf das von vorhin um ein Vielfaches. Wenn Kollegen zu Unrecht beschuldigt wurden, ging das einem ehrlichen Polizisten extrem auf die Nerven. Erneut musste Schall um Ruhe ersuchen.

»Am schlimmsten finde ich, dass diesem bestussten Anwalt auch die Namen der beteiligten Kollegen mitgeteilt wurden. Wenn der Anzeigenerstatter vorhat, sich zu rächen, hat er jetzt alle Möglichkeiten.«

»Zumindest bei den Kollegen der Düsseldorfer Schutzpolizei«, warf Tom Hermanns ein. »Wir sind doch alle gesperrt.«

»Hat mir gestern Abend aber auch nichts genützt«, bemerkte Heppner lakonisch, und nervöses Gelächter brandete auf.

»Passt also beim Heimfahren auf euch auf, und Hanna und Klaus nehmen die Dienstwaffen mit«, ordnete Detlef Schall an.

Heppner verzog sich mit noch immer dröhnendem Kopf in sein Büro und brauchte fünf Minuten, um sich daran zu erinnern, was er noch tun wollte. Dann fiel es ihm wieder ein.

Zu seiner Freude war die Antwort der RegTP zu der gestern beantragten Anschlussinhaberfeststellung schon da. Heppner öffnete die Maske mit der Antwort und vergaß schlagartig seine Kopfschmerzen. Mit fliegender Hast wählte er Hanna Karls Nummer. »Was immer du vorhattest, vergiss es. Ich brauche dich sofort – und besorge einen Dienstwagen. Du fährst.«

Als er ihr während der Fahrt den Grund des überstürzten Einsatzes mitteilte, wurden ihre Augen hart. »Du weißt, was das wahrscheinlich bedeutet«, zischte sie mit zusammengebissenen Zähnen, und ihr Kollege nickte.

An ihrem Ziel erkundigten sie sich zunächst nach dem Gesundheitszustand ihrer Zielperson und erfuhren, dass er kurz vor der Entlassung stand. Sein Zustand sei stabil, eine Medikation sei nicht mehr erforderlich, denn die Verletzung sehe hervorragend aus und werde bei regelmäßigem Verbandswechsel problemlos abheilen. Allerdings sei mit heftigen Narben zu rechnen. »Die trägt er doch wie andere einen Orden«, kommentierte Hanna Karl zynisch, und Heppner nickte grinsend.

Ein junger Kollege hielt sie vor der Tür zum Krankenzimmer auf. »Ihr könnt da nicht rein. Gerade ist eine Schwester drin, um ihm eine Spritze zu geben. Solange müsst ihr halt warten.«

Sie waren schon dabei zu nicken, als Heppner die Worte des behandelnden Arztes einfielen: »Keine Medikation mehr …«

Seine Kollegin und er erfassten gleichzeitig die Tragweite des Gehörten. Ohne eine Sekunde zu warten, drängten sie den Kollegen beiseite und stürmten ins Krankenzimmer. Dort bot sich ihnen ein dramatisches Bild.

Carlo Zeiske rang mit einer dunkelhaarigen Frau, die eine Spritze in der Hand hielt und versuchte, sie in seinen Körper zu jagen. Obwohl Zeiske einen Kopf größer war als die Frau und mindestens dreißig Kilogramm mehr wog, war er durch seine Verletzung so gehandicapt, dass er bereits auf dem Rücken lag und verzweifelt gegen die Spritze ankämpfte, die sich seiner Brust Zentimeter um Zentimeter näherte. Hanna reagierte sofort und zog ihre Waffe.

»Polizei! Keine Bewegung! Sofort weg von dem Mann!«

Die angebliche Krankenschwester rollte sich zur Seite und schleuderte die Spritze in Hanna Karls Richtung, die sich schnell auf den Boden warf. Während die Injektionsnadel zitternd in der Wand stecken blieb, sprang die Frau auf. Ihr Blick irrte suchend durch das Zimmer, aber der Weg zur Tür war für sie versperrt, und so warf sie sich herum und rannte zum Fenster. Das Zimmer lag im fünften Stock.

»Halt, tun Sie das nicht!«, schrie Heppner in plötzlicher Erkenntnis, doch sie hörte nicht auf ihn und sprang mit Wucht gegen die Scheibe, die unter dem Aufprall zerbarst.

Der junge Kollege der Einsatzhundertschaft kümmerte sich um Zeiske, während Hanna Karl und Klaus Heppner zum Fenster stürzten. Die Frau hatte sich im Sturz gedreht und nach einem Vorhang gegriffen, der aus dem zerborstenen Fenster herausragte. Sie benutzte den Vorhang wie Tarzan seine Liane und versuchte, sich auf das zwei Stockwerke tiefer gelegene Vordach zu schwingen.

Was sie nicht einkalkuliert hatte, waren die noch im Rahmen steckenden Glasscherben, die auf den sich bewegenden Vorhang wirkten wie Rasiermesser. Noch während sie Schwung holte, riss der Vorhang auseinander, und die Frau stürzte schreiend ab. Hanna

Karl und Heppner drehten sich weg, um das Unvermeidliche nicht mit ansehen zu müssen.

Das Geräusch, mit dem ihr Körper auf dem Asphalt des Parkplatzes aufschlug, war ekelerregend. Gefühlte zwei Sekunden später begannen zwei Frauen, die sich nicht hatten wegdrehen können, schrill zu schreien. Zu diesem Zeitpunkt waren die Polizisten schon unterwegs zum Parkplatz.

Obwohl sich um ihren Körper bereits eine Blutlache auszubreiten begann, lebte die Frau bei ihrem Eintreffen noch.

»Warum?«, fragte Heppner sie, während Hanna Karl mit ihrem Handy das Gespräch dokumentierte. »Warum wollten Sie Zeiske töten?«

»Er … er hat gesagt … ich kann meine Schwester rächen. Er hat mir die Spritze gegeben. Nur rein … in ihn … er würde sehr leiden …«

Die Stimme der Frau wurde schnell schwächer, und ihre Augen füllten sich mit Blut, das auch aus ihrem Mund und ihrer Nase quoll. Trotzdem erhellte jetzt ein Lächeln ihr Gesicht. »Idris …« Nach einigen gestammelten Worten, die Heppner nicht verstand, fiel ihr Kopf zur Seite, und die Augen starrten ins Leere.

Erst jetzt konnte er sie sich genauer ansehen. Sie war attraktiv, schlank und maximal Anfang dreißig, also viel zu jung zum Sterben. Ihre letzten Worte hatten in seinen Ohren nach einer slawischen Sprache geklungen, aber welche war es? Und irgendwie kam die Frau ihm bekannt vor, doch wo sollte er sie hinstecken?

»Hast du die letzten Worte verstanden?«, fragte er seine Kollegin, die frustriert die Achseln zuckte. »Ich weiß nicht einmal, welche Sprache das war.«

»Aber ich«, sagte eine dunkle Stimme hinter den beiden. Ein junger Mann, der durch den weißen Kittel und das Namensschildchen als Dr. Alex Benidov erkennbar war, kniete sich neben die Frau und untersuchte sie. Nach wenigen Sekunden stand er mit einem deprimierten Kopfschütteln auf. »Sie ist tot. Ob der Schädelbasisbruch oder innere Verletzungen todesursächlich waren, werden Ihre Pathologen herausfinden müssen.«

»Werden sie wohl auch«, unterbrach Heppner. »Wichtig ist: Was hat sie gesagt? Welche Sprache war das?«

Der Arzt lächelte. »Reiner Zufall, dass ich gerade da war. Das war Mazedonisch, und da ich aus Skopje bin, habe ich es verstanden. Sie hat gesagt: »Idris, geliebte Schwester, ich komme.«

Klaus Heppners Blut schien zu Eis zu gefrieren.

»Oh mein Gott«, stöhnte Hanna Karl. »Marijana Yildiz! Da hat die Familien-Vendetta ja zum zweiten Mal nicht geklappt.«

Heppner nickte und sah beklommen zu der Toten hinüber, die sicherlich bald identifiziert werden würde. Voll Trauer dachte er an ein kleines Mädchen, dessen Vater mit drei Kugeln im Körper im Krankenhaus lag und dessen Mutter nun auch nicht mehr nach Hause kommen würde. Er biss die Zähne zusammen, bis sie schmerzten, und rief Detlef Schall an.

»Schick mal ein Team zum St.-Johannes-Hospital. Marijana Yildiz hat versucht, das Werk ihres Mannes zu Ende zu bringen. Dass sie es nicht geschafft hat, ist weniger tragisch als die Tatsache, dass sie auf der Flucht vor uns aus dem fünften Stock gestürzt ist. Sie ist tot, Detlef. Ich könnte heulen vor Wut. Noch ein Leben, das diese Drecksau Zeiske auf dem Gewissen hat.«

»Hat er doch nicht. Nein, hat er doch. Ich will nur sagen, dass der Kerl definitiv kein Gewissen hat.« Auch aus Detlef Schalls Stimme war die Verachtung deutlich herauszuhören.

»Und um so jemanden zu schützen, haben wir –«

»Tu dir das nicht an«, unterbrach sein Chef ihn hart. »Du hast ein Tötungsdelikt verhindert, einen gegenwärtigen rechtswidrigen Angriff abgewehrt. Ihr habt nicht geschossen, geschlagen oder sonst was. Sie ist geflüchtet und abgestürzt. Ihr habt sie nicht gejagt oder gehetzt. Sie hätte sich auch widerstandslos festnehmen lassen können. Es war ihre Wahl, mein Freund. Hört auf, euch Vorwürfe zu machen. Ihr konntet nichts tun.«

Von der Logik hatte Detlef Schall recht, aber Schuldgefühle sind keine Sache des Verstandes. Heppner sah Hanna Karl an und bemerkte Tränen in ihren Augen, die ihrem Gesichtsausdruck zufolge eine Mischung aus Trauer und Wut waren. Sie hatte die Fäuste so fest geballt, dass ihre Knöchel weiß heraustraten, und man sah, dass sie die Zähne fest zusammenbiss, um nicht laut loszuschreien.

Um ihr etwas zu tun zu geben, schickte Heppner sie zurück zu ihrem Auto, um Absperrmaterial zu holen. Nur wenig später trafen Fritz Sattmann und Detlef Schall persönlich vor Ort ein und führten eine kurze Leichenschau durch.

Da der Sturz mutmaßlich todesursächlich gewesen war, konnte die genaue Analyse bis zur Obduktion warten. »Wenn ihr uns nicht mehr braucht, würden wir uns jetzt gern um Zeiske kümmern«, sprach Heppner seinen Chef an, und der nickte.

»Oh ja, und wie gern«, setzte Hanna Karl hinzu. Heppner musterte sie mit gerunzelter Stirn. Es sah ihr nicht ähnlich, Hassgefühle offen zur Schau zu stellen, aber in diesem Fall konnte er es sogar verstehen. Trotzdem wies er sie an, sich gegenüber Zeiske zurückzuhalten.

***

»Sie haben mir das Leben gerettet. Ich hätte zwar nie gedacht, dass ich das einmal sagen würde, aber ich danke Ihnen.«

Zeiske lag offenbar ermattet auf seinem Bett und wischte sich mit einem Handtuch den Schweiß von der Stirn. Der Verband um die Schusswunde an seinem Oberschenkel zeigte deutlich, dass die Wunde wieder aufgebrochen war. Zeiske winkte ab, als er Heppners Blick sah. »Ach, das ist nichts, was einen echten Mann umbringt.«

»Ein echter Mann?«, platzte Hanna Karl heraus, die sich trotz der Warnung nicht mehr beherrschen konnte. »Du mieses Stück Scheiße! Ich könnte kotzen bei dem Gedanken, dass die Mutter eines kleinen Kindes sterben musste und du lebst, nur weil wir eine Minute zu früh reingekommen sind. Weißt du eigentlich, wie sehr ich mir wünsche, später gekommen zu sein? Du hast keine Ahnung. Ich weiß nicht, was sie dir in den Körper jagen wollte, aber verdient hattest du es. Red du mit ihm, Klaus. Ich kann den Anblick dieses Haufens Scheiße in menschlicher Maske nicht mehr ertragen.«

Sie stürmte aus dem Zimmer, und Heppner begriff, dass sie dies nur tat, damit Zeiske ihre Tränen nicht sah, die ihr wieder in die Augen schossen. Der Mann im Bett sah ihr mit offenem Mund nach.

»Ja hat man so was schon gehört? Was bildet diese Schlampe sich eigentlich ein? Na, da werde ich aber mal meinem Anwalt –«

»Halt dein Maul, Zeiske, oder ich ramme dir die Spritze persönlich in den Balg«, schnappte Heppner. »Die Frau, die tot unten auf dem Asphalt liegt, ist zehnmal mehr wert gewesen als dein beschissenes Leben, Arschgesicht. Von mir aus mach ruhig publik, was wir dir an den Kopf geworfen haben, aber dann wirst auch du deines Lebens nicht mehr froh werden. Seit zwei Stunden weiß ich, was du bist, Zeiske. Vielleicht nicht in allen Einzelheiten, aber ich weiß jetzt, dass du eine Höllenangst hast, und die ist mehr als berechtigt. Du hast in intensivem Kontakt mit demjenigen gestanden, den wir als Odin kennen, und wenn ich mir vorstelle, worum es bei diesem Kontakt ging, wird mir speiübel. Wenn ich daran denke, wie oft du dienstags mit ihm telefoniert hast, bekomme auch ich Mordgelüste.«

Heppner sah ihn drohend an. »Wir sind unter uns, Zeiske. Keiner kann uns hören, und ich werde jeden Meineid schwören, dass ich nicht gesagt habe, was du gleich von mir hören wirst.«

Er wartete auf die nächste Tirade, aber die kam nicht. »Du wirst mir in allen Einzelheiten erzählen, was der Inhalt deines Kontraktes mit Odin war«, befahl er dem Patienten. »Du wirst mir sagen, woher du Odin kennst, seinen wirklichen Namen und seine gottverdammte Anschrift. Du wirst mir erzählen, warum du ihn beliefert hast und was man dir dafür bezahlt hat. Ich will alles wissen, Zeiske, einfach alles. Vielleicht wirst du dann nur wegen Beihilfe angeklagt und kannst als Kronzeuge mit einem blauen Auge davonkommen. Ich hasse es, dir Dreckstück dieses Angebot zu machen, aber ich will die Wahrheit wissen, und nur du kannst sie uns liefern.«

Zeiske war während seiner Worte kalkweiß geworden. »Das … das können Sie nicht mit mir machen! Wie wollen Sie das denn aus mir herausbekommen? Mit Zwang? Ich habe Freunde, die mich beschützen werden!«

»Hat man ja gerade gesehen«, höhnte Heppner. »Wo waren denn deine Freunde? Die Bandidos kümmern sich zuerst um sich selbst, und wenn du an die Asen denkst … Wenn Nemesis so weitermacht, gibt es sie bald nicht mehr. Drei sind tot, und die übrigen dürften die reinsten Nervenbündel sein, die zuerst ihre eigene Haut retten wollen.«

»Nicht Odin!«, begehrte Zeiske auf. »Der ist stark. Dem können

Sie nie das Wasser reichen. Er wird mich schützen. Das hat er immer getan.«

Heppner begann lauthals zu lachen, was Zeiske völlig aus der Fassung brachte.

»Hören Sie auf damit! Sofort!«

Heppner wischte sich die Lachtränen aus den Augen und grinste ihn breit an. »Oh Mann, welch eine Naivität. Du glaubst auch noch an den Osterhasen, wie? Was glaubst du denn, wer den Anschlag auf dich vorhin eingeleitet hat? Die Schwester von Idris? Klar, sie hat die Spritze in die Hand genommen, aber sie hatte nicht die Idee. Das war ein anderer, du Superhirn. Sie hat mir noch im Sterben erzählt: ›*Er* hat mir die Spritze gegeben.‹ Wer soll denn das gewesen sein?«

Heppner wartete, ob Zeiske eine Antwort wusste, dann machte er selbst ein paar Vorschläge. »Ihr Mann, der im Krankenhaus liegt? Ein anderer von den Angels? Die werden dich selbst in kleine Stücke hacken und nicht eine Frau vorschicken, um die Drecksarbeit zu erledigen. Die Kerle haben noch Stolz. Und Nemesis? Für die gilt das Gleiche. Bisher haben sie sich die Opfer persönlich geholt und zu Hackfleisch verarbeitet. Du Stück Schweinesülze würdest bestimmt optisch gut dabei rüberkommen.«

Zeiskes Augen irrten im Raum hin und her, während er Heppners Worte verdaute.

Dieser kam jetzt zu seiner letzten Schlussfolgerung. »Es gibt nur einen, der zu feige ist, selbst Hand an dich zu legen. Damit meine ich Odin, der mehr auf kleine Mädchen steht. Ist es nicht so, Zeiske? Alle anderen Asen haben irgendeine Verbindung zu Kinderfickern oder sind selbst welche. Und du machst Geschäfte mit diesem Abschaum.«

Heppner ließ die Tatsache, dass er Bescheid wusste, auf Zeiske wirken, bevor er fortfuhr. »Jetzt pass auf, Zeiske. Du hast eine Chance, eine zweite gebe ich dir nicht. Rede, und du wirst nicht bis zum Ende deines Lebens sitzen. Schweige, und du wirst nicht sehr viel älter, als du jetzt bist.«

»Wollen Sie mich bedrohen? Das kostet Sie Ihre Dienstmarke, Bulle!«

Heppner zuckte die Achseln. »Ich hatte doch schon gesagt, dass dieses Gespräch gar nicht stattfindet. Aber ich muss dich nicht bedrohen, Zeiske. Nemesis ist die permanente Bedrohung für dich. Wusstest du übrigens, dass Nemesis mich gestern Abend entführt hat? Wir hatten ein nettes Gespräch unter Gleichgesinnten, denn wir wollen beide nur Gerechtigkeit. Sie werden dich verschonen, wenn du ausnahmsweise mal der Gerechtigkeit hilfst, sonst werden sie dich gnadenlos jagen und vernichten wie ein Kammerjäger ein Nest voller Wanzen.«

Zeiske wich der letzte Rest Farbe aus dem Gesicht, und Heppner fügte hinzu: »Also rede oder stirb. Wenn du redest: prima. Wenn du schweigst, kann ich auch damit leben. Und glaube mir: Ich werde zusammen mit vielen anderen auf deinem Grab tanzen.«

Zeiskes Mund öffnete und schloss sich wie der eines Karpfens. Er schüttelte sich wie im Fieber, und das Handtuch, mit dem er sich immer wieder den Schweiß abgewischt hatte, war jetzt völlig durchnässt. Bevor er aber etwas sagen konnte, vibrierte das Handy des Polizisten.

Tom Hermanns, der in Detlefs Abwesenheit Telefondienst hatte, brüllte die Aufforderung zur Rückkehr ins PP geradezu in den Hörer.

»Ich komme sofort«, murmelte Heppner, bevor er den Mann im Bett noch einmal mit Abscheu musterte.

»Du hast noch etwas Bedenkzeit, Zeiske. Ich muss zurück ins Präsidium, aber ich komme wieder, und zwar morgen um die gleiche Zeit. Denk also mal darüber nach, was du mir dann erzählst.«

***

»Reg dich nicht auf, Hülya. Das ist alles nur eine Vorsichtsmaßnahme.«

Hülya Oruc war den Kollegen, die ihr Mut zusprachen, sehr dankbar, aber ein mulmiges Gefühl blieb doch. »Danke, Leute. Keine Sorge, so schnell werdet ihr mich nicht los.« Sie hängte die Uniformjacke auf einen Bügel und verstaute ihre Dienstkleidung in ihrem Spind. Bis auf Weiteres werde ich die Klamotten nicht brauchen, dachte sie traurig.

Ihr Wachhabender Walter Hansen klopfte ihr auf die Schulter.

»Betrachte das Ganze als zusätzlichen Urlaub, Mädchen. Jemanden zu er… ich meine, was du erlebt hast, ist ja auch eine Belastung. Kurier dich erst mal richtig aus. Immerhin läuft ja dein Gehalt weiter.«

»Wäre ja noch schöner«, murmelte Hülya Oruc, die sich über die mangelnde Sensibilität Hansens schon des Öfteren geärgert hatte. Sie winkte den Kollegen nochmals zu und verließ die Wache am Belsenplatz.

Ihr Smart Fortwo stand nur wenige Meter entfernt, und der kleine Flitzer sprang trotz der Minustemperaturen sofort an. Obwohl die Heizung auf vollen Touren lief, kuschelte sich Hülya in ihre Daunenjacke. Der Weg zu ihrer Wohnung in Neuss würde höchstens fünfzehn Minuten dauern, und bis dahin würde die Heizung den Wagen noch nicht ausreichend erwärmt haben, dass sie die Jacke ausziehen könnte.

Sie dachte daran, Rolf Kellner einen Besuch abzustatten, entschied sich aber nach einem Blick auf die Uhr dagegen. Ja, wenn er ins Dominikus-Krankenhaus gebracht worden wäre, hätte sie noch einen Abstecher machen können, aber Kellner lag in den Unikliniken, weil die Ärzte befürchteten, dass ein Nerv an der Hüfte verletzt sein könnte. Außerdem war es schon zu spät für einen Besuch im Krankenhaus. Hülya Oruc seufzte und blickte in den Rückspiegel. Was sie sah, ließ sie alarmiert die Augen zusammenkneifen.

Ein grüner Fiat mit undefinierbarem Kennzeichen fuhr seit geraumer Zeit direkt hinter ihr. Obwohl sie zügig fuhr, hielt der Wagen einen permanenten Abstand. Die Polizistin hatte den Wagen schon in der Nähe ihres Smarts geparkt stehen sehen. Werde ich beschattet?, fragte sie sich. Aber wenn ja, von wem? Die internen Ermittler interessiert es nicht, wohin ich jetzt fahre.

Hülya Oruc mochte es nicht, überwacht oder verfolgt zu werden, und begann zu »schütteln«. Dazu bog sie von der Pariser Straße viermal hintereinander nach rechts ab, bis sie wieder auf derselben Straße in gleicher Richtung fuhr. Als sie wieder in den Spiegel sah, war der Fiat verschwunden. Erleichtert fuhr sie weiter, bis sie in Neuss angekommen war.

Da ihr Gehalt für eine Wohnung in Düsseldorf nicht ausgereicht hatte, war Hülya Oruc in eine Einliegerwohnung eines Einfamilienhauses in einer ruhigen Seitenstraße in Neuss gezogen. Die Vermieter, ein älteres Ehepaar, freuten sich über eine Polizistin im Haus und betrachteten sie fast wie die Tochter, die sie nie gehabt hatten.

Hülya Oruc freute sich jetzt ihrerseits schon auf eine heiße Tasse Tee und ein ebenso heißes Bad, während sie den Wagen abschloss und sich umdrehte. In diesem Moment stand wie aus dem Boden gewachsen ein Mann vor ihr, dessen hasserfülltes Gesicht sie zutiefst erschreckte.

»Jetzt habe ich dich, du kleine Fotze«, zischte der Mann und schmetterte ihr die Faust ins Gesicht, dass sie zurücktorkelte.

Die meisten anderen Frauen wären durch die Wucht des Schlages wahrscheinlich zu Boden gegangen oder bewusstlos geworden, doch Hülya Oruc war zäher, als sie aussah. Sie blieb auf den Beinen, und obwohl ihr linkes Jochbein sich wie zertrümmert anfühlte, nahm sie Kampfstellung ein, blockte den nächsten wilden Schlag des Mannes ab und trat mit Wucht in Richtung des Angreifers, wobei sie das linke Knie des Mannes anvisierte. Zu ihrem Pech traf sie nicht voll, und dass sie sich wehrte, steigerte seine Wut noch mehr.

Die ersten beiden wuchtigen Schläge konnte sie noch abwehren, doch der dritte Hieb durchbrach ihre Deckung und landete voll auf ihrem Kinnwinkel. Ihr Kopf wurde herumgerissen, und sie begann zu taumeln. Als der Mann sie packte, zu Boden stieß und auf den Bauch drehte, war sie bereits völlig wehrlos.

Der Angreifer griff in die Tasche, holte ein Seil heraus und legte es der Polizistin um den Hals, während er sich mit dem Knie auf ihrem Rücken abstützte. Dann zog er das Seil an, sodass ihr Rücken schmerzhaft durchgebogen wurde. »Das ist für meinen Bruder, du Schlampe«, zischte er in Hülyas Ohr. »Ich schicke dich ihm als kleine Sex-Sklavin in die Hölle. Viel Spaaaaachchchrrrr …« Seine Stimme erstarb zu einem Gurgeln, und er begann konvulsivisch zu zucken. Dann stürzte er nach vorn.

Ein heftiges Kribbeln durchfuhr Hülya Orucs Körper. Sie nestelte das Seil von ihrem Hals und wälzte den zuckenden Körper von sich herunter. Als sie sich über ihren Angreifer beugte, sah sie vier dünne Metallstifte aus seinem Rücken ragen, und feine Drähte führten zu einem Gerät in der Hand eines großen Mannes, der breitbeinig in der geöffneten Tür eines grünen Fiats stand. Jetzt ließ er den Taser sinken und lief zu der Frau, die sich keuchend aufzurichten versuchte.

»Sind Sie in Ordnung?«, fragte ihr Retter – wenn es einer war. Hülya Oruc schluckte und sah an dem Mann vorbei auf das Auto. »Sie … Sie haben mich verfolgt«, krächzte sie, und der Mann nickte. »Es war uns klar, dass Hödur versuchen würde, den Tod Balders zu rächen. Deshalb haben wir Sie und Ihren Kollegen überwacht, um Sie zu beschützen.«

Der Mann hob ihren Kopf sanft an und besah sich ihren Hals. »Das ist zwar eine hässliche Schürfwunde, aber nichts Ernstes. Sie sind leider so gut gefahren, dass Sie mich abgeschüttelt haben. Deswegen wäre ich fast zu spät gekommen.«

»Danke«, krächzte Hülya Oruc erneut. »Sie haben ohne Frage mein Leben gerettet. Nur – wer sind Sie?«

Der Mann stieß pfeifend die Luft aus. Erst jetzt sah die Polizistin, dass ihr Retter bereits um die sechzig sein musste. Dennoch wirkte er durchtrainiert und fit, vor allem die breiten Schultern und schlanken Hüften ließen ihn jünger wirken. Sein markantes Gesicht wies auf der linken Wange eine etwa sechs Zentimeter lange, schmale Narbe auf, die vom Mundwinkel in Richtung Ohrläppchen führte, und seine stahlgrauen Augen blickten gleichzeitig wachsam und warmherzig. Hülya Oruc wusste, dass sie den Mann jederzeit wiedererkennen würde.

»Es tut mir sehr leid, aber ich bin einer aus der Gruppe, mit denen Sie und Ihr Kollege verwechselt wurden. Sie können mich V nennen.«

»Sie sind das?«, keuchte Hülya und stützte sich an einem Laternenpfahl ab. Ihr Retter nickte bekümmert. »Es stimmt. Julius Lafarge, den wir unter dem Namen Balder kannten, hatte eine Todesangst vor uns – und zwar zu Recht. Er stand auf einer kurzen und exklusiven Liste mit den Namen von Männern, die wir für ihre Verbrechen strafen wollten. Zwei haben wir schon gerichtet, und Lafarge hat aus Angst vor uns den Verstand verloren. Dieser Mann«, er deutete mit dem Daumen auf den bewusstlosen Mann zu ihren Füßen, »war der Vierte im Bunde. Sein Aliasname war Hödur, und jetzt haben wir ihn.«

»Dann diente meine Verfolgung nicht nur meinem Schutz. Sie wollten ihn – und ich war Ihr Köder.«

Hülya Oruc wich jetzt Schritt um Schritt zurück, während sie weitersprach. »Und jetzt wollen Sie diesen Mann töten.«

»Nicht hier und nicht jetzt, aber Sie haben natürlich recht. Hödur wird und muss sterben. Die Gerechtigkeit verlangt danach.«

»Gerechtigkeit? Unsere Verfassung kennt keine Todesstrafe mehr. Ihn zu töten wäre nichts als primitive Rache. Wenn Sie ihn töten: Was macht Sie besser als ihn?«

»Die Intention, Frau Oruc. Wenn auch die Mittel die gleichen sind, so liegt der Unterschied in den Zielen, die wir verfolgen. Was dieser Mann und seine Freunde getan haben, lässt sie ihr Schicksal tausendmal verdienen. Nein, es bleibt dabei: Hödur muss sterben, und gerade Sie sollten das verstehen. Sie haben Balder getötet, um Ihren Kollegen zu retten. Wir töten Hödur, um weitere Leben zu retten.«

Hülya Oruc war mittlerweile so weit, dass sie sich vollständig aufrichten konnte, und lehnte sich mit dem Rücken an die Laterne. Während sie mit der linken Hand gestikulierte, griff sie mit der rechten nach dem Handy in ihrer Jacke.

»Sie wissen, dass ich das nicht zulassen kann. Außerdem wird sich dieser Mann wegen versuchten Mordes an mir verantworten müssen. Also wird er für lange Zeit ins Gefängnis –«

»Wird er nicht«, unterbrach V sie hart. »Seine Verbindungen reichen sehr weit in die Justiz, und er hat genug Vitamin B, um eine Verurteilung verhindern zu können. Sehen Sie selbst!«

Der Mann, der sich V nannte, zog einen Organizer aus der Gesäßtasche von Hödur und ließ ihn aufschnappen. Er tippte kurz auf den Tasten herum und hielt ihn dann Hülya Oruc hin, die mit großen Augen auf das Display starrte. »Das ist der Name unseres Justizministers, und daneben steht seine Essener Privatnummer«, flüsterte sie.

»Nur ein Beispiel für seine Verbindungen. Hier ist ein weiteres, aber erschrecken Sie nicht.«

Der Mann drückte auf eine andere Taste und scrollte die Einträge herunter. »Da steht die Nummer Ihres Polizeipräsidenten, da die Nummer des Generalstaatsanwaltes, des Präsidenten des Landgerichtes … muss ich fortfahren?«

Hülya Oruc starrte nur wortlos auf die Einträge.

»Natürlich wäre ein Verfahren eingeleitet worden, aber entweder wegen eines Verfahrensfehlers oder wegen angeblicher Schuldunfähigkeit wäre es eingestellt worden. Sie hätten Hödur nie zu fassen bekommen. Er hat Erfahrung damit, Verurteilungen zu verhindern, aber an unserer Gerechtigkeit kommt er nicht vorbei.«

»Ich kann das nicht zulassen«, wiederholte die Polizistin, und V nickte bekümmert. »Ich habe befürchtet, dass Sie das sagen würden. Haben Sie keine Angst, Sie haben nichts zu befürchten. Allerdings kann ich Ihnen leichte Unannehmlichkeiten nicht ersparen.«

Der Mann hob die Hand und deutete auf Hülya Oruc, die nicht mehr dazu kam, zu reagieren. Ein leises »Pfft« ertönte, und sie spürte einen Stich an der rechten Halsseite. Ihr Widerstand gegen die Wirkung der Droge war nicht erfolgreicher als der Klaus Heppners, und binnen weniger Sekunden sank sie in sich zusammen. V fing sie auf, bevor sie auf dem Boden aufschlagen konnte, und legte sie stattdessen sanft ab.

Im nächsten Moment erregten Hödurs Versuche, den Elektroschock zu überwinden, Vs Aufmerksamkeit. Er lud den Taser nach und feuerte ihn ohne Warnung und Mitleid nochmals auf Hödur ab, der wie in Spasmen zuckte und erneut das Bewusstsein verlor. Das genügt, dachte V und warf den Taser in den Innenraum des Fiats zurück.

Seine suchenden Blicke fanden Hülya Orucs Schlüssel neben ihrem Smart, wo sie ihn bei Hödurs Angriff hatte fallen lassen. Er hob ihn auf, kehrte zu der benommenen Frau zurück, legte sie sich ohne sichtbare Kraftanstrengung über die Schulter und trug sie zu ihrer Wohnungstür. Nachdem er aufgeschlossen hatte, legte er Hülya Oruc im Wohnzimmer auf ihrer Couch ab. Die Polizistin war noch halb bei Bewusstsein.

»Sie sind nur betäubt. Sobald Sie aufwachen, sollten Sie viel trinken und etwas gegen die Kopfschmerzen nehmen. Ich wünsche Ihnen viel Erfolg in Ihrem Leben. Sie sind eine gute Polizistin. Machen Sie also etwas daraus.«

Hülya bekam nicht mehr mit, wie der Mann ein Kopfkissen unter ihren Kopf schob, eine Decke über sie breitete und die Wohnung verließ. Er schloss zweimal ab und warf den Schlüssel durch den

Briefschlitz nach innen, bevor er zu Balder ging, der immer noch bewusstlos auf der Straße lag.

Ohne viel Federlesens packte V den Wehrlosen, hob ihn scheinbar mühelos hoch und warf ihn in den zuvor geöffneten Kofferraum des Fiats. Er nahm sich sogar noch die Zeit, der älteren Frau hinter den Scheibengardinen des nächstgelegenen Hauses freundlich zuzunicken, stieg in den Fiat und fuhr davon. Bei jedem frostbedingten Schlagloch, durch das der Fiat holperte, stellte sich V vor, dass Hödur gerade mit dem Kopf an die Kofferraumklappe schepperte, und seine Stimmung stieg. Er holte sein Handy aus der Tasche und rief den Rest von Nemesis an.

»Ich habe ihn. Die Polizistin ist unverletzt, aber ich musste sie betäuben, und jetzt ist das Mittel alle.«

»Ich besorge neues«, versprach W. »Verfahren wir weiter nach Plan?«

»Wie abgesprochen«, bestätigte V und legte auf.

Es tat ihm etwas leid um die alte Blockhütte. Hier hatte er schon als Kind gespielt, seine erste Liebe erlebt und sich dort versteckt, wenn sein gewalttätiger Vater wieder einmal betrunken war und jemanden zum Verprügeln suchte. Sie als Stützpunkt zu benutzen, um die Asen zu liquidieren, war fast alternativlos gewesen. Die Hütte würde jetzt als Köder dienen müssen, und V war klar, dass dies direkt zu ihm führen würde. Bei dem Gedanken an die unweigerlich entstehenden dummen Gesichter der Polizisten lachte V laut auf.

Nach einer knapp halbstündigen Fahrt bog der Fiat in einen geteerten Waldweg ein, holperte noch ein Stück über einen matschigen Pfad und blieb vor der Hütte stehen. Von der Seite näherten sich zwei Gestalten, die mit Minitaschenlampen das vereinbarte Signal gaben. R und W sind pünktlich, dachte V befriedigt und stieg aus.

Hödur war bereits wach, und seine erste Reaktion bestand in einem heftigen Auskeilen gegen R, der ihn aus dem Kofferraum heben wollte. Ohne zu zögern, feuerte V seinen Taser wieder auf Hödur ab, und obwohl die Wirkung aufgrund der schwächer werdenden Batterien diesmal nicht durchschlagend war, nickten sich die Rächer zufrieden zu.

Hödur hatte sich erneut in eine unkontrolliert zuckende Geleemasse verwandelt, die sie mühelos in die Hütte schleifen konnten. Innerhalb einer Minute war Hödur nackt und saß gefesselt auf dem Stuhl in der Mitte des Raumes.

Die Stromstöße hatten sein zentrales Nervensystem angegriffen, und selbst nach dem Abklingen der eigentlichen Paralyse war er nicht in der Lage, koordinierte Bewegungen zu machen oder zu sprechen. Seine Augen waren blutunterlaufen, und Speichel floss aus seinem Mund. W untersuchte ihn kurz, fühlte seinen Puls und nickte. »Kein Grund zur Besorgnis. Sein Herz schlägt kräftig und regelmäßig, und wenn er nicht kapiert, was los ist, hat er auch keine Angst, die seine Herzfrequenz hochtreiben würde. Das verschafft uns etwas mehr Zeit für die Vorbereitungen. Alles bereit?«

V und R nickten und machten sich ans Werk.

Ein Großteil der Vorbereitungen war bereits getroffen, und hätte Hödur nach oben gesehen, wäre sein Herz wohl von selbst stehen geblieben. Der Mechanismus war getestet und zuverlässig. Die drei nickten sich zu, überprüften noch einmal Hödurs Fesseln und das übrige Equipment. Dann verließen sie die Hütte.

Nein, es lag nicht in ihrer Absicht, Hödur physisch zu foltern. Sie waren diesmal auf etwas ganz anderes aus. Wie jeder gute Jäger wusste V, dass man Raubtiere nur mit einem Köder fängt. Hülya Oruc war ein Köder gewesen, aber nur der Köder für den Köder. Diesmal hatte sich Nemesis einen bengalischen Tiger ausgesucht: Odin …

ZWÖLF

19. Januar 2013

»Also, ich glaube, ich weiß, wer Hödur ist«, begann Tom Hermanns seine Erläuterungen.

Detlef Schall hatte am Abend zuvor auf eine große Besprechung verzichtet, und die MK saß nun am frühen Morgen mit mehr oder minder frischen Kräften wieder zusammen. Mordkommissionen kennen keine Wochenenden.

»Im Grunde war es ganz einfach, und ich habe mich gefragt, wieso wir nicht schon längst auf den Trichter gekommen sind«, setzte Hermanns selbstkritisch fort. »Julius Lafarge wurde vorgestern von der Düsseldorfer Streifenpolizistin in Notwehr erschossen. In seinem Auto fand sich das bekannte Wegwerfhandy, aber der Akku war leer. Im Smartphone war als ICE eine Nummer in Mönchengladbach eingespeichert, und die entpuppte sich als die Nummer von August Lafarge, dem Bruder von Julius. Das ist Hödur.«

»Ein bisschen dünn, deine Argumentation«, spöttelte Hanna Karl. Heppner musste sie nur ansehen, um zu wissen, dass sie ebenso schlecht geschlafen hatte wie er selbst. Offenbar machte ihr der Tod von Marijana Yildiz heftig zu schaffen.

Tom Hermanns winkte nur ab. »Ist ja erst der Anfang. Wenn ihr euch die nordische Mythologie anseht, werdet ihr feststellen, dass Balder einen Bruder hatte. Ratet mal, wie der hieß?«

»Kasimir?«, witzelte Peter Elgert, doch keiner lachte.

»Immer noch nicht absolut schlüssig«, befand Detlef Schall.

»Ist auch noch nicht alles«, triumphierte Tom Hermanns. »August Lafarge ist nicht nur Zwillingsbruder von Julius – allerdings zweieiig –, sondern ebenfalls Unternehmer. Er besitzt die Aktienmehrheit eines millionenschweren Werkes, das im Bereich Zukunftstechnologien arbeitet. Seit dem Börsengang geht die Aktie durch die Decke. Schwerpunkt sind elektronische Ortungssysteme und GPS-unabhängige Leitsysteme für Individualverkehrsmittel. Die Ingenieure der Firma tüfteln also an einem System, das ein Fahrzeug unabhängig vom Fahrer von A nach B bringt. Du steigst also ein, gibst das Ziel in den Bordcomputer ein, klappst den Sitz zurück und gönnst dir eine Mütze Schlaf. Den Rest macht dein Auto.«

»Tolle Zukunftsvision, aber –«

»Ich weiß, was du sagen willst, aber gönne mir den Spaß«, unterbrach Tom Hermanns den neuen Einwand ihres Chefs. »Der Knackpunkt ist der Firmenname. Das Unternehmen von August Lafarge heißt Bifröst Enterprises. Bifröst war die mystische Brücke zwischen den Welten, die von den Asen –«

»Verbindlichsten Dank, ich habe ›Thor‹ auf DVD«, unterbrach Detlef Schall ihn jetzt doch. »Ich weiß sogar, dass der Bifröst von Heimdall bewacht wird. Langsam glaube ich dir, Tom. Auf alle Fälle reicht es aus, um uns mal sehr intensiv mit August Lafarge zu unterhalten. Da du dich so intensiv mit der Mythologie befasst hast, wirst du dich mit deinem Spezi Peter Elgert um August Lafarge kümmern. Ab mit euch!«

Während die beiden ihren Kaffee herunterkippten und sich Richtung Dienstwagen in Marsch setzten, klingelte Detlef Schalls Telefon. Nachdem er eine Weile schweigend gelauscht hatte, wobei er aussah wie ein Vulkan kurz vor dem Ausbruch, brach seine Selbstbeherrschung zusammen. »Sag das noch mal!«, brüllte er so laut in den Apparat, dass die Anwesenden Angst um das Trommelfell seines Gesprächspartners bekamen. Mit einem Knurren als Dank legte er auf und sah Klaus Heppner kopfschüttelnd an. Diese Geste wurde langsam zur beherrschenden Bewegung in dieser Mordkommission.

»Scheint, als ob du nicht der Einzige bist, der ein unterhaltsames Zwiegespräch mit V hatte«, begann Schall. »Hülya Oruc ist gestern Abend von einem Unbekannten überfallen worden, der nach ihrer Aussage eine entfernte Ähnlichkeit mit Julius Lafarge hatte. Das muss August Lafarge gewesen sein, denn er sprach davon, dass sie seinen Bruder umgebracht habe. Er hätte sie ohne Zweifel erdrosselt, wenn nicht jemand aufgetaucht wäre, der den Angreifer mit einem Taser kampfunfähig gemacht hat. Der Retter hat sich ihr sogar als V vorgestellt und seine Tat als Aktion der Gerechtigkeit verteidigt. Er wollte Lafarge töten, und als Hülya ihn aufhalten wollte, hat er sie betäubt, sodass sie erst heute Morgen Alarm schlagen konnte.«

Schall dachte einen Moment nach, dann sagte er: »V hat Lafarge wahrscheinlich mitgenommen. Krawall geschlagen hat wegen seines Verschwindens noch niemand, aber auch das ist erklärlich, da Lafarge ledig ist. Tom und Peter sollen sich also nicht wundern, wenn sie an Lafarges Anschrift niemanden antreffen. Ich werde vorsichtshalber einen gerichtlichen Durchsuchungsbeschluss –«

»Dafür kann ich sorgen«, fiel ihm jemand ins Wort. Staatsanwalt Ravensbrück lehnte mit übergeschlagenen Beinen und verschränkten Armen im Türrahmen und hatte Detlef Schalls Ausführungen offenbar mitgehört. »Ich stelle den entsprechenden Antrag und faxe ihn ans Amtsgericht in Mönchengladbach. Wenn die Kollegen nachher beim AG vorbeifahren, können sie den Beschluss mitnehmen.«

Ravensbrück verzog sich mit Frank Schmidtkunz in ein Büro, um den Antrag zu schreiben.

»Sieh mal an, der Ravensbrück ist also doch nicht so unfähig, wie wir dachten«, murmelte Schall, und alle Anwesenden nickten grinsend.

»Ja, wenn er mal da ist«, knurrte Heppner, aber sein Chef winkte ab.

»Wir haben uns übrigens Fotos von Julius Lafarge aus dem Internet beschafft, und diese Frau van Polter aus dem Van der Valk hat bestätigt, dass es sich um ein Mitglied des Dienstagsclubs gehandelt hat. Falls August Lafarge tatsächlich Hödur ist, bleibt als letzter noch nicht Identifizierter der Wortführer, also Odin. Sie hat ihn als Mann Anfang sechzig mit schütterem Haar und massigem Körperbau beschrieben. Mehr konnte sie nicht sagen, und ob sie ihn wiedererkennen wird, weiß sie nicht sicher. Aber bei den anderen hat es ja auch geklappt.«

In dieser Sekunde stürzte die Regierungsangestellte Nadine Resznick, die das Geschäftszimmer des KK 11 managte und sozusagen der gute Geist der Dienststelle war, in den MK-Raum. In der Hand hielt sie zwei Zettel, die sie Detlef Schall auf den Tisch knallte. »Ist ja unfassbar, dass ich auch noch eure Arbeit machen muss«, lachte sie. »Das hat das KK 11 Düsseldorf per Mail übermittelt. Offenbar ist die Kollegin der Schutzpolizei künstlerisch begabt.«

Alle Anwesenden umringten Schall und sahen sich die beiden Zeichnungen auf den Blättern an. Der MK-Leiter legte wortlos den Ausdruck eines Fotos von August Lafarge, das er aus dem Internet heruntergeladen hatte, neben das erste Bild. Während die übrigen Kollegen die Luft vor Überraschung scharf einsogen, nickte Heppner nur, da er das zeichnerische Talent von Hülya Oruc bereits live erlebt hatte.

Ihre Zeichnung hätte ein Passbild von August Lafarge alias Hödur sein können, wobei das Gesicht des Gezeichneten von Hass verzerrt war. Hülya hatte exakt gezeichnet, wie sie Hödur erlebt hatte.

»Wenn die andere Zeichnung genauso gut ist …«, flüsterte Hanna Karl.

»… dann wissen wir jetzt genau, wie V aussieht«, beendete Detlef Schall ihren Satz. »Dank Hülya Oruc hatten wir ja schon ein Bild des zweiten Nemesis-Mitglieds. Ob er aber W oder R ist, steht in den Sternen. Widmen wir uns aber zunächst dem vordringlichen Problem: Wo ist August Lafarge alias Hödur?«

»Das bekommen Sie vielleicht schneller heraus, als Sie denken«, ertönte erneut eine Stimme von der Tür. Sie fuhren herum. Gruppenleiter Malte Schmidt-Küsters kam ohne zu zögern zusammen mit dem Leiter der Direktion Kriminalität, Kriminaldirektor Kaluzny, in den Raum. Während Schmidt-Küsters sichtlich nervös war, legte Kaluzny in seiner bekannten Bierruhe ein Päckchen mitten auf den Tisch.

»Dieses Päckchen, meine Damen und Herren, ist vor einer halben Stunde unten beim Pförtner abgegeben worden. Es war direkt an mich adressiert und trug die Aufschrift ›Wichtig, sofort übergeben‹. Ich bin hierhergefahren und habe es geöffnet, nachdem ich alle aus der Führungsstelle rausgeschickt hatte. Entgegen den Befürchtungen meiner Mitarbeiter war es keine Bombe. Mir war das klar, so wichtig bin ich schließlich auch nicht. Im Päckchen habe ich einen Brief und zwei Geräte gefunden, die gerade zur Untersuchung beim KK 31 sind. Angesichts des Brieftextes mussten sie sofort untersucht werden, auch wenn wir Samstag haben und die Bereitschaft rausmusste. Lesen Sie selbst, Herr Schall.«

Das Papier, dass Kaluzny an Detlef Schall weitergab, war natürlich zur Schonung der Spuren in eine Plastikhülle verpackt. Schall suchte vergeblich seine Brille und gab das Blatt mit einem resignierten Achselzucken an Heppner weiter. »Lies vor, Klaus. Das dürfte wohl alle interessieren.«

Der Briefinhalt ließ dem Angesprochenen zunächst den Atem stocken. Dennoch versuchte er, laut und deutlich zu sprechen.

»Wer ich bin, ist nicht von Bedeutung. Sie kennen mich unter dem Namen Odin, und dabei sollten wir es belassen. Ich ziehe es aus verschiedenen Gründen vor, anonym zu bleiben.
Mein Kamerad Hödur wurde von einer Verbrecherbande, die bereits zwei Kameraden getötet hat und für den Tod eines dritten verantwortlich ist, entführt. Wir hatten mit dieser Möglichkeit gerechnet und haben daher Vorsichtsmaßnahmen ergriffen.
Jeder von uns hat einen Peilsender in seinen Körper implantiert bekommen. Das Signal wird an zwei Empfangsgeräte gesendet werden, von denen eines stationär ist und das zweite in der Hand des jeweils anderen. Die Geräte dechiffrieren das Signal und senden die GPS-Koordinaten des Ausgangspunktes an das Handy des zu Benachrichtigenden. So wissen wir immer, wo der andere ist. Der Standort wird angezeigt, wenn man drei Sekunden lang auf die Zifferntaste Fünf drückt.
Hödur verließ seinen Wohnort gestern Abend aus privaten Gründen und fuhr nach Düsseldorf, wo er den Verbrechern in die Hände fiel. Ich habe mich daher entschlossen, Ihnen die Möglichkeit zu geben, Hödur zu orten, und schicke Ihnen Ortungsgerät und mein Handy. Es ist Ihre Aufgabe, Hödurs Leben zu retten. Schließlich sind Sie die Polizisten.
Und falls Sie auf die Idee kommen, mich zu orten: Mein Sender ist deaktiviert, seit Hödur verschwunden ist. Ich werde Ihre Fortschritte verfolgen, und zwar aus nicht allzu großer Distanz. Enttäuschen Sie mich nicht, meine Herren. Ich pflege bei Enttäuschungen sehr unleidlich zu werden.
Gezeichnet: Odin«

»In dem Paket waren tatsächlich ein Wegwerfhandy und ein flacher schwarzer Kasten, an dem unablässig eine gelbe Diode blinkte«, bestätigte KD Kaluzny. »Ich habe probehalber mal auf die Fünf gedrückt, und dabei kam das hier heraus.«

Kaluzny fischte einen Zettel aus seiner Jackentasche und drückte ihn Klaus Heppner in die Hand. »›51.556012, 6.508798‹«, las er.

»Stimmt genau«, bemerkte Kaluzny.

»Das sind Geo-Koordinaten«, stieß Hanna Karl hervor und schnappte sich ihr Handy. »Ich habe ein Hobby, das ich in meiner knappen Freizeit betreibe«, erläuterte sie.

»Doch wohl nicht dieses Geocaching?«, stöhnte Detlef Schall. »Mann! Schnitzeljagd für Nerds, sagen wir immer.«

Hanna Karl war sauer. »Wenn du noch so eine blöde Bemerkung machst, kannst du die Koordinatensuche selbst durchführen.«

Kaluzny hob beschwichtigend die Hand. »Wir wollen doch ein Ergebnis, oder? Also: Wo ist Lafarge? Und bitte in allgemein verständlichen Ortsangaben.«

Hanna Karl gab die Koordinaten ein und zuckte wenige Sekunden später heftig zusammen. »Klaus, hat Professor Kürten nicht was von Walderde oder so was gesagt? Die Stelle, die von den Geokoordinaten angegeben wird, liegt mitten in einem Wald, und zwar in Kamp-Lintfort. Und ich denke, wir haben jeden erdenklichen Grund, uns zu beeilen.«

»Wieso?«, fragte Heppner verblüfft, und alle starrten Hanna Karl gespannt an.

Die seufzte und zeigte auf das Display ihres Smartphones. »Wegen des Namens, den der Weg trägt, in dessen Nähe das Signal ausgestrahlt wird. Dieser Waldweg heißt Leichenweg.«

***

Tom Hermanns und Peter Elgert sahen sich in der luxuriösen Unterkunft um, die sie mit Hilfe eines Schlüsseldienstes betreten hatten. »Der Kerl hatte wirklich Kohle ohne Ende«, raunte Hermanns seinem Freund und Kollegen zu, der nur eine Grimasse zog.

Das Einzige, was bei der Durchsuchung zunächst auffiel, war ein Fleck mit Abrinnspuren an der Wand. »Scheint, als hätte Hödur einen kleinen Wutanfall gehabt, als er von Brüderchens Tod erfuhr«, flachste Elgert, und Tom Hermanns zog die gleiche Grimasse wie zuvor sein Partner. Sie suchten weiter, fanden aber nichts Konkretes.

»Den Laptop nehmen wir aber mit«, entschied Hermanns. »Wahrscheinlich werden wir dort KiPo-Daten finden.«

Elgert nickte, wobei sein Gesicht deutlich Abscheu anzeigte.

Jeder, der schon einmal eine Auswertung eines Rechners durchgeführt hatte, auf dem sich Kinderpornos befanden, hätte gewusst, weshalb es Peter Elgert vor der Auswertung gruselte. Ein langjähriger Sachbearbeiter dieses Bereichs hatte ihm kürzlich erläutert, dass er trotz seiner Erfahrung jedes Mal kurz vor dem Erbrechen stehen würde und tagelang keinerlei Lust auf Sex habe. Zum Leidwesen seiner Frau, wie er behauptete.

Schon im Aufbruch begriffen, betrachtete Tom Hermanns kopfschüttelnd die Kandinsky-Gemälde an den Wänden des *living room*. »Mal im Ernst: dass so ein Gekritzel Millionen wert sein soll, geht nicht in meinen Kopf. Da finde ich es schöner, wenn meine Tochter zu Ostern die Eier bemalt.«

Peter Elgert grinste und sah noch mal auf das Bild, vor dem Tom stand. Irgendetwas erregte wohl seine Aufmerksamkeit, denn er sah von dem Bild, das ein Kunstsachverständiger bestimmt als hervorragende Reproduktion des »Blauen Reiters« identifiziert hätte, zu einem anderen Gemälde und wieder zurück.

Schließlich trat er neben seinen Kollegen und legte seine Hand an den Bilderrahmen.

»Spielst du jetzt ›Das Bild hängt schief‹ von Loriot?«, witzelte Hermanns, aber Elgert sah ihn nur strafend an.

»Mit dem Teil stimmt wirklich was nicht. Alle anderen sind leicht nach vorn geneigt, aber das Bild hängt plan an der Wand. Und«, er hatte die Hand hinter den Rahmen gelegt, »es ist komplett befestigt.«

»Du meinst, dahinter verbirgt sich etwas«, schloss Hermanns. »Zum Beispiel ein Wandtresor.«

»Es wäre der ideale Platz dafür«, nickte Elgert, »auch wenn es wie das Klischee aus einem zweitklassigen Edgar-Wallace-Film wirkt.«

Er begann den Rahmen des Gemäldes abzusuchen, und nach etwa einer Minute grunzte er zufrieden, während er mit dem Daumen auf eine bestimmte Stelle drückte. Mit leisem Schnappen schwang die rechte Seite des Bildes nach vorn. »Federmechanismus. Auch ein alter Hut«, triumphierte er.

»Das hier aber nicht«, murmelte Tom Hermanns und deutete auf den Platz hinter dem Bild.

Der Tresor sah aus wie ein hypermoderner Computer aus einem

Science-Fiction-Film. Leuchtdioden blinkten in verwirrender Reihenfolge, und eine Minikamera bewegte sich hin und her. »Identifizierung eingeleitet«, ertönte eine freundliche, anscheinend weibliche Computerstimme.

Die beiden Ermittler sahen sich ratlos an. »Und was jetzt?«, flüsterte Hermanns. »Wir sind mit Sicherheit nicht zum Öffnen berechtigt.«

»Dann warten wir einfach ab, was passiert«, schlug Elgert vor, »aber in sicherer Entfernung.«

Dass der Ratschlag wirklich gut war, sahen sie wenig später. »Identifizierung negativ«, meldete der Computer. »Gegenmaßnahmen werden eingeleitet.« Diese erwiesen sich als extrem drastisch.

Bei flüchtigem Hinsehen hatten die Polizisten die Einsprengsel nur für mosaikartige Teile des gefliesten Bodens gehalten. Jetzt zeigte sich ihre wahre Funktion. Innerhalb von Sekundenbruchteilen schossen zweiunddreißig schlanke Metallstäbe in die Höhe, die einen vor dem Tresor stehenden Menschen in Schaschlik verwandelt hätten. Damit aber nicht genug: Die zwischen den Streben hin und her zuckenden Lichtbögen belegten, dass die Stäbe mit Starkstrom geladen waren.

Tom Hermanns pfiff leise durch die Zähne. »Alle Wetter! Dein Tipp war Gold wert, Kumpel. Unser Freund Lafarge hat offenbar Geheimnisse, die er um jeden Preis schützen will. Nur: Wie kommen wir an sie heran?«

Peter Elgert wollte antworten, doch das Klingeln seines Handys verhinderte weitere Worte. »Elgert«, meldete er sich.

»Leitstelle der Polizei Mönchengladbach. Hallo, Kollegen! Wir haben genau dort, wo ihr eure Durchsuchung durchführt, eine Alarmauslösung. Habt ihr möglicherweise gefunden, wonach ihr sucht?«

»Der Kollege ist offenbar ein Schnellmerker«, knurrte der Angerufene, und der Leitstellenbeamte lachte.

»Der Schluss lag nahe. Soll ich euch den Techniker der Wartungsfirma schicken?«

»Das könnte die Idee des Tages sein«, kommentierte Elgert. »Er soll sich aber möglichst beeilen, bevor wir auch noch einen Stromschlag abbekommen.«

Die Befürchtung erwies sich als unnötig, denn nach genau zwei

Minuten erlosch der Strom, und die Stäbe fuhren wieder in den Boden zurück. »Reset eingeleitet«, flötete die Computerstimme.

»Halt's Maul, Blechtante«, raunzte Tom Hermanns. »Wenn wir nicht bis ans Ende des Wohnzimmers geflüchtet wären, könnte man uns jetzt vom Boden aufwischen.«

Vorsichtshalber warteten die beiden die Ankunft des Technikers in der Küche ab. Der junge Mann, der mit einem großen Pilotenkoffer anrückte, trug zu ihrer Überraschung keinen Blaumann, sondern Jackett und Krawatte. »Karsten Plewitz«, stellte er sich vor und übergab Tom eine Visitenkarte, die ihn als leitenden Angestellten der Dead Certain Securities Inc. auswies.

»Das können Sie wörtlich nehmen«, schnaubte Hermanns wütend, aber der junge Mann winkte nur ab. »Unsere Sicherheitssysteme versprechen maximalen Schutz bei maximaler Härte. Jeder unserer Kunden ist verpflichtet, an seiner Haustür auf die möglicherweise tödliche Wirkung der Abwehrmaßnahmen hinzuweisen. Ich habe gerade schon eine Aktennotiz gefertigt, dass Herr Lafarge dies nicht getan hat. Er wird daher ziemlichen Ärger bekommen.«

»Na, den hat er schon am Hals«, erwiderte Peter Elgert. »Deshalb sind wir hier. Sind Sie in der Lage, die Sicherheitssysteme abzuschalten und den Tresor zu öffnen?«

Plewitz überlegte nur kurz. »Sie haben einen Gerichtsbeschluss, wie ich sehe. Also beantworte ich Ihre Fragen mit ›Ja‹ und ›Möglicherweise‹.«

Er griff in den Pilotenkoffer und holte ein Gerät hervor, das fast wie eine Fernbedienung für einen Fernseher aussah, und tippte eine Kombination von Zahlen ein. Der Erfolg wurde sofort deutlich. »Override-Funktion ausgelöst«, meldete die Computerstimme. »Abwehrmaßnahmen deaktiviert.«

Plewitz grinste. »Haben Sie die Stimme erkannt? Wir haben die Synchronstimme des Computers in der Fernsehserie ›Eureka – Die geheime Stadt‹ verpflichtet, unsere Ansagen zu machen. Außerdem hat sie Lara Croft in den Tomb-Raider-Filmen gesprochen. War teuer, ist aber gut. Mal sehen …«

Er stellte sich vor den Tresor, und das suchende Kameraauge konzentrierte sich auf sein Gesicht.

»Retina-Scan positiv. Karsten Plewitz identifiziert. Geben Sie Öffnungscode ein.«

Plewitz verzog mystisch das Gesicht und sagte: »Sesam, öffne dich.« Dann zwinkerte er den Polizisten zu. »Ich war schon immer ein Fan der Geschichten aus ›Tausendundeiner Nacht‹.«

»Öffnungscode akzeptiert«, bestätigte die Computerstimme. Die blinkenden Dioden erloschen, und die Tür des Safes gab ein leises Klicken von sich. Karsten Plewitz zog am Handgriff, und der Inhalt des Safes lag vor den Augen der drei Männer.

»Eine Impfpistole, eine Festplatte und ein Umschlag«, zählte Elgert die vorgefundenen Utensilien auf. »›Im Falle meines Verschwindens oder Todes der Polizei zu übergeben‹«, las Tom Hermanns auf dem Umschlag. »Na, das kann der Knabe haben.«

Im Umschlag befand sich der unvermeidliche USB-Stick. »Vierundsechzig GB«, murmelte Hermanns. »Da werden wir wohl viel zu gucken haben.«

»Oder auch nicht«, knurrte sein Kollege. »Wer weiß, vielleicht ist da nur ein zwanzig KB umfassendes Word-Dokument mit seinem Geständnis drauf.«

Wie üblich lag die Wahrheit ziemlich in der Mitte.

***

»Unsere Jungs vom KK 31 haben bestätigt, dass auf dem Stick aus Verstruyckens Auto zwei Videodateien sind«, erklärte Detlef Schall auf dem Weg nach Kamp-Lintfort seinem Kollegen Heppner. »Ein Video enthält eine Bekennernachricht von Nemesis, das zweite zeigt, wie sie Verstruycken zu Tode foltern. Echt starker Tobak, kann ich dir sagen. Dass sie Bleistifte verwendet haben, liegt nach ihrem Bekennervideo daran, dass Verstruycken über seine Gazetten wohl einiges verbreitet hat, was ihnen nicht in den Kram passte. Wörtlich sagen sie: ›Durch seine Medien sorgte er dafür, dass widerliche Straftäter ihrer gerechten Strafe entgehen konnten.‹ Bisher wissen wir noch nicht sicher, ob sie damit irgendeine Missbrauchsgeschichte meinen.«

Das Waldstück, aus dem das Signal von Lafarge kam, war durch die Einsatzhundertschaften aus Duisburg und Dortmund weiträumig abgesperrt. Hanna Karl hatte über Google Maps die Koordinaten überprüft und festgestellt, dass an der bezeichneten Stelle eine Waldhütte stand. Das Spezialeinsatzkommando aus Köln bereitete sich nun darauf vor, einen Zugriff bei günstiger Gelegenheit durchzuführen. In nicht allzu großer Entfernung führte Detlef auf einer leichten Anhöhe mit den Einsatzkräften eine abschließende Besprechung durch und machte sie auf die speziellen Gefahren aufmerksam.

»Wir müssen davon ausgehen, dass Fallen ausgelegt sind«, begann Detlef Schall seine Erläuterungen. »François Kollmann wies Verletzungen auf, die von einer Bärenfalle herrühren dürften. Also seid vorsichtig, wenn ihr euch der Hütte nähert. Wir können auf keinen Fall mit klingendem Spiel vor die Hütte fahren. Es gibt zwar einen Zufahrtsweg, aber der dürfte überwacht sein.«

Jens Petersen, der Leiter des SEK Köln, zuckte zusammen und griff nach dem Ohrhörer seines Funkgerätes. »Verstanden. Ich ordere einen Hund.«

Petersen wandte sich an Detlef Schall. »Wir haben wahrscheinlich ein Problem. Ich habe ein Späherteam zur Hütte geschickt, und der Waldweg scheint vermint zu sein.«

»Vermint?«, platzte KD Kaluzny heraus. »Woher zum Teufel haben diese Leute Kampfmittel?«

»Das spielt im Moment keine Rolle«, winkte Schall ab. »Entscheidend ist, dass eine unmittelbare Gefahr für die Kollegen ausgeräumt wird. Ich bestelle einen Sprengstoffspürhund.«

Blacky traf nur wenige Minuten später ein, und sein Führer Wolfram Schneller fasste einen Entschluss. »Ihr deckt mich von der Seite, und ich gehe mit Blacky einfach mal eine Runde spazieren. Wir haben schon im Kosovo im Rahmen einer ISAF-Mission Minen gesucht, also wird Blacky sie erkennen, wenn welche da sind. Wünscht mir Glück.«

Die Nerven der Polizisten waren zum Zerreißen gespannt, während sie durch die Ferngläser beobachteten, wie die beiden Kollegen, denn als solche wurden auch die Diensthunde betrachtet, scheinbar arglos durch den Wald spazierten und dabei der Hütte immer näher kamen. »Verfluchte Bäume«, schimpfte Jens Petersen, als die beiden wieder einmal außer Sicht verschwanden. Es bestand keine Funkverbindung, und keiner der beiden hatte irgendetwas Metallisches dabei, um mögliche Magnetzünder nicht zu aktivieren.

Es dauerte fast fünf Minuten, bis Hund und Herrchen wieder in Sicht kamen. Irgendetwas hatten sie herausgefunden, denn obwohl sie nach außen hin den Eindruck vermitteln wollten, nach wie vor harmlose Spaziergänger zu sein, bemerkten die geschulten Augen der Beobachter die Anspannung zumindest beim menschlichen Teil des Teams. Seine Reaktion, als er zu ihnen zurückkehrte, sorgte für Überraschung. Wolfram Schneller grinste übers ganze Gesicht.

»Alles nur Show, Leute«, lachte er. »Blacky und ich sind einfach dreist bis an den Weg spaziert, der zur Hütte führt. Die Zufahrt ist durch eine Kette versperrt, und daran hängt das übliche Schild ›Privatweg – Betreten verboten‹. Hunde können ja bekanntlich nicht lesen, also habe ich Blacky das Kommando zum Suchen von Sprengmitteln gegeben. Er ist schnüffelnd über den ganzen Weg gelaufen, und obwohl die Huckel auf dem Weg wie Minenzünder aussehen, hat er sie weder eines Blickes noch eines Schnüffelns gewürdigt. Es gibt nur eine Schlussfolgerung: Das sind Attrappen, und sie wurden für jemanden ausgelegt, der weiß, wie vergrabene Minen aussehen, und gewohnt ist, darauf zu reagieren.«

»François Kollmann«, vermutete Heppner, und Schall nickte.

»Der Zufahrtsweg ist also minenfrei«, fasste Schneller zusammen. »Bei Blacky war bezüglich der Hütte selbst ein leichtes Anzeigeverhalten zu erkennen. Dort befindet sich also entweder Sprengstoff oder Munition, wenn auch in geringerem Ausmaß. Eine totale Entwarnung kann ich aber nicht geben, weil wir nicht näher an die Hütte herankonnten.«

Jens Petersen nickte und instruierte seine Kräfte über Funk. Danach wandte er sich wieder an Detlef Schall.

»Meine Leute schleichen sich durch den Wald auf die Hütte zu. Wir haben in der Zwischenzeit vier dieser Bärenfallen gefunden, aber sie waren allesamt geschlossen und stellten keine Gefahr dar.«

Er lauschte einer Meldung in seinem Ohrhörer und nickte. »Korrektur: Fünf Fallen in diesem Zustand. Wie's scheint, werden sie nur scharf gemacht, wenn unsere Täter auf flüchtiges menschliches Wild aus sind. Meine Jungs sind jetzt noch fünf Meter von der Hütte entfernt und nähern sich weiter.«

Gespannt warteten die Führungsbeamten auf neue Meldungen. Es sollte sich herausstellen, dass sie nicht die Einzigen waren, die die Befreiungsaktion genau im Auge behielten.

***

»Verdammt, was machen die denn? Wieso brauchen die so lange?« Odin hatte ein Fernglas vor den Augen und beobachtete von einem Hügel im Nordwesten der Hütte die Bewegungen des SEK.

Der Mann neben ihm schien die Angelegenheit mit größerer Gelassenheit zu betrachten. »Sie sind vorsichtig. Kein Kommandoführer schickt seine Leute blindlings in eine unbekannte Gefahrensituation. Also bleiben Sie ruhig und warten Sie ab.«

Odin wandte ihm zähneknirschend den Rücken zu. Der Mann ging ihm mit seiner unglaublichen Ruhe tierisch auf die Nerven, aber das musste bei seinem Beruf wohl auch so sein. Ein guter Killer ist nicht leicht zu finden, und Odin kannte keinen. Also hatte er den Lieferanten gefragt, und der hatte ihm diesen Mann vermittelt. »Ich will Ihren Namen nicht wissen, und Sie werden auch meinen nicht erfahren. Es ist besser für Sie. Sonst müsste ich Sie nämlich töten«, hatte der Unbekannte gesagt. Das klang plausibel. Odin hoffte, dass der Mann sein Geld wert war. Fünfzig Riesen waren auch für ihn keine Kleinigkeit.

Die Meldung aus dem Krankenhaus hatte ihn schwer getroffen. Der Anschlag war schiefgegangen, aber zumindest war die Attentäterin gestorben, bevor sie den Bullen verraten konnte, wer sie angestiftet hatte. Es musste also ein neuer Versuch gestartet werden. Der passende Kandidat war natürlich der Hells Angel, dessen Frau gestern gestorben war. Er würde nach Rache dürsten, und keiner würde Fragen nach einem Hintermann stellen. Erste Devise für erfolgreiche Attentate ist und bleibt: Töte den Attentäter nach erfüllter Aufgabe. Odin beobachtete den Killer, der gerade sein Scharfschützengewehr zusammenbaute. Er würde es ihm nicht leicht machen, aber das Geld würde ihm zum Verhängnis werden.

»Sie sind gleich an der Hütte«, meldete der Killer. Obwohl er offenbar in Odins Alter war, schienen seine Augen noch sehr gut zu sein. Odin sah durch das Fernglas und bemerkte, dass die Polizisten nur noch zwei Meter von der Hütte entfernt waren. Was er nicht sah, war der dünne Draht, den einer der Polizisten beim Vorankriechen zerriss. Nur Sekunden später schien ein Inferno loszubrechen.

***

»Rückzug und volle Deckung«, schrie Jens Petersen gegen den Lärm der hämmernden Maschinenwaffen an. Seine Männer krochen gebückt in den Schutz der Bäume, deren Existenz Petersen noch vor Minuten verflucht hatte. »Sofortige Lagemeldung! Team 1, was geht da vor?«

»Starkes Feuer aus stationären Maschinenwaffen«, kam die Antwort aus dem Funkgerät. »Bislang keine Verluste, weder Verletzte noch Tote.« Teamleader 1 klang atemlos, aber gefasst.

»Die Lage ist folgende: Als wir noch gut zwei Meter von der Hütte entfernt waren, klappten plötzlich Bleche an den Seitenwänden herab, und die Läufe von Maschinenwaffen kamen zum Vorschein. Wir hatten gerade noch Zeit, uns in Deckung zu werfen, als das Feuer eröffnet wurde. Merkwürdig ... sie hätten etliche von uns erledigen können. Warum haben sie es nicht getan?«

»Sie töten keine Polizisten«, gab Heppner leise zur Antwort.

Petersen lachte hämisch. »Na klar, Mörder halten sich immer ans Gesetz. Und wenn nun einer von meinen Leuten nicht schnell genug gewesen wäre? Was dann? Nein, wir gehen jetzt rein, erledigen die Kerle und holen diesen Hägar oder wie auch immer raus.«

»Hödur«, korrigierte Heppner, doch sein Einwand verpuffte.

»Teamleader 1, wie ist die Lage? Können Sie zur Hüttenwand vorrücken?«

»Mühelos«, kam die erstaunte Antwort. »Die Waffen sind so hoch eingestellt, dass sie zwar die Bäume entlauben, für uns aber keine Gefahr darstellen, es sei denn, wir stellen uns direkt davor. Darüber hinaus scheint ihnen die Munition ausgegangen zu sein. Das Schießen hat aufgehört.« Tatsächlich war seit einigen Sekunden Stille eingekehrt.

»In der Hütte schreit jemand wie am Spieß. Ich vermute, das ist die entführte Zielperson. Team 2 hat eines der Fenster besetzt und sagt, dass ein nackter Mann auf einem Stuhl sitzt und die ganze Zeit nach oben starrt. Sie können aber nicht sehen, worauf. Sonst ist niemand zu sehen. Die Maschinenpistolen sind offenbar automatisch gesteuert gewesen.«

»Teams 1 bis 3, sofortiger Zugriff! Team 1 durch die Tür, Teams 2 und 3 durch die Fenster. Person bergen und das Objekt sichern«, kommandierte Petersen. »Widerstand ist sofort und rigoros zu brechen.«

»He, wir wollen die Täter nach Möglichkeit lebend«, warf KD Kaluzny ein, doch Petersen hörte nicht auf ihn. »Die haben schon mal auf uns geballert. Jetzt ist die Zeit der Rücksichtnahme vorbei.«

Im Nachhinein wäre es besser gewesen, Türen und Fenster nicht einmal zu berühren und ein Loch durch Wand oder Decke zu schneiden. Doch Petersen wusste nichts von den Fähigkeiten der Nemesis-Gruppe – und so nahm das Unheil seinen Lauf.

***

»Worauf warten Sie denn noch? Knallen Sie einen der Bullen ab, dafür habe ich Sie bezahlt.«

»Ja, das haben Sie – wenigstens teilweise.« Der Killer bewegte sich nicht einmal, sondern visierte das Szenario vor der Hütte durch sein Laservisier an. Die American 300 ruhte auf einem dreibeinigen Stativ, und der Schütze lag bäuchlings im Anschlag. »Ich wähle den passenden Zeitpunkt, nicht Sie. Oder wollen Sie vielleicht selbst schießen?«

Odin schüttelte entschieden den Kopf. »Nicht mein Ding. Dafür habe ich ja Sie.«

Er zwang sich zur Ruhe und blieb stumm, selbst als die Polizisten durch Fenster und Tür in die Hütte stürmten. Nur Sekundenbruchteile nach der Türöffnung ertönte ein markerschütterndes Kreischen, das abrupt abbrach. Odin starrte durch das Fernglas und traute seinen Augen nicht. Einer der SEK-Beamten torkelte aus der Tür, riss sich Helm und Gesichtsmaske herunter und übergab sich würgend am nächsten Baum. Der Rest des Teams verließ in augenscheinlicher Niedergeschlagenheit ebenfalls die Hütte.

»Ich glaube, meine Aufgabe ist erledigt«, hörte Odin die sonore

Stimme des Killers. »Es ist wohl nicht mehr notwendig, dass hier noch jemand stirbt.«

Odin ließ das Fernglas erstaunt sinken. »Merkwürdig, jemanden aus Ihrer Zunft so reden zu hören. Ich dachte, Sie begrüßen den Tod von Menschen.«

»Nur wenn ich daran verdiene«, widersprach der Killer, der seelenruhig sein Gewehr wieder zerlegte. »Oder der Betreffende es selbst verdient. Ansonsten betrachte ich den Tod eines Menschen als Ressourcenverschwendung.«

Odin wandte sich ab. Philosophie von einem Berufsmörder zu hören war einfach zu viel für ihn. »Sie glauben doch wohl nicht, dass Sie von mir auch nur einen Cent fürs Nichtstun bekommen. Rücken Sie die ersten fünfundzwanzigtausend wieder raus, die ich Ihnen gegeben habe!«, sagte er, während er auf sein Auto zuging.

Der Scharfschütze zuckte die Achseln. »Betrachten Sie das als meine Aufwandsentschädigung. Sie hatten schließlich den Erfolg, den Sie wollten. Hödur ist tot.«

Odin blieb stehen, als wäre er vor eine Wand gelaufen. Langsam drehte er sich zu dem Mann hinter ihm um, der mit den Händen in den Jackentaschen ruhig dastand und ihn betrachtete. »Wer sind Sie?«, flüsterte Odin entsetzt.

»Ich hatte Ihnen gesagt, dass ich Sie töten werde, wenn Sie danach fragen. Nun gut, das hätte ich auch getan, wenn Sie nicht danach gefragt hätten. Mein Geburtsname würde Ihnen sogar etwas sagen, aber den verrate ich jetzt noch nicht. Sie können mich allerdings V nennen.«

Odin griff zu seiner Pistole, aber Nemesis war vorbereitet. Diesmal wurde das Opfer nicht durch eine Hellabrunner Mischung oder einen Taser gefällt. W, der geräuschlos hinter Odin getreten war, schlug ihm kurzerhand eine sandgefüllte Socke über den Schädel, und Odin brach lautlos zusammen.

DREIZEHN

»Wir hatten faktisch überhaupt keine Chance, den Mann zu retten«, stöhnte Teamleader 1, im normalen Sprachgebrauch POK Sven Todt. »Der erste Schritt in den Raum der Hütte hat einen Mechanismus ausgelöst, der Herrn Lafarge sofort und zuverlässig tötete.« Sven Todt wischte sich den Schweiß von der Stirn und schüttelte sich nochmals in der Erinnerung.

»Sowohl an den Fenstern als auch an den Türen haben wir entsprechende Vorrichtungen gefunden, sodass jeder Schritt im Raum es ausgelöst hätte.«

»Schön und gut, aber was ist es?«, fragte Detlef Schall drängend, doch Todt gab keine Antwort, sondern forderte die Führungscrew durch ein Winken auf, ihm zu folgen. Er stieß die Tür zur Hütte auf und lehnte sich von außen gegen die Hüttenwand.

Der Raum sah aus wie das Innere eines Schlachthofes. Blut war durch den ganzen Raum geschossen und hatte die Wände mit scharlachroten Spritzern versehen. In der Mitte des Raumes befand sich Hödur – beziehungsweise das, was von ihm übrig war. Der von Sven Todt angesprochene Mechanismus hatte eine Art Fallbeil ausgelöst, das wohl bereits die ganze Zeit über August Lafarge geschwebt hatte.

»Er dürfte damit seine eigene Art des Damoklesschwerts kennengelernt haben«, murmelte Detlef Schall mit belegter Stimme.

Das Fallbeil hatte eine Breite von etwa zwei Metern, war an der unteren Kante rasiermesserscharf und oben etwa zehn Zentimeter breit. Um einen sauberen Fall zu gewährleisten, lief es an beiden Seiten in Schienen nach unten, und die Geschwindigkeit des Falls war durch zwei große, gespannte Federn noch erhöht worden. Die Klinge hatte ganze Arbeit geleistet. Hödur war vom Kopf bis zum Gesäß komplett gespalten worden, wobei der Schnitt in Längsrichtung verlief.

»Wie immer er früher war: Jetzt hat er eine wirklich gespaltene Persönlichkeit«, kommentierte Heppner trocken. Detlef musste sich ein Grinsen verkneifen, während KD Kaluzny Heppner strafend ansah.

»Etwas mehr Pietät, bitte.«

Der Gescholtene winkte ab. »Hat er wirklich nicht verdient. Irgendwelche Pietät, meine ich. Wenn unser Verdacht sich bestätigt, vertilgen die Nemesis-Leute nur Dreckschweine. Jetzt muss ich mich entschuldigen – bei den Dreckschweinen, denn die möchten mit den Asen bestimmt nicht in einem Atemzug genannt werden. Lesen Sie unsere Ermittlungsberichte, und Sie werden mich verstehen.«

»Wir haben hier eigentlich nichts mehr zu tun«, konstatierte Schall. »Lafarges Tod ist durch den Notarzt festgestellt, und um Tatortaufnahme und Spurensicherung kümmern sich Ede und Fritz. Verdammt! Hödur hätte uns einige Fragen beantworten können.«

»Das hat er vielleicht schon getan«, ertönte Hanna Karls Stimme, die ihr Handy gerade vom Ohr nahm. »Das war Tom, der sich gerade gemeldet hat. Er und Peter haben einen Datenträger in Lafarges Wohnung gefunden, den er im Fall seines Verschwindens oder Todes in unseren Händen wissen wollte. Vielleicht befinden sich die Antworten auf diese Fragen auf dem USB-Stick.«

»Tom und Peter sollen Ravensbrück anrufen und eine gerichtliche Anordnung zur Datensichtung anregen«, entschied Schall. »Und ich fahre noch mal ins Krankenhaus. Dort gibt es jemanden, von dem ich noch eine Entscheidung erwarte«, knirschte Heppner. Auch ihm ging Lafarges Tod gegen den Strich.

»Dann fahr dorthin«, sagte Schall nickend. »Hanna, du wirst ihn begleiten, damit Klaus keinen Unfug macht.«

»Das war gestern eher umgekehrt«, murmelte Hanna Karl. »Aber vielleicht kann ich mich heute revanchieren.«

Sie gingen zum Wagen. Unterwegs fragte sie: »Was glaubst du, wie sich Zeiske entschieden hat?«

Heppner zuckte die Achseln. »Keinen Schimmer. Wenn er klug ist, wird er reden, aber genau das bezweifle ich bei ihm.«

Es war gut, dass er wegen seiner kaum vergangenen Hellabrunn-Narkose seine Kollegin fahren ließ, denn sie befanden sich gerade auf der A 42, als sein Handy klingelte. Obwohl die angezeigte Nummer ihm völlig unbekannt war, nahm er das Gespräch an.

»Guten Tag, Herr Heppner! Es freut mich, dass Sie die Folgen der Narkose so gut verkraftet haben.«

Der Polizist erstarrte, als er die Stimme wiedererkannte. »Hallo, V. Woher …? Ach so, Sie haben die Nummer notiert, als ich in Ihrer Gewalt war.«

Hanna Karl fuhr herum, als sie die ersten Worte mitbekam. Heppner bedeutete ihr weiterzufahren, schaltete aber den Lautsprecher ein, sodass sie mithören konnte.

»Ich nehme nicht an, dass Sie anrufen, um sich nach meinem Befinden zu erkundigen oder um anzukündigen, sich stellen zu wollen.«

V lachte leise und voller Humor. »Sie haben es erfasst, Herr Heppner. Mein Anruf ist nicht persönlich, obwohl ich wirklich erhebliche Sympathien für Sie empfinde. Zu schade, dass wir uns nicht mal auf ein Bier treffen können. Nein, ich rufe an, um Ihnen mitzuteilen, dass unsere Jagd beendet ist. Diese Jagd, wohlgemerkt.«

Heppner lief es kalt den Rücken herunter. »Wollen Sie damit sagen, dass der Tod Hödurs die Sache beendet und Sie sich anderen Tätergruppen zuwenden? Das kann ich angesichts Ihrer bisherigen Handlungsweise nicht glauben.«

»Sie haben unrecht und auch wieder recht, Herr Heppner. Ja, wir werden uns anderen Gruppen zuwenden, die sich wie die Asen über Gesetze und Menschlichkeit erhoben fühlen, aber Hödurs Tod ist nicht das Ende. Er war ja auch nicht der Kopf der Asen.«

V schwieg, und nach Sekunden dämmerte es Klaus Heppner.

»Odin«, entfuhr es ihm unwillkürlich. »Ihr habt euch Odin geschnappt. War das ganze Theater in der Hütte nur Show, um an Odin heranzukommen?«

V atmete seufzend aus. »In gewisser Weise ja. Es tut mir leid, Sie und Ihre Kollegen für unsere Zwecke eingespannt zu haben, aber damit hat Odin angefangen.«

»Inwiefern?«

»Hödurs Ergreifung hatte nicht nur den Zweck, ihn zu liquidieren. Odin hat ihn zu dieser Zeit bereits als Risiko betrachtet, da er als Einziger in der Lage war, ihn zu identifizieren. Also hat er versucht, über Zeiske einen Killer zu engagieren, der die polizeiliche Rettungsaktion so stören sollte, dass Hödur den Zugriff nicht überlebt. Wir haben Zeiske überredet, mich als Killer zu empfehlen, und so hatten wir Odin in der Hand.«

V räusperte sich, bevor er weitersprach. »Sehen Sie, Odin hat mich engagiert, um einen oder zwei Ihrer Kollegen zu töten und die anderen so in blindwütige Raserei zu versetzen. Ich habe das verhindert, und Odin ist jetzt in unserer Gewalt. Tut mir leid, aber Sie werden ihn nicht mehr lebend sehen. Ich verrate Ihnen auch noch nicht, wer er ist. Gönnen Sie mir den kleinen Spaß. Wenn Sie seine Identität erfahren, werden Sie mein fehlendes Vertrauen in die Justiz verstehen.«

»Ein langer Monolog war das, V. Haben Sie noch was vergessen?«, fragte Heppner ironisch.

»Wenn ja, dann nicht viel. Ach so, keiner Ihrer Kollegen war wirklich in Gefahr. Die jeweils ersten zehn Patronen in jeder automatischen Waffe waren nur Platzpatronen, damit sich wirklich alle rechtzeitig zu Boden werfen konnten. Wie ich schon sagte, wir töten keine Polizisten.«

Vielleicht wartete V ja auf Applaus. Als keiner kam, gewann wieder seine Mitteilsamkeit die Oberhand. »Odin hat übrigens Marijana Yildiz aufgehetzt, Zeiske zu töten, aber das werden Sie sich schon gedacht haben. Er hat einfach das versucht, was in den USA als *›cutting loose ends‹* bezeichnet wird. Zeiske wird begeistert sein, wenn Sie ihm das erzählen. Wenn mich nicht alles täuscht, sind Sie gerade auf dem Weg zu ihm. Er ist schließlich der Einzige, der einen Großteil Ihrer Fragen beantworten kann – mit Ausnahme von Odin, und der wird erst mal uns Rede und Antwort stehen. Er wird reden, darauf können Sie Gift nehmen.«

Wieder eine Kunstpause, und Heppner ergriff die Gelegenheit, das Ohr zu wechseln. »Und machen Sie sich keine Hoffnung, dieses Handy zu orten. In wenigen Sekunden fliegt die SIM-Karte aus dem Fenster. Nicht nur die Asen haben schließlich Einweghandys. Schönen Tag noch. Auf mich wartet ein Schlachtfest.«

»Warten Sie! Ich –« Es war zu spät; V hatte das Gespräch unterbrochen. Hatte sich gar nicht gelohnt, das Ohr zu wechseln.

»Stimmt das mit den Platzpatronen?«, fragte Hanna Karl.

Heppner zuckte die Schultern. »Es würde zu ihm passen. Er schont mich, rettet Hülya Oruc … Offenbar tötet er nur die wirklich Bösen.«

Die Fahrt zum Krankenhaus war relativ kurz, und die beiden

Polizisten vermieden es, nahe der Stelle zu parken, an der Marijana Yildiz auf den Asphalt geprallt war. Sie absolvierten die üblichen Kontrollen und standen schließlich vor Zeiskes Zimmer, an dem immer noch ein Kollege in Uniform Wache hielt. Heppner blätterte in der Liste der Besucher und stutzte. »Sein Bruder? Sein Bruder war hier?«

»Dietmar Zeiske, wenn die Liste stimmt«, antwortete der Kollege vorsichtig. »Ich habe den Mann selbst bei Zeiske reingelassen, nachdem er sich ausgewiesen hatte.«

Heppner lachte schallend. »Dann hoffe ich, er hatte Flügel und eine Harfe dabei. Oder Hörner und einen Dreizack. Mensch, Kollege, eine EMA-Abfrage, und ihr hättet gewusst, dass Dietmar Zeiske vor zwei Jahren verstorben ist.«

Ihm kam ein Gedanke, und er zog die beiden Zeichnungen von Hülya Oruc aus der Tasche, die er dem Kollegen zeigte.

Ohne zu zögern, zeigte der Beamte auf die Zeichnung in seiner linken Hand. »Den Mann erkenne ich sofort. Der hat sich mir gegenüber als Dietmar Zeiske ausgewiesen.« Aha, dachte Heppner. W hatte Zeiske einen Besuch abgestattet und dabei wahrscheinlich die Vereinbarung bezüglich der Killerempfehlung mit ihm getroffen.

»Zeiske hat übrigens gerade Besuch«, ergänzte der Kollege. »Sein Anwalt ist bei ihm.«

Heppner sah auf den Namen und nickte. Tatsächlich saß ein den Ermittlern wohlbekannter, weil permanenter Verteidiger der Bandidos neben seinem Bett. Beim Eintreten der Polizisten stand er auf und ging ihnen entgegen.

»Frau Karl, Herr Heppner, schön, dass Sie hier sind. Mein Mandant hat sich entschlossen, umfangreich auszusagen. Natürlich erwarten wir von der Staatsanwaltschaft die Zusage, dass er nicht wegen der Beteiligung an einem Tötungsdelikt angeklagt wird.«

Typische Anwaltseröffnung, dachte Heppner. »Tja, da muss ich Sie enttäuschen, Herr Stein. Kuhhandel is nich, um es mal im hiesigen Jargon zu sagen. Und damit Sie es verstehen, noch mal im Klartext: Ihr Mandant wird wahrscheinlich der Einzige sein, der auf der Anklagebank sitzt – sofern er es erlebt. Die Gruppe, die sich Nemesis nennt, hat gerade den vorletzten der Asen auf scheußliche Weise liquidiert und sich des letzten bemächtigt. Ja, gucken Sie nur sparsam, Herr Zeiske. Odin befindet sich in der Hand von Nemesis, und wahrscheinlich werden sie uns den Herrn stückchenweise anliefern. Vergessen Sie also den Versuch, uns diese Herren zu liefern. No way. Das Einzige, was eine umfassende Aussage bringen kann, ist, das Gericht bezüglich Ihrer eigenen Taten milde zu stimmen – obwohl das schwer sein dürfte.«

Rechtsanwalt Stein und sein Mandant hatten das Szenario offenbar bereits besprochen. »Wir sind einverstanden. Das Ganze hat meinen Mandanten psychisch schwer belastet, und er wird aussagen, um sich seine Schuld von der Seele zu reden.«

Hanna Karl rollte die Augen. Steins Rede war ihr offenbar zu schwülstig, und ihr Kollege konnte es ihr nachfühlen. Trotzdem nickte er Zeiske zu, der seine Ausführungen begann, nachdem er die Einverständniserklärung für eine Tonbandvernehmung unterzeichnet hatte.

»Eins möchte ich vorab sagen: Ich habe mit keinem der Morde persönlich zu tun. Alles ist auf dem Mist dieser selbst ernannten nordischen Götter gewachsen. Bis Anfang letzten Jahres sind die Kerle einmal im Monat zu mir ins V 24 gekommen, und zwar immer jeden dritten Dienstag. Es gab nur eine Handvoll Nutten, die freiwillig ihre SM-Spielchen mitgemacht haben, aber selbst die haben dann gestreikt, weil die nicht nur brutal getan haben. Die Wichser wollten wirklich Blut sehen. Wir haben also nach 'ner anderen Möglichkeit gesucht. Schließlich ist ja der Kunde König. Einer von den Burschen, die alle echt gut betucht sind, hatte mich mal gefragt, ob ich nichts Jüngeres auf Lager habe als die alten Schabracken. Ey Mann, und das, nachdem er eins meiner jüngsten Pferdchen geritten hatte. Die Kleine war grad mal siebzehn.«

Er hielt inne und sagte dann mit Unschuldsmiene: »Das hab ich aber erst erfahren, nachdem die Bullen mir den Laden auf links gedreht und alle Frauen überprüft hatten. Das Weib hat mir doch tatsächlich ein falsches Geburtsdatum angegeben, echt!«

»Und was haben Sie dann mit ihr gemacht, Zeiske? Sie dem Jugendamt übergeben?«

Der Bandido lachte hämisch. »Nee, wieso denn? War sowieso nicht mehr lange bis zu ihrem Achtzehnten, und sie brachte gutes Geld ein, als ich sie an meinen Kumpel Marcel in Potsdam verkauft … äh, vermittelt habe. Ich hatte sie dann jedenfalls nicht mehr an der Backe.«

»Zurück zu den Asen, Zeiske.« Hanna Karl war der Abscheu zwar anzumerken, aber sie beherrschte sich meisterhaft. »›Was Jüngeres‹, haben Sie gesagt. Was genau meinten Sie damit?«

Zeiske rutschte unruhig im Bett hin und her. Man merkte, dass jetzt der für ihn unangenehme Teil kommen würde.

»Also, das habe nicht ich mir ausgedacht. Ich kann so was nicht allein entscheiden. Dazu muss der Vorstand zusammenkommen, und der hat mir die Genehmigung erteilt.«

»Genehmigung wozu?«, fragte Heppner so scharf, dass Zeiske abrupt mit dem Herumgerutsche aufhörte.

»Wir … Wir hatten ein paar Frauen bei uns in den Häusern, die aus Mazedonien stammen. Die arbeiteten … na ja, nicht unbedingt freiwillig auf dem Strich. Man musste sie schon dazu überreden. Deswegen haben wir ihnen die Kinder weggenommen und … na ja, sozusagen aufbewahrt.«

»Gefangen gehalten, wollen Sie sagen.« Hanna Karls Worte kamen ziemlich gepresst, und Zeiske nickte, wenn auch widerstrebend.

»Einmal pro Monat durften sie die Kinder sehen, um sich davon zu überzeugen, dass sie noch leben, und obwohl wir den Müttern natürlich die Kosten für Unterkunft und Fressen in Rechnung gestellt haben …«

»Natürlich!«, echote Heppner spöttisch.

»… hat der Vorstand sich ständig darüber aufgeregt, dass die Blagen nichts einbringen. ›Ein Marc Dutroux hätte bestimmt was für einen dieser unnützen Fresser gezahlt‹, hat mal einer gesagt, und da kam mir eine Idee. Ich hab vorgeschlagen, die Kinder den Kerlen zu überlassen, die sich selbst Asen nannten. Als ich erzählt hab, dass diese Bastarde stinkreich sind, wurde mein Vorschlag einstimmig gebilligt.«

Offenbar kam jetzt der spannende Teil. Hanna Karl und Klaus Heppner sperrten also die Lauscher besonders auf.

»Ich hab mit dem Anführer von den Asen einen Termin vereinbart, an dem ich ihnen eins der Kinder bringen sollte. Jeder dritte Dienstag im Monat. Keine Ahnung, wieso es ausgerechnet dieser Tag sein musste. Der Kerl, den alle Odin nennen mussten, hat genaue Vorgaben gemacht, wie die Ware beschaffen sein soll. Weiblich, zwischen sechs und zwölf, schlank. Das war easy. Die Gören haben doch nur grad so viel zu fressen gekriegt, dass sie denen nicht gleich verhungert sind. Man hätt sie ja auch nicht mästen müssen. Waren sie aus Mazedonien doch auch nicht gewohnt. Aber egal.«

»Egal nicht, tut nur jetzt nichts zur Sache«, sagte Heppner und fragte: »Wann fing das an mit den ›Lieferungen‹?«

»Die erste war am 21. Februar. Also 2012. Weiß ich noch genau, weil an dem Tag meine Mutter Geburtstag hat und sie ziemlich sauer war, weil ich abends noch mal wegmusste. Das erste Mädchen hieß Katarina Stepanova und war elf. Als ich sie von der Farm abgeholt hab, habe ich ihr erzählt, ich würde sie zu ihrer Mutter bringen, und sie hat mir die ganze Zeit über die Ohren vollgeplappert. Mama hier und Mama da, ich konnte es nicht mehr hören. Schließlich habe ich ihr eine geschallert und sie in den Kofferraum gesperrt. Da war sie dann ruhig.«

Hanna Karl war kurz davor, gewalttätig zu werden, das war nicht zu übersehen. Heppner sandte ihr einen einvernehmlichen, aber gleichzeitig warnenden Blick zu.

»Ich habe mich mit Odin gegen siebzehn Uhr am Parkplatz Entenfang getroffen, um die Kinder abzugeben«, erzählte Zeiske weiter. »Die Absprache erfolgte immer über dasselbe Handy, und auch die Uhrzeit blieb immer gleich. Als er an dem Abend Katarina sah, war er entzückt. Ich weiß nicht, wie er es gemacht hat, aber er konnte richtig gut mit den Bälgern umgehen. Die kleinen Rotznasen hatten so viel Vertrauen zu ihm, dass sie sogar freiwillig in den Kofferraum seines Mercedes geklettert sind. Er hat ihnen erzählt, dass das Treffen mit ihren Müttern supergeheim sei, dass niemand sie sehen dürfe und so weiter. Diese blöden Dinger haben ihm tatsächlich alles geglaubt.«

»Schade, dass dich als Kind keiner in einen Kofferraum gesperrt und den Schlüssel weggeschmissen hat«, schnaubte Hanna Karl und beruhigte sich dann wieder.

Zeiske ging gar nicht darauf ein. »Ich weiß nicht, wo er mit ihnen hingefahren ist, aber es kann nicht wahnsinnig weit gewesen sein.

Jedenfalls kam sechs Stunden später der Anruf, ich soll die Kleine wieder abholen.«

»In welcher Verfassung war das Mädchen?«, fragte Hanna Karl, immer noch überraschend beherrscht.

Zeiske grinste. »Gelebt hat sie noch, wenn Sie das meinen. Sie hatte den gleichen Ausdruck im Gesicht wie die Weiber, wenn ich sie zugeritten hatte. Prima, das gibt Frischfleisch in unseren Puffs, habe ich noch gedacht. Es war aber klar, dass man sie nicht so einfach wieder zu den anderen zurückbringen konnte. Die hätten doch erzählt, was sie erwartet, und dann wäre die Kacke am Dampfen gewesen. Wir haben deshalb eine andere Lösung gefunden. Einer aus dem Vorstand hat ein Haus, das zum Abriss vorgesehen ist. Dort im Keller haben wir sie eingesperrt. Wenn die Mütter sie sehen wollten, haben wir sie halt ein bisschen zurechtgemacht.«

Heppner warf seiner Kollegin einen Blick zu, aber sie schien jetzt hinter einer unsichtbaren Wand zu stehen und wirkte so starr, als wäre sie in einer Art Trance.

»Dieses Spielchen lief bis in den Juni letzten Jahres. Damals hab ich dann Natascha Blagojeva zu Odin gebracht. Als der mich weit vor der erwarteten Zeit angerufen und mich sofort zum Treffpunkt bestellt hat, dachte ich noch, da ist bestimmt was Unerwartetes passiert. Als er den Kofferraum geöffnet hab, sah ich, was passiert war. Die Göre hatte den Löffel abgegeben.«

Heppner fragte gepresst: »Und? Gab's eine Erklärung dazu?«

»Erklärung würd ich das jetzt nicht nennen. ›Sie ist einfach gestorben‹, hat Odin gesagt. ›Auch gut‹, hab ich geantwortet, ›das erspart uns weitere Kosten. Die verstörten Scheißkinder zu beaufsichtigen nervt eh.‹ War nur so dahingesagt, um kein Drama zu machen. Aber Odin sah plötzlich sehr interessiert aus. ›Sie meinen, es macht Ihnen nichts aus, wenn die Kinder unseren Spaß nicht überleben?‹, hat er gefragt. ›Warum sollte es? Sind es meine Kinder?‹, habe ich die Gegenfrage gestellt. Odin war sichtbar erfreut. ›Ist ja geil‹, hat er gesagt. ›Dann machen wir es ab sofort von vorneherein richtig.‹«

Ein Blick hinter die unsichtbare Wand bestätigte, dass Hanna zumindest nicht unmittelbar davor stand, die Kontrolle zu verlieren. »Um es noch einmal klarzustellen«, sagte Heppner zu ihrem Kronzeugen. »Von diesem Moment an haben Sie den Asen die Kinder in dem Bewusstsein gebracht, dass sie nicht lebend zurückkommen würden?«

Zeiske nickte.

»Bitte sprechen Sie es laut aus. Das Aufnahmegerät kann Gesten nicht wiedergeben.«

Zeiske holte Luft und sprach weiter. »Ja, ich habe es gewusst. Angesichts der Umstände war es uns sogar recht. In den folgenden Monaten haben wir ihnen zuerst die vier verstörten Kids gebracht, die sie in den ersten Monaten schon hatten. Das hat uns Zeit, Geld und Mühe erspart. Ich brachte Odin also die Kids und holte ihre Überreste nachher wieder ab. Ich hab nicht lange damit gewartet, die Leichen verschwinden zu lassen, und das noch am selben Tag erledigt.«

»Wo sind die Leichen geblieben, Zeiske? Bei Ihrer ersten Befragung haben Sie noch damit geprahlt, Sie hätten sie spurlos verschwinden lassen.«

»Mehr oder weniger, ja. Ich habe sie zerteilt und an verschiedenen Stellen vergraben.«

»Die Sie uns natürlich zeigen werden«, fiel Hanna Karl ein. Nach einem ebenso kurzen wie stummen Zwiegespräch mit seinem Anwalt nickte Zeiske.

»Ich werde Ihnen die Stellen zeigen«, sagte er schnell, als er sich an das akustische Aufnahmegerät erinnerte.

»Welche Verletzungen wiesen die toten Kinder auf?«, fragte Heppner.

»Wieso wollen Sie das wissen?«, fragte Zeiske argwöhnisch, doch die Gegenfrage beantwortete sein Anwalt.

»Sie haben die Leichen zerteilt. KHK Heppner will dem Rechtsmediziner, der die Autopsie vornimmt, ein wenig Arbeit ersparen.«

»Ach so. Tja, das waren alle möglichen Verletzungen. Würgespuren am Hals, Schnitte am ganzen Körper, und die waren meistens ziemlich tief. Keine Ahnung, was die Burschen mit den kleinen Biestern getrieben haben. Als ich Odin mal gefragt hab, hat er mir wortlos zehntausend Euro in die Hand gedrückt. Die Botschaft kam an, also hab ich keine solchen Fragen mehr gestellt. Ich musste nur aufpassen, dass das Blut nicht überall aus ihnen herauslief. Ich konnte doch das Auto nicht versauen.«

Der Dreckskerl hatte sich mehr Sorgen um die Sauberkeit seines Autos als um das Leben der Kinder gemacht, dachte Heppner angewidert. »Welchen Wagen haben Sie für den Transport der Leichen verwendet?«, fragte Hanna Karl, deren Gesicht schon vor längerer Zeit aschfahl geworden war.

»Mein Auto, einen BMW 320i. Die Leichen lagen natürlich im Kofferraum.«

»Können Sie uns die Namen der missbrauchten und getöteten Kinder aus dem Gedächtnis nennen?«

Zeiske grinste zufrieden. »Hey, ich war immer stolz auf mein Gedächtnis. Ich hab gewusst, dass Sie fragen würden, und habe die Namen jedes einzelnen Görs mit Datum des Todes aufgeschrieben. Mein Anwalt hat den Zettel, und er gibt ihn gleich bei Ihnen ab.«

»Na, da haben Sie ja wenigstens etwas, worauf Sie stolz sein können«, quetschte Hanna Karl zwischen den Zähnen hervor. »Wir werden den BMW sicherstellen und spurentechnisch untersuchen. Vielleicht findet sich noch die eine oder andere DNA-Spur zur Identifizierung.«

»Aber beeilen Sie sich damit«, quengelte Zeiske. »Die Ärzte haben gesagt, ich könnte in ein paar Tagen gehen. Die Wunde heilt gut, und ich muss nur noch zum ambulanten Verbandswechsel.«

Heppner beugte sich vor und sah Zeiske so lange an, bis er den Blick abwandte. »Gehen? Sie? Was bilden Sie sich eigentlich ein? Sie wurden belehrt, haben das Einverständnisformular unterschrieben und gerade die Beihilfe zum Mord in … Lassen Sie mich nachrechnen … sechs Fällen und die Beihilfe zum sexuellen Missbrauch von Kindern in elf Fällen zugegeben. Glauben Sie im Ernst, wir lassen Sie so einfach laufen? Auch wenn die Haupttäter nicht mehr vor Gericht erscheinen können, kommen Sie nicht straflos davon, und für einen Haftbefehl reicht es allemal. Ihr Geständnis dürfte nur den Ausschlag geben, ob Sie für acht oder zwölf Jahre in den Knast gehen. Bisher liegen Sie noch bei zwölf, denn Sie haben uns nichts erzählt, was wir nicht schon wussten, zumindest in groben Zügen. Führen Sie uns zu den Leichen, und es sind nur noch zehn Jahre. Sagen Sie uns, wo sich die Farm befindet, in der die Kinder als Geiseln festgehalten werden, und es sind wahrscheinlich nur noch acht. Staatsanwalt Ravensbrück wird es so machen, wenn ich ihm die Umstände erläutere.«

Heppner lehnte sich wieder zurück und verschränkte die Arme vor der Brust. »Herr Zeiske, Sie haben gerade etliche Angaben gemacht, die Sie schwer belasten. Sie wussten, dass an den Kindern schwere Straftaten verübt werden, und trotzdem lieferten Sie sie den Asen als Schlachtvieh. Was ist für Sie dabei herausgesprungen?«

Zeiske sah hilfesuchend zu seinem Anwalt, der ihm wiederum zunickte. »Meinen Sie die Kohle oder was mir sonst noch versprochen wurde?«

»Beides«, sagten Hanna Karl und Heppner wie aus einem Mund.

»Na gut. Also ich habe für jede gelieferte Göre bis Juni zehntausend Euronen bar auf die Kralle gekriegt. Für die Beseitigung der kleinen Blagojeva gab's noch mal fünf Mille und danach als Paket jedes Mal zwanzigtausend Eier pauschal. Hat sich für mich aber nicht richtig gelohnt, weil ich mit dem Vorstand teilen musste. Ich hab von dem Geld nur jeweils sechzig Prozent gekriegt.«

»Das macht zusammen hundertfünfundachtzigtausend Euro, von denen immerhin noch hundertelftausend Euro für Sie blieben«, resümierte Hanna Karl, die per iPhone eine schnelle Rechnung durchgeführt hatte. »Plus der zehntausend fürs Keine-Fragen-Stellen. Nicht gerade viel für sechs Menschenleben, sechs zerstörte Kinderseelen und unendliches Leid der Mütter.«

»Sag ich doch, es hat sich nicht gelohnt«, bestätigte Zeiske in völliger Verkennung ihrer Worte.

»Kommen wir nun zum immateriellen Teil«, meldete sich Klaus Heppner jetzt zu Wort.

»Boah ey, jetzt reden Sie mal nicht so geschwollen«, begehrte Zeiske auf.

»Er will nur wissen, was Ihnen neben dem Geld noch versprochen wurde«, sprang Rechtsanwalt Stein erneut bei. Mittlerweile begann Heppner sich zu fragen, auf wessen Seite er wirklich stand.

Zeiske lehnte sich im Bett zurück und verschränkte die Arme hinter dem Kopf, bevor er weitersprach. »Ich weiß ja nicht, wer dieser Odin ist, aber er scheint echt gute Connections zu haben. Er hat mir versprochen, wenn bei uns mal wieder so richtig Feuer unterm Dach ist und die Bullen uns voll am Wickel haben, könnte er dafür sorgen, dass bei den eingeleiteten Verfahren nichts rauskommt. Er sitze da – wie sagt man so schön – an der Quelle.«

»Wenn das stimmt, ist das eine Bombe, Herr Heppner.« Rechtsanwalt Stein hatte die Hände zusammengelegt und sah den Angesprochenen über den Rand seiner goldfarbenen Metallbrille an. »Der Mann war oder ist anscheinend in der Lage, Strafverfahren zu beeinflussen. Das heißt, er sitzt bei einem der Obergerichte, also OLG oder BGH. Oder im Justizministerium.«

»Wenn es stimmt und der Kerl nicht nur eine große Fresse gehabt hat«, warf Zeiske ein.

Heppner schüttelte den Kopf. »Er war Odin, der Herr der Asen. Vier superreiche Typen, drei Industrielle und ein Pressemogul, haben sich ihm untergeordnet. Das klingt nicht nach jemandem, der nur herumschwallt.«

Zeiske hob nur nichtssagend die Schultern.

»Wer immer er war, helfen wird er Ihnen nicht mehr«, sagte Heppner kalt. »Odin ist Geschichte. Was ich abschließend von Ihnen wissen will: Warum haben Sie sich entschlossen, zu reden? Kommen Sie mir nicht mit der Leier ›Gewissen erleichtern‹. Ihre Taten belegen nur zu deutlich, dass Sie keines haben.«

Zeiskes Reaktion sprach Bände, noch bevor er das erste Wort gesprochen hatte. Sein Gesicht war kreidebleich, der Schweiß rann ihm in Strömen die Stirn und den Oberkörper herunter, und seine Augen zuckten hin und her.

Heppner setzte noch einmal nach. »Könnte es sein, dass Sie Angst haben? Angst vor der Gruppe, die sich Nemesis nennt und die Odin und die anderen liquidiert hat? Befürchten Sie, und zwar zu Recht, dass Ihnen ein ähnliches Schicksal blüht, wenn Sie nicht verurteilt werden? Hängt diese plötzliche Aussagebereitschaft vielleicht auch damit zusammen, dass Sie vor Kurzem von einem Mitglied von Nemesis Besuch bekommen haben, das sich vor dem Krankenzimmer als Ihr verstorbener Bruder ausgegeben hat?«

Zeiske schrumpfte während dieser Worte buchstäblich in sich zusammen. »Jaja, Sie haben ja recht. Ich habe eine Scheißangst, und ich lasse mich lieber einsperren als kastrieren und abmurksen. Ist mir ganz recht, wenn ich in den Knast wandere. Da bin ich wenigstens sicher vor denen. Lieber auf fünf Quadratmetern leben als sechs Fuß unter der Grasnarbe tot herumliegen.«

Verständlich, dachte Heppner. Da sieh mal einer an: Nicht nur

U-Haft schafft Rechtskraft, sondern auch die Angst vor einer weit härteren Strafe.

Sie beendeten die Vernehmung und vereinbarten mit den behandelnden Ärzten, Zeiske nicht zu entlassen, bis ein Haftbefehl gegen ihn erwirkt werden könnte. Staatsanwalt Ravensbrück wird sich freuen, dachte Heppner. Als er diesen Namen erwähnte, lachte Rechtsanwalt Stein, der den Beamten ohne Weiteres die Liste mit den Opfernamen übergab.

»Ach ja, Pascal Ravensbrück ist ein alter Freund von mir aus Studienzeiten. Wir haben in Marburg zusammen studiert, und vielleicht bin ich dafür verantwortlich, dass er sich wieder gefangen hat.«

»Was meinen Sie damit?«, fragte Hanna Karl.

Steins Gesicht wurde ernst. »Als wir im dritten Semester waren, haben wir uns beide in Kommilitoninnen verliebt. Das mit meiner Flamme war nichts Ernstes, aber Pascal hatte es richtig heftig erwischt. Er und Sylvia waren das Traumpaar der Uni, und alle waren entsetzt, als es passierte.«

»Nun sprechen Sie nicht in Rätseln, Herr Stein. Was ist passiert?«

Stein wurde noch ernster. »Sylvia wurde eines Abends auf dem Weg von der Uni nach Hause verschleppt, vergewaltigt und ermordet. Der Täter ist, soweit ich weiß, nie gefasst worden. Pascal brach völlig zusammen. Als er sich wieder gefangen hatte, wozu unsere gemeinsamen Abende beitrugen, hatte sich seine Einstellung radikal verändert. Vorher noch liberaler Junge mit Flausen im Kopf bezüglich ›Verteidigung von Bürgerrechten‹, verwandelte er sich in einen Hardliner in Sachen Law and Order. Die Sache war auch der Grund dafür, dass er Staatsanwalt geworden ist. Er wollte Verbrecher nicht mehr verteidigen, sondern ihrer gerechten Strafe zuführen. Jeder Prozess, der mit einem Freispruch endet, ist für ihn eine persönliche Niederlage, und verlieren konnte er eigentlich noch nie. Ich erinnere mich nur zu gut an unsere Skatabende.« Steins Blick verlor sich in der Ferne, als er an alte Zeiten zurückdachte.

»Eine Frage, Herr Stein: Sie haben Ihren Mandanten gerade nicht besonders unterstützt. Zumindest haben Sie einige Äußerungen zugelassen, die er besser nicht gemacht hätte. Haben Sie keine Angst, dass Ihnen das als Parteiverrat ausgelegt wird?«

Stein schüttelte den Kopf, während sein Gesicht unverändert ernst blieb. »Ich habe das Beste für meinen Mandanten erzielt. Für ihn ist es am sichersten, wenn ihn eine sehr, sehr lange Gefängnisstrafe erwartet. Dann wird Nemesis – so nennen Sie diese Rächertruppe wohl – wahrscheinlich zufrieden sein und ihn in Ruhe lassen. Außerdem bin ich als Anwalt Instrument der Rechtspflege, und mal im Ernst: Mandant oder nicht, Zeiske ist ein Krimineller übelster Sorte und bekommt, was er verdient. Meine Tochter ist im Alter der Opfer dieser Bestien, und ich stelle mir vor, was ich mit jemandem machen würde, der sie den Schakalen zum Fraß vorwirft. Der hätte nur eine Überlebenschance, wenn die Polizei schneller ist als ich und das Urteil des Gerichtes in meinen Augen gerecht ist. Wenn nicht, ist er tot. Haben Sie noch Fragen?«

Hatten sie nicht.

***

»Wir haben uns den Inhalt des USB-Sticks angesehen, und die Denkweise dieser Asen ist schlichtweg zum Kotzen«, berichtete Tom Hermanns bei der Besprechung. »August Lafarge glaubt, bei seinen Handlungen vollkommen im Recht zu sein, wenn er Kinder schändet. Er sagt, er sei nun mal so, damit müsse man sich abfinden. Schließlich hätten sogar die Grünen in den Achtzigern gefordert, Sex mit Minderjährigen straffrei zu stellen.«

»Stimmt das?«, fragte Hanna Karl entsetzt. Sie war auf der Suche nach einer politischen Heimat den Grünen beigetreten und wollte in Kürze für die Öko-Partei bei der Kommunalwahl kandidieren.

»So wahr ich hier sitze«, beteuerte Tom Hermanns. »Lies nach im Internet. Sogar Mitglieder des Bundesvorstandes sollen an dem Beschluss, diesen Scheiß zu fordern, beteiligt gewesen sein.«

Hanna Karl schüttelte sich. »Ich werde dann meine politische Einstellung hinterfragen müssen«, murmelte sie halblaut.

Hermanns ließ sich nicht beirren und berichtete weiter. »Lafarge bezeichnet Nemesis als die Pest. Als skrupellose Mörder, die über harmlose Menschen herfallen würden, noch dazu über solche, die in ihren Unternehmen vielen Menschen Arbeit und Brot gäben. Der Kerl drückt auf die Tränendrüse und verzapft einen unglaublichen

Scheiß. Er stellt sich so dar, als wäre er eine Mischung aus Albert Schweitzer und Mutter Teresa.«

Das wütende Gemurmel schwoll so stark an, dass Detlef um Ruhe bitten musste. Hanna Karl und Klaus Heppner hatten von dem Telefonat mit V berichtet und ihren Bericht über die Vernehmung von Zeiske bereits abgegeben, und alle Kollegen wussten daher über die Lustmorde Bescheid. Heppner hatte dabei auch die Liste mit Namen und Daten der getöteten Mädchen aus der Tasche geholt und verlesen.

»›Natascha Blagojeva – 9 Jahre – 19.06.2012,
Katarina Stepanova – 11 Jahre – 17.07.2012 – 21.02.2012,
Tamara Malgortza – 10 Jahre – 21.08.2012 – 20.03.2012,
Anais Lazarova – 11 Jahre – 18.09.2012 – 16.04.2012,
Sanja Paskali – 10 Jahre – 16.10.2012 – 15.05.2012,
Arjeta Ivanova – 9 Jahre – 20.11.2012,
Larisa Mehmedi – 9 Jahre – 18.12.2012‹.
Die Daten von Februar bis Mai sind die Daten, an denen die Kinder ›nur‹ missbraucht wurden«, hatte Heppner den entsetzten Kollegen erklärt. »An den anderen Daten sind die Kinder umgebracht worden.«

»Sonst war aber nichts Weltbewegendes«, schloss Tom Hermanns jetzt seinen Bericht. »Der Laptop enthielt nur Unternehmensdaten. Vielleicht sollten wir eine Kopie der Daten an Jimmy Hellwich vom KK 23 weiterleiten. Der kann bestimmt mehr damit anfangen.«

»Ziehen wir also ein Fazit aus der bisherigen MK-Arbeit«, bilanzierte Detlef Schall. »Vier Menschen sind tot, denen wohl niemand eine Träne nachweinen wird, der fünfte ist spurlos verschwunden, und die Täter sind nach wie vor auf freiem Fuß. Ein weiterer Todesfall nach einem Mordversuch ist inzwischen auch gerichtlich als Unglücksfall festgestellt. Wir haben darüber hinaus sechs weitere Sexualmorde geklärt und einen Haufen weiterer Straftaten, darunter etliche Sexualdelikte an Kindern. Ein Kollege liegt schwer, aber nicht lebensgefährlich verletzt im Krankenhaus, ebenso der Bandido Zeiske und der Hells Angel Yildiz.«

Er seufzte, holte dann tief Luft und fragte: »Was steht noch aus? Wir müssen nicht nur die ›Farm‹ suchen, in der sich immer noch Kinder von Frauen befinden, die in ›V 24‹ zur Prostitution gezwungen werden, sondern auch den vermissten Odin, dessen wahre Identität wir nicht mal kennen. Ebenso muss uns Zeiske noch den Ort zeigen, an denen er die Leichen der Kinder verscharrt hat. Sein BMW muss auf Spuren untersucht werden, und ebenso warten wir noch auf die Auswertung der Spurensuchen in Julius Lafarges Wohnung und Wagen. Zudem muss Staatsanwalt Ravensbrück noch einen Haftbefehl für Zeiske erwirken.«

Alle nickten und warteten auf die nächste Anordnung.

»Fahrt nach Hause, Leute. Der Tag war lang und ereignisreich genug. Ruht euch aus. Wir sehen uns morgen früh wieder.« Für diesen Satz erntete Detlef Schall die stumme Dankbarkeit der Anwesenden.

Nachdem Klaus Heppner den Vermerk über sein Telefonat mit Odin geschrieben hatte, fuhr er todmüde nach Hause. Seine Lebensgefährtin erwartete ihn bereits an der Tür, nachdem sie sein Auto gehört hatte, und zog ihn schnell in die Wohnung. Er vermutete, dass sie das Essen bereits auf dem Tisch stehen hatte, aber er täuschte sich.

»Ich habe mich sehr einsam gefühlt ohne dich, und da habe ich nach Gesellschaft gesucht«, flüsterte sie ihm zu. »Das sind sie.«

Heppner staunte nicht schlecht. In einem ausgepolsterten Korb in der Ecke ihrer Küche lagen zwei kleine Katzen und schliefen den Schlaf der Gerechten. Die eine war schwarz-weiß-braun gescheckt und erinnerte in der Fellzeichnung eher an eine Kuh als an eine Katze, und die zweite schien pechschwarz zu sein. Erst als sie sich räkelte, bemerkte er einen weißen Fleck in Form eines Sterns direkt unterhalb ihres Kinns.

»Deshalb heißt sie Stella«, erklärte Marion, die begonnen hatte, die schwarze Katze zu kraulen. »Und er hier heißt Percy. Warum, weiß ich allerdings nicht. Ich hatte immer schon über Haustiere nachgedacht, und als ich heute die Nachricht las, dass das Tierheim dringend Katzen abgeben muss, habe ich die beiden abgeholt. Sind sie nicht niedlich?«

Das waren sie in der Tat. Percy hatte inzwischen den Kopf gehoben und sah Klaus Heppner mit seinen bernsteingelben Katzenaugen direkt an. Dann sprang er aus dem Korb, lief auf ihn zu und rieb den Kopf an seinen Beinen. Heppner setzte sich auf den Boden, und der kleine Kater sprang sofort auf seinen Schoß. »Die Katze sucht sich ihren Menschen selbst aus, mein Liebling«, schnurrte seine Ehefrau in spe lächelnd.

»Ich weiß, meine Katze«, lächelte er zurück.

Der Abend verstrich in völliger Harmonie. Als Klaus Heppner in der Nacht aufwachte, lagen beide Katzen nicht in ihrem Korb, sondern am Fußende ihres Bettes. Er schüttelte den Kopf, dachte kurz an Ralf Schmitz' Worte »Hunde haben Herrchen – Katzen haben Personal« und schloss wieder die Augen. Katzen, dachte er schläfrig. Was kommt wohl als Nächstes?

Das dicke Ende. Das konnte er aber noch nicht ahnen.

VIERZEHN

25. Januar 2013

Er sehnte den Tod herbei, doch noch wurde ihm diese Gnade nicht gewährt.

Die vergangenen Tage waren eine einzige Qual gewesen. Sie hatten ihn gefoltert, seine Knochen zerschmettert und ihm immer neue Wunden zugefügt, aber direkt danach versorgt, um ihn am Leben zu erhalten und seine Qualen zu verlängern. Was wollen sie noch von mir? fragte sich Odin. Herausfinden, wer ich wirklich bin? Das konnten sie schon aus den Nachrichten erfahren, die sein Verschwinden sicherlich in die Welt hinausposaunt hatten. Was genau wir getan haben? Das hatten ihnen Bragi und Thor sicher erzählt. Also was?

Müde hob Odin den Kopf, als er hörte, wie sich die Tür des fensterlosen Raumes öffnete, in dem er seit wie vielen Tagen gefangen war? Er wusste es nicht mehr. Das schummrige Licht, das von einer gedimmten nackten Birne an der Decke erzeugt wurde, war immer gleich, sodass eine Unterscheidung von Tag und Nacht unmöglich war.

Odin war nackt, und der Stuhl, auf dem er saß, hatte ein Loch in der Sitzfläche, durch das er seine Exkremente in eine Art Plumpsklo ablassen konnte, solange sich noch Nahrung in seinem Magen-Darm-Trakt befunden hatte. Seine Unterarme waren auf den Lehnen des hölzernen Stuhls festgeschnallt, die Beine waren frei, was ihm aber nichts nützte, weil man ihm zuerst die Füße gebrochen hatte. Und selbst wenn er stehen könnte: Wohin sollte er fliehen?

Der Mann, der sich ihm als V vorgestellt hatte, setzte sich ihm gegenüber in einen Sessel und betrachtete ihn eingehend. Dann, als habe er einen Entschluss gefasst, nickte er, löste die Schnallen an Odins rechtem Arm und reichte ihm zwei Blätter eng beschriebenen Papiers.

»Lesen Sie dies hier vor, und wir werden Ihren Wunsch erfüllen.« Er holte ein Kamerahandy aus der Tasche und bereitete sich darauf vor, Odins Worte aufzuzeichnen.

Jetzt wurde Odin klar, warum die drei Männer darauf verzichtet hatten, seine rechte Hand unbrauchbar zu machen. Er griff zitternd nach dem Papier und las, was dort geschrieben stand. Mit einem letzten Anflug von Stolz ließ er das Blatt sinken. »Das hier lese ich nicht. Es ist einfach zu schlecht geschrieben. Der Inhalt stimmt, aber es ist nicht mein Stil. Ich werde frei sprechen und alles bestätigen, was Sie wollen.«

V dachte kurz nach und nickte seinem Gefangenen zu. Der begann mit überraschend klarer und volltönender Stimme zu sprechen.

»In gewissen Kreisen kennt man mich unter dem Namen Odin. Mein Geburtsname dürfte Ihnen bekannt sein, sodass es müßig ist, ihn zu nennen, da ich vermute, dass dieses Video den Ermittlungsbehörden zugespielt werden wird. Ich befinde mich seit mehreren Tagen in der Hand einer Gruppe, die sich Nemesis nennt und deren Anführer sich mir unter dem Synonym V vorgestellt hat. Ich wurde in den letzten Tagen gefoltert, und ich weiß, dass ich in Kürze getötet werde. Wo ich bin, ist mir unbekannt, und die Hoffnung, rechtzeitig gefunden zu werden, habe ich aufgegeben. Die Qualen, die ich erleiden muss, sind unerträglich geworden, und ich bete darum, sterben zu können. Wenn ich diese Erklärung abgegeben habe, wird mir mein Wunsch erfüllt. Deshalb schildere ich jetzt, was wir seit Februar des letzten Jahres an jedem dritten Dienstag im Monat getan haben …«

***

»Glaubt einer von euch noch ernsthaft daran, dass Odin noch lebt?« Detlef Schall richtete die Frage an alle, und die Antwort war ein einhelliges Kopfschütteln. »Ich auch nicht«, fuhr er fort und rieb sich die Augen.

»Tja, offenbar stirbt man schnell, wenn man sich in den Händen von Nemesis befindet«, kommentierte Staatsanwalt Ravensbrück, der bei den Polizisten saß und missvergnügt einen Kaffee schlürfte. Das Zeug war heiß.

»Oder gar nicht«, frotzelte Tom Hermanns mit einem Seitenblick auf Klaus Heppner.

Bereits wenige Stunden nach der fehlgeschlagenen Aktion zur

Befreiung Hödurs wusste die MK, wer sich hinter dem Namen Odin verbarg. Sein wirklicher Name war Joachim von und zu Steinfeld – tatsächlich »von und zu«, nicht einfach »von Steinfeld« –, und er war einer der persönlichen Referenten des amtierenden NRW-Justizministers. Er entstammte einer uralten Adelsfamilie, die über jeden Verdacht erhaben schien. Alle Zweifel an seiner Identität waren jedoch verflogen, als der Mercedes des Referenten in direkter Nähe der Waldhütte am Leichenweg aufgefunden worden war und Zeiske von Steinfeld als Odin identifiziert hatte.

Der Minister hatte sich spontan vom Treiben seines Referenten distanziert und ihn in Abwesenheit achtkantig gefeuert. Unter der Hand hatte er mitteilen lassen, dass es ihn bereits gewundert habe, wieso sich der »Auf und davon«, wie er Steinfeld nannte, so sehr um eine Liberalisierung des Paragrafen 176 des Strafgesetzbuches bemüht hatte. Auch das passte zum Bild Odins und zu den Angaben gegenüber Zeiske.

Ravensbrück hatte es sich nicht nehmen lassen, die Waldhütte als Tatort in Augenschein zu nehmen, und dabei fast gekotzt, was er als Hustenanfall zu tarnen versuchte. Die Überprüfung der Hütte und des Waldstücks beim Katasteramt hatte ein überraschendes Ergebnis erbracht: Grund und Boden gehörten der KMP. Kollmann war somit sozusagen auf heimischem Geläuf gestorben. Der Waldboden passte von der organischen Struktur zu der Erde unter seinen Fingernägeln.

Steinfelds Verschwinden hatte in den Boulevardblättern einen wahren Sturm entfacht. Pfiffige Reporter hatten tatsächlich die Verbindungen zwischen Kollmann, den Lafarges, Verstruycken und von Steinfeld bis in die Aachener Studienzeit zurückverfolgt und zogen ihre Schlüsse aus dem Verschwinden des Politikers. Die Pressestelle des PP enthielt sich jeglichen Kommentars und beschränkte sich auf die Bestätigung der Identifizierung, und sowohl Stefanie van Polter als auch Professor Majewski hatten alle Asen wiedererkannt.

Zeiske hatte die Beamten zu der Stelle geführt, an denen er die zerstückelten Leichen der Kinder vergraben hatte. Obwohl inzwischen eine leichte Schneedecke den Waldboden bedeckte, hatte er keine Probleme gehabt, den Ort zu finden. Vom Rollstuhl aus und mit den Händen in Handschellen dirigierte er die Ermittler mit ihren Spaten, die den gefrorenen Boden aufbrachen und schließlich die Leichen entdeckten. Zeiske freute sich wie ein Kind über sein gutes Gedächtnis. Na, wenn er Spaß daran hat, dachte Heppner lakonisch und schob ihn zurück zu dem Transportfahrzeug, das ihn in die JVA Castrop-Rauxel zurückbringen würde.

Professor Kürten und sein Team hatten in den folgenden Tagen aus dem Puzzle sieben Kinderleichen zusammengesetzt und die Opfer identifiziert. Ihre Mütter holten verschiedene Einsatzkommandos in einer konzertierten Aktion anschließend aus sechs verschiedenen Bordellen in ganz Deutschland heraus. Das Gleiche war bei der sogenannten Farm passiert, einem abgelegenen Bauernhof in der Nähe von Höxter, wo sechzehn Kinder zwischen drei und zwölf Jahren aus der Gewalt der Bandidos befreit werden konnten. Anschließend nahm die Aussagebereitschaft ihrer von der MK informierten Mütter derart spontan zu, dass innerhalb von zwei Tagen fast der gesamte Führungszirkel der Bandidos hinter Gittern landete – sehr zur Freude der Hells Angels, aber auch der MC Gremium und Satudarah, die sich sofort anschickten, in die Fußstapfen der zerschlagenen Rockergruppe zu treten.

Zu guter Letzt hatten Ede Vollstraß und sein Team in Zeiskes BMW etliche genetische Spuren der getöteten Kinder entdeckt, sodass die Sache absolut rund war. Tüpfelchen auf dem i war der Laptop von August Lafarge gewesen, auf dessen Festplatte die Experten Aufzeichnungen über Schmiergeldzahlungen Lafarges an Verteidigungsminister von drei europäischen Staaten fanden, welche danach Lafarges Soft- und Hardware für ihre Armeen geordert hatten. Für sie war dann Edeka – Ende der Karriere. Kurz und gut: Die Presse, Strafverfolgungsorgane in drei Ländern und insbesondere unser KK 21 freuten sich, aber die MK war auf der Suche nach Odin und den Mitgliedern von Nemesis noch keinen Schritt weiter.

»Klaus, da ist jemand am Telefon für dich«, rief Nadine Resznick Heppner von der Tür aus zu. Er sah Detlef Schall fragend an, deutete sein Nicken als Zustimmung und folgte Nadine an ihr Telefon. »Ja, hier Heppner«, meldete er sich.

»Es ist schön, Sie mal wieder zu sprechen, Herr Heppner«, begrüßte ihn eine wohlbekannte Stimme. Heppner machte Nadine hektische Zeichen, die sofort verstand und Aufzeichnung und Fangschaltung aktivierte.

»Hallo, V! Was kann ich für Sie tun? Oder wollen Sie etwas für mich tun und mir sagen, wo wir Odin finden?«

V lachte leise. »Den finden Sie schon noch. Vorher wollte ich mich mit Ihnen treffen. Seien Sie in genau zehn Minuten am Lifesaver, und kommen Sie allein und zu Fuß. Keine Eskorte, keine verdeckten Greiftrupps. Ich würde sie vorher erkennen. Aber kommen Sie schnell. Es wird sich mit Sicherheit für Sie lohnen.« Ohne ein weiteres Wort legte V auf.

»Nadine, informiere die anderen. Ich nehme das Diensthandy mit Endziffer Sechs mit und gehe auf Konferenzschaltung. Tempo, Mädchen! Vielleicht bekommen wir Nemesis auf diese Weise. Hochmut kommt bekanntlich vor dem Fall.«

»Soll nicht jemand mitkommen?«

»Schon, aber sie sollen mir einzeln und mit Abstand folgen. Sie sind zu dritt, und das Präsidium wird garantiert von ihnen beobachtet. Die Kollegen sollen das Haus einzeln und durch die verschiedenen Ausgänge verlassen. Beeilung!«

Heppner stopfte sich den Ohrstöpsel des Diensthandys ins rechte Ohr und rannte los.

Es war nicht weit bis zum Lifesaver, dem Brunnen mit der Figur von Niki de Saint Phalle, und er musste vom PP einfach immer nur geradeaus laufen. Trotzdem war er fast zu spät, und als er mit vor dem Mund kondensierenden Dampfwolken seines keuchenden Atems ankam, war kaum ein Mensch zu sehen. Nur wenige Passanten hielten sich am heutigen Morgen auf der Königstraße auf, und noch weniger blickten argwöhnisch auf einen abgehetzt wirkenden Endvierziger, der sich um Atem ringend auf den Rand des Brunnens setzte.

»Irgendwelche Feststellungen?«, hörte er Hanna Karls Stimme in seinem rechten Ohr. »Nichts.« Seine Atemlosigkeit ließ Heppner einsilbig werden.

»Okay, du bist aber in der Zeit. Er wird sich schon melden.«

In der Tat meldete sich V, aber auf makabre Art.

Während sich Heppner weiter suchend umsah, summte es in seiner Hose. Sein Handy zeigte ihm erneut den Anruf eines Mobiltelefons an, das er nicht kannte. Langsam ging ihm V auf die Nerven.

»Gehen Ihnen nicht allmählich die SIM-Karten aus?«, begann Heppner das Gespräch, und V lachte herzhaft.

»So lange es ALDI TALK und NettoKOM gibt, bestimmt nicht«, meinte er launig. »Sie sind in Position, wie ich feststelle.« Sofort zuckten Heppners Blicke hin und her, doch unter den Passanten konnte er keine Person sehen, die dem Konterfei von Hülya Orucs Zeichnung entsprach.

»Machen Sie sich keine Hoffnungen, ich bin nicht vor Ort«, unterbrach V fast tröstend seine Suche. »Ich lasse mir nur berichten, wo Sie gerade sind, Herr Heppner.«

»Warum gerade ich?«, fragte Heppner, um Zeit zu gewinnen. Natürlich hatte er sein Privathandy in den Verbund geschaltet und wusste daher, dass die Kollegen mithörten und eine Fangschaltung bereits lief.

»Sie sind mir einfach sympathisch«, entgegnete V. »Ihre Einstellung ist gut. Sie versuchen, mit extrem hohem persönlichem Einsatz die Täter zu fangen, vergessen dabei aber auch das Leid der Opfer nicht. Solche Polizisten sind leider selten geworden. Und Ihr Humor gefällt mir. Ich habe es schon mal gesagt: Es ist schade, dass wir nicht mal ein Glas Wein miteinander trinken können.«

»Mensch, V«, seufzte Heppner, »Sie haben mich doch nicht nur auf den Trimmparcours geschickt, um Floskeln auszutauschen.«

»Ganz bestimmt nicht. Sehen Sie mal in den Papierkorb vor dem Tabakwarenladen. Unter dem Rand ist etwas angeklebt, das ein paar Ihrer Fragen zu Odin beantworten wird.«

»Lassen Sie mich raten: Wieder ein USB-Stick mit einem hübschen Foltervideo?«

V gab ein bestätigendes Brummen von sich. »Wir haben jetzt neun Uhr fünfundvierzig. Im Moment ist Odin alias von und zu Steinfeld noch am Leben. Das wird sich allerdings binnen dreißig Minuten ändern. Sie werden keine Chance haben, ihn jetzt noch zu retten. Wenn Sie den zweiten Videoclip auf dem Stick gesehen haben, werden Sie verstehen, warum wir keine Gnade haben walten lassen. Odin und seine Kumpane waren die perversesten Verbrecher, die mir je begegnet sind. Sie durften nicht weitermachen.«

Nach der kurzen Rede hielt er kurz inne, dann sagte er: »Ich werde noch einmal mit Ihnen Kontakt aufnehmen, wenn unsere Arbeit getan ist. Bis dahin wünsche ich Ihnen eine angenehme Gruselstunde. Denken Sie immer daran: Die scheinbaren Opfer hatten es verdient. Erst seitdem wir uns mit Odin befasst haben, wissen wir, wie sehr, und Sie werden es auch wissen.«

Wieder einmal war die Leitung abrupt tot. Schon während der letzten Worte stand Klaus Heppner neben dem Mülleimer und griff unter den Rand. Gott sei Dank waren die Behälter höchstens halb voll, und er musste sich auf der Suche nicht durch Bananenschalen und ketchupbedeckte Pommesschalen wühlen.

»Verpiss dich, du Spacko, das sind meine Tonnen!«, hörte er plötzlich eine heisere Stimme hinter sich. Ein ungepflegt wirkender Mann Mitte dreißig, der eine Mülltüte in der Hand trug, hatte sich drohend vor ihm aufgebaut.

Heppner sah ihn interessiert an. »Die gehören doch wohl der Stadt Duisburg, oder?«

»Jetz komm mir nich so, du Arschloch!«, knurrte der Mann und hob drohend die Faust. »Wenn du nur eine Flasche da rausholst, ficke ich dich ins Knie, du Wichser!«

Aha, dachte Heppner, ich bin an einen militanten Flaschenpfandsammler geraten. Nicht nur in Zeiten der Rezession gab es Menschen, an denen ein Wirtschaftsaufschwung spurlos vorbeiging. Einige davon hatten eine innovative Idee und sammelten weggeworfene Pfandflaschen, die sie dann zur Sammelstelle brachten, um das Pfand zu kassieren. Die Reviere, in denen jeder sammeln durfte, waren hart umkämpft, und offenbar wurde mit harten Bandagen gegen Reviereindringlinge vorgegangen.

»Dein Pfand kannst du behalten, Bursche.« Heppner ließ ihn kurz seinen Dienstausweis sehen, was ihn heftig zusammenzucken ließ. »Ich suche nach was anderem – aah, da ist es schon.« Mit einem Ruck zog er die Klarsichthülle, die mit doppelseitigem Klebeband befestigt war, von der Unterseite des Deckels ab. »›16 GB‹«, las er. »Die Ansprüche werden offenbar kleiner.«

Sein Freund, der Sammler, sah interessiert auf den Stick. »Äääh … Herr Polizeirat, können wir nich so tun, als wenn ich dat Ding da gefunden hätte und Sie mir so wat wie'n Finderlohn geben?«

Die Dreistigkeit des Kerls war schon putzig. Heppner schnippte ihm belustigt eine Zwei-Euro-Münze zu, die er geschickt auffing. »Das sind fünfundzwanzig Bierflaschen, die du jetzt nicht mehr schleppen musst. Also sei zufrieden!«

Er nickte und wandte sich im Gehen noch mal um. »Wollen Se wissen, wer dat Dingsda angeklebt hat? Hab ich nämlich gesehen heute Morgen. Ich dachte, wat fummelt der Lackaffe da rum? Na, is wohl nich so wichtig.«

»Moment mal, mein Freund«, hielt Heppner den Mann zurück, der sich von der Anrede sichtlich geschmeichelt fühlte. Heppner zeigte ihm die Bilder von V und W, doch der Streuner schüttelte den Kopf. »Nee, der war jünger. Weiß nich, ob ich ihn erkennen würde, aber die zwei waren's nich.«

Er gab seinen Namen mit »Michael Wohlgemut« an und beantwortete die Frage nach seinem Wohnort mit »Mal hier, mal da«.

Nette Umschreibung für Obdachlosigkeit, dachte Heppner und ließ ihn gehen, nachdem er ihm eine Visitenkarte und weitere fünf Euro zugesteckt hatte.

Dreißig Minuten später saßen alle im Saal 101 des Präsidiums und bereiteten sich auf das Schlimmste vor. Nicht nur die Mitglieder der MK, sondern auch StA Ravensbrück und die Führungsriege des PP Duisburg warteten auf die Vorführung der Videoclips vom USB-Stick. Als die Datei aufgerufen wurde, projizierte der Beamer das Bild auf eine große Videoleinwand am Kopfende des Saals.

Detlef Schall hatte darauf hingewiesen, dass die Videos nichts für schwache Nerven seien, aber offenbar überwog die morbide Faszination gegenüber der Pietät. Zur allgemeinen Überraschung zeigte das erste Bild einen auf den ersten Blick unversehrt wirkenden, wenn auch nackten Odin, der begann, eine Erklärung abzugeben.

»Wir erleben offenbar das Geständnis Odins mit, oder irre ich mich da?«, fragte KD Kaluzny.

»Scheint so«, zuckte Schall die Schultern und deutete auf den Bildschirm. »Hören wir mal, was er zu sagen hat.«

»... haben François Kollmann alias Thor, Jeroen Verstruycken alias Bragi, Julis Lafarge alias Balder, August Lafarge alias Hödur und ich alias Odin schon kurz nach unserem Studium entdeckt, dass wir allesamt ein Faible für Hardcore-SM haben. Jahrelang haben wir alles nur eher theoretisch durchgeführt, doch seit einigen Jahren leben wir unsere Neigung auch körperlich aus. Immer am gleichen Tag, dem jeweils dritten Dienstag im Monat. Wir haben uns zunächst verschiedener Nutten bedient, die das Ganze mitgemacht haben, doch wir wollten bald mehr Gewalt und weniger Züchtigung. Die Nutten haben sich gegen die Schläge gewehrt und wollten uns sogar ihre Luden auf den Hals hetzen. Der Verwalter des Puffs, in den wir immer gegangen sind, machte uns dann das Angebot, uns mit Material zu beliefern, das sich nicht wehren kann.«

»Damit waren Kinder gemeint«, ertönte eine Stimme, die Heppner als die von V erkannte.

Von und zu Steinfeld nickte. »Ja. Dieser Zeiske hat uns sogar versichert, dass nach den Bälgern kein Hahn krähen würde. Wir hatten echt viel Spaß mit den kleinen Gören, und ich glaube, auch sie haben es genossen – wenigstens bis Mitte letzten Jahres.«

»Glauben Sie echt, dass die kleinen Mädchen es genossen haben, von Ihnen geschlagen, misshandelt und vergewaltigt zu werden?«

Der befragende V konnte seinen Unglauben jetzt nicht mehr zurückhalten, doch Odin war offenbar felsenfest dieser Meinung.

»Aber ja! Diese kleinen geilen Stuten entstammen doch einer langen Ahnenreihe von Nutten. Das steckt denen im Blut, geritten zu werden, und zum Reiten gehört die Gerte doch dazu!«

»Sie haben also bis Mitte letzten Jahres jeden dritten Dienstag im Monat Kinder vergewaltigt. Was geschah dann?« Vs Verhörfragen hätten von einem Polizisten oder Staatsanwalt stammen können, dachte Heppner. Und da kam ihm ein Gedanke, den er beiseiteschob, während er weiter zusah.

»Wir waren gerade richtig schön zugange, als Thor, der gerade an der Reihe war, plötzlich innehielt und meinte: ›Die bewegt sich nicht mehr.‹ ›Ach, das Flittchen hat bloß keinen Bock mehr‹, sagte Bragi, und alle lachten. Thor schüttelte die Kleine, ließ sie fallen und meinte: ›Die ist hin.‹ ›Wie, hin?‹, echote Hödur, und Thor verpasste der Leiche einen Tritt. ›Die ist mausetot‹, meinte er und setzte sich zu uns. ›Echt tot?‹, fragte Balder interessiert und trat zu der Leiche, die er interessiert musterte. ›Ich habe es noch nie mit einer Leiche getrieben‹, sagte er gierig und machte sich ans Werk.

Man muss verstehen, dass er an dem Abend noch nicht an der Reihe gewesen war.«

Unter den Anwesenden brach Unruhe aus, und Detlef Schall unterbrach die Wiedergabe. »Ich fürchte, das wird so oder noch schlimmer weitergehen. Wer will, der möge jetzt den Saal verlassen.«

Fünf Kollegen, darunter Peter Elgert und Tom Hermanns, verließen den Saal. »Sonst kotze ich gleich«, raunte Letzterer dem neben ihm sitzenden Klaus Heppner zu. Dieser konnte ihn verstehen, entschied sich aber, zu bleiben. Detlef Schall wartete, bis sich die Tür wieder geschlossen hatte, und setzte die Wiedergabe fort.

»Thor war den ganzen Rest des Abends bester Laune. Offenbar hatte der Tod des Mädchens ihm den ultimativen Kick verschafft. Ich habe den Körper dann an diesen Zeiske zurückgegeben, und der war gar nicht abgeneigt, die Drecksarbeit mit der Leichenbeseitigung zu übernehmen. Kostet nur extra, hat er gesagt. Zeiske schlug ein, und der Handel war besiegelt.«

Schall musste die Aufnahme erneut stoppen. Das ging nicht nur an die Nieren. Allen Anwesenden war übel, und Hanna Karl öffnete die Fenster, damit zusätzlicher Sauerstoff hereinkommen konnte. Auf Detlef Schalls Nicken ging es weiter.

»Das nächste Objekt erwies sich als erheblich zäher. Wir konnten machen, was wir wollten, sie ist einfach nicht abgekratzt, obwohl wir schon zu dritt alle natürlichen Körperöffnungen bedient hatten. Da kam Thor auf eine Idee. Er fragte, warum wir uns auf die natürlichen Körperöffnungen beschränken sollten …«

Plötzlich waren aus dem Off deutliche Würgegeräusche zu hören, gefolgt von einer mühsam beherrschten Stimme: »Hier keine Details, bitte!«

Alle noch im Raum Verbliebenen sahen sich an, offenbar dankbar für die durch Nemesis verhängte Vorab-Zensur.

»Okay, von mir aus, wenn Sie das nicht aushalten«, sagte Steinfeld/Odin in herablassendem Ton. »Jedenfalls dauerte es fast acht Stunden, bis das Objekt nicht mehr atmete. Die Entsorgung erfolgte dann routinemäßig über Zeiske.«

»Ich denke, das reicht uns …«, ließ sich die Stimme aus dem Off nun vernehmen, aber Steinfeld/Odin war noch nicht zu bremsen.

»Halt, ich bin noch nicht ganz fertig. Beim nächsten Treffen hatte Bragi nämlich eine wunderbare Idee. ›Was haltet ihr denn von einer Sportswette?‹, fragte er uns. ›Wir tippen auf die Zeit, wann das Objekt abnippelt. Jeder zahlt zwanzig Riesen, und das Geld wandert in den Pott. Wer am nächsten dran ist, bekommt die Hälfte des Potts, und der Rest bleibt als Jackpot. Wenn einer die Zeit auf … na, sagen wir, fünf Minuten genau trifft, räumt er den Jackpot ab. Na, was haltet ihr davon?‹ Wir waren hin und weg und nahmen den Vorschlag begeistert an. Von da ab machte das Ganze doppelt so viel Spaß.«

Hanna Karl stürmte würgend an Detlef Schall vorbei Richtung Tür, und sie war nicht die Einzige. Wer blieb, hatte das nur dem Umstand zu verdanken, dass die mörderische Wut stärker war als die Übelkeit.

»Bevor wir dazu übergehen, Sie Ihrer gerechten Strafe zuzuführen, möchte ich Sie noch fragen, wo Sie diese Scheußlichkeiten ausgeführt haben?«, fragte der für die Kamera unsichtbare V.

»Hülsdeller Weg 216, 40629 Düsseldorf. Das ist oben an der Bergischen Landstraße. Ich habe dort wegen meiner Arbeit im Ministerium ein frei stehendes Haus angemietet. Es steht weit genug von der übrigen Bebauung weg, und da konnten die Objekte kreischen, wie sie wollten. Außer uns hörte sie ja doch keiner.«

»Zu guter Letzt jetzt noch eine Frage, Odin: Wer waren diese Kinder, die Sie und Ihre Freunde geschändet und ermordet haben? Wie hießen sie?«

Odin sah ungeduldig aus. »Ja, glauben Sie im Ernst, wir hätten nach Namen gefragt? Die waren doch für uns nur Objekte zum Verbrauchen. Wieso sollten mich die Namen interessieren? Jetzt reicht mir dieses Theater aber. Sie haben gesagt, Sie töten mich. Tun Sie es! Sie haben mich zum Krüppel gefoltert, und jede Sekunde habe ich furchtbare Schmerzen. Nun bringen Sie es endlich zu Ende!«

Das Video brach ab, und der Desktophintergrund des Dienstrechners füllte die Leinwand.

Detlef Schall sah sich um. »Alle raus bis auf Klaus und mich. Das muss sich keiner mit ansehen.« In offenkundiger Erleichterung verließ der Rest der Truppe den Raum, und einige klopften Heppner mitleidig auf die Schultern.

Seufzend rief Detlef Schall die zweite Datei auf, doch das Ergebnis überraschte die beiden Polizisten. Auf der Leinwand erschien das Gesicht eines Mannes um die sechzig, dessen hervorragendes Aussehen nur durch eine lange Narbe auf der linken Wange getrübt wurde. Es musste V sein, denn sein Aussehen glich der Zeichnung von Hülya Orucs Retter aufs Haar, und wieder einmal bewunderte Klaus Heppner Gedächtnis und zeichnerische Fähigkeiten der Kollegin gleichermaßen.

»V ohne Maske, sieh an«, murmelte Detlef Schall überrascht. »Es sieht aus, als wäre die Zeit des Versteckspielens vorbei.«

»Sie werden sicher etwas anderes erwartet haben als mich«, begann V seine Ausführungen. »Folter und Verstümmelungen, wie es in den anderen Videonachrichten gezeigt wurde. Das ist hier nicht der Fall. Es ist jetzt, da unsere Aufgabe getan ist, nicht mehr nötig, unsere Gesichter zu verbergen – mit einer Ausnahme. Wenn Sie diese Aufnahme sehen, bin ich schon nicht mehr in Deutschland. Wenn Sie also mein Bild zu Fahndungszwecken verbreiten, wird es mich nicht stören. Fahndungen aus Deutschland kratzen die Polizei dort, wo ich mich seit Jahren ständig aufhalte, ohnehin wenig. R muss Ihnen unbekannt bleiben und wird daher nicht offen auftreten. W hingegen ist Ihnen ja schon bekannt. Ein Kompliment Ihrer Kollegin, die offenbar ein fotografisches Gedächtnis hat. So jemanden auf Streife zu schicken ist Verschwendung. Allerdings hält sich W auch nur noch selten in Europa auf. Er ist also relativ sicher vor Ihnen. Sie werden bestimmt wissen wollen, wo Sie Odin finden können. Er hat es Ihnen bereits gesagt. Wir werden ihn dort hinterlassen, wo er seine Verbrechen verübt hat. Der Kreis hat sich geschlossen. Ursprünglich hatten wir sogar geplant, Odin am Leben zu lassen. Verkrüppelt, kastriert, aber in der Öffentlichkeit als das Ungeheuer, das er war, geächtet. Das hätte Tradition gehabt, siehe Steve McQueen im Western ›Nevada Smith‹. Wir haben uns jedoch dagegen entschieden. Von und zu Steinfeld hat zu großen Einfluss, das Geständnis ist unter Folter erzwungen und somit nicht gerichtsverwertbar, und ob an den Leichen und hier im Keller genügend DNA-Spuren vorhanden sind, um ihn zu überführen, ist auch nicht sicher. Und selbst wenn, hätten wir keine Lust gehabt, zu erleben, wie ein Gutachter seine Taten als Produkt einer geistigen Erkrankung diagnostiziert, seine Schuldfähigkeit in Frage stellt und er statt in den Knast in ein bequemes Sanatorium wandert, mit individueller Betreuung, Freigang und allem, was ein bequemes Leben ausmacht. Sie können nicht abstreiten, dass dies oft genug geschieht, wenn der Täter über eine ausreichende Lobby verfügt. Die Opfer dieser Bestien verdienen Gerechtigkeit und die sexuelle Abartigkeit der Täter keinerlei Verständnis. Wie ich schon sagte: ›Den Schuldigen zu schonen heißt, die Opfer zu bestrafen‹, sagte schon John Locke. Danach handeln wir. Nemesis wird weiterbestehen, auch wenn wir vorübergehend nicht aktiv werden. Das Wissen um unsere Existenz wird vielleicht einige Perverse abschrecken. Nur ein Kind, das dadurch gerettet wird, rechtfertigt unsere Existenz. Zeiske wird über uns reden, vor Gericht, innerhalb der Bandidos und im Knast. Die Nachricht von der Existenz gnadenloser Rächer wird sich verbreiten und wahrscheinlich auch Ihnen die Arbeit erleichtern. Ob ich mich noch mal bei Ihnen melden werde, hängt von den Umständen ab. Ich wünsche Ihnen jedenfalls viel Glück bei der zukünftigen Mörderjagd.«

Das Bild erlosch. Detlef Schall hatte schon während der Wiedergabe die Düsseldorfer Kollegen alarmiert und erhielt jetzt einen Rückruf.

»Moment, ich schalte auf Lautsprecher«, sagte er und drückte auf eine Taste seines Smartphones, sodass Heppner die Worte eines Kollegen von der Leitstelle »Düssel« mithören konnte.

»Die Leute vom KK 11 haben gerade einen Einsatz zur Adresse Hülsdeller Weg 216 angemeldet. Da gibt es schon einen, habe ich ihnen gesagt. Das Haus brennt lichterloh.«

***

»Nach dem Löschen haben wir das Gebäude betreten und dabei eine Leiche gefunden«, berichtete André Tiefenbach etwa sechs Stunden später. »Der Bursche saß gefesselt in einem Stuhl, und er wies etliche Schnitt- und Stichwunden auf. Die waren aber nicht todesursächlich, denn die Wunden waren abgedichtet. Eure

Nemesis-Freunde haben das Ausbluten von Odin verhindert, indem sie Dildos in die Wunden gestopft haben. Von Steinfeld war also noch am Leben, als das Haus angefangen hat zu brennen.«

Heppner wurde übel bei dem Gedanken, und anderen ging es offenbar genauso.

»Glücklicherweise sterben die Menschen in brennenden Häusern ja normalerweise an der Rauchvergiftung, oder sie sind zumindest bewusstlos, wenn die Flammen auf den Körper übergreifen«, murmelte er.

André Tiefenbach schüttelte den Kopf. »Diese Gnade hat man dem Opfer nicht gewährt. Odin trug eine Sauerstoffmaske, die ihn mit Frischluft versorgt hat. Wie viel er vom Brand mitbekommen hat, kann ich nicht sagen. Jedenfalls ist er nicht durch Verbrennungen gestorben, sondern durch die Explosion der Pressluftflasche unter seinem Stuhl. Das Letzte, was er in seinem erbärmlichen Leben gesehen haben dürfte, waren wohl seine Eier, die nach dem großen Knall an seinem Gesicht vorbeiflogen.«

Staatsanwalt Ravensbrück, der gerade neben Klaus Heppner stand, lachte kurz auf. »Das war bestimmt nicht so geplant. Schön, zu sehen, dass auch Nemesis Fehler macht. Gut so! Allmählich habe ich schon geglaubt, sie seien so was wie Batman, Robin und Spider-Man.«

Heppner sah Ravensbrück prüfend an. Irgendetwas hatte eine schlummernde Erinnerung geweckt, und plötzlich wurde es ihm klar.

»Hätten Sie mal einen Moment Zeit?«, flüsterte er Ravensbrück zu, und dieser nickte. »Nach der Besprechung in meinem Zimmer?«

Ravensbrück nickte erneut, wobei sein Gesicht eine Mischung aus Überraschung und Neugier zeigte.

»Derzeit haben wir keine Möglichkeit, die Mitglieder von Nemesis zu identifizieren, abgesehen von Hülya Orucs Zeichnungen und dem Video, und eine Öffentlichkeitsfahndung wollen wir noch nicht einleiten, um die Rächer nicht auch noch zu adeln, wie die Staatsanwaltschaft es formuliert hat.« Detlef Schall blickte leicht verstimmt in Richtung von Ravensbrück, der entschuldigend die Arme spreizte.

»Entscheidung der Behördenleitung, nicht meine. Tut mir leid.«

Der Unmut gegen Ravensbrück hielt sich in Grenzen, da er nicht nur den Haftbefehl gegen Zeiske wegen Beihilfe zum Mord erwirkt hatte, sondern auch dafür gesorgt, dass der Tatvorwurf auf Mittäterschaft beim sechsfachen Mord ausgeweitet wurde. Trotz seiner Aussage würde Zeiske sehr lange gesiebte Luft atmen müssen, und sein Anwalt hatte bereits angedeutet, gegen kein zeitlich befristetes Urteil in Revision zu gehen.

Sorgen machten sich die Beamten im Moment nur um Patrick Yildiz, dem Klaus Heppner die Hintergründe der Tat seiner Frau persönlich erläutert hatte. Yildiz hatte geweint, wie Heppner noch nie einen Mann hatte weinen sehen. Nur unter dem Hinweis auf seine Tochter konnte er ihn von sofortiger Rache an Zeiske zurückhalten, fragte sich aber, wie lange dieser Zustand anhalten würde.

Ravensbrück betrat fünf Minuten nach Ende der Besprechung Heppners Büro. »Entschuldigen Sie, Herr Heppner, aber ich musste vorher noch telefonieren.« Er setzte sich, schlug die Beine übereinander und sah sein Gegenüber erwartungsvoll an, doch dieser schwieg noch geraume Zeit, bis Ravensbrück die Stirn runzelte. Dann sprach Heppner ihn an.

»Oh, Herr Ravensbrück, ich kann mir sehr gut vorstellen, mit wem Sie telefoniert haben. Haben Sie eigentlich bewusst Ihre Initiale als Kürzel für die Nemesis-Identität gewählt, oder wofür steht das R?«

Ravensbrück sah Heppner mit offenem Mund an.

»Es war nicht leicht, die erforderlichen Schlüsse zu ziehen«, fuhr dieser fort. »Sie haben sich und die anderen gut abgeschirmt, und wenn ich ehrlich bin, habe ich auch nur Indizien.«

»Und die wären?«, fragte Ravensbrück in offenkundiger Erheiterung.

»Oh, da waren schon einige. Ihre häufige Abwesenheit zum Beispiel. Alle dachten, Sie seien Ihrer Stellung entsprechend Tennis oder Golf spielen. Stattdessen haben Sie sich mit Ihren Freunden auf eine nette Entführungs- oder Folterstunde getroffen. Dann Ihre Vita: Ich habe erfahren, dass Sie nur Staatsanwalt wurden, um Sexualmörder zu jagen und hinter Gitter zu bringen, und habe mich über Sie erkundigt. Vor einem Jahr haben Sie die Anklage gegen einen Täter verteidigt, der seine Freundin vergewaltigt, gefoltert und ermordet hatte. Dieser Täter wurde trotz Ihres Einsatzes zwar verurteilt, aber nach psychiatrischen Gutachten, die Sie verzweifelt anzufechten versuchten, für schuldunfähig erklärt und nur in eine forensische Klinik eingewiesen. Nachdem Sie öffentlich erklärt hatten, was der Mann eigentlich verdient hätte, wurde Ihnen vom Justizministerium ein scharfer Verweis erteilt.«

»Sonst noch was?« Ravensbrück war mittlerweile aufgestanden und ging Richtung Tür.

»Oh ja, und das war eigentlich das entscheidende Indiz«, sagte Heppner leise.

Ravensbrück blieb, die Hand an die Türklinke gelegt, stehen und drehte sich noch einmal um. »Nur aus Neugier: Was soll mich verraten haben – gesetzt den Fall, ich wäre R, wie Sie es vermuten?«

»Zwei Dinge, Herr Ravensbrück: Zum einen wusste V einfach zu viele Details aus unserem Ermittlungsverfahren. Er war uns ständig einen Schritt voraus, und das war nur mit Insiderwissen möglich.«

»Schön und gut, vielleicht war wirklich ein Maulwurf bei der MK, aber wieso ich?«

»Tja, das finden Sie wohl zum Lachen, was? Lachen Sie doch noch mal, Herr Ravensbrück. Es war Ihr Lachen, das Sie endgültig verraten hat.«

Der Staatsanwalt zog irritiert die Stirn in Falten.

»Als ich mich in der Gewalt von Nemesis befand, hat V ein Ratespiel mit mir durchgeführt, in dessen Verlauf ich Rachefilme aufgezählt habe. Statt des bekannteren ›Ein Mann sieht rot‹ mit Charles Bronson erwähnte ich ›Ein Richter sieht rot‹ mit Michael Douglas, und einer von Nemesis lachte kurz auf, was V geärgert hat. Nur ein Jurist hätte sich derart über die Erwähnung des Films amüsiert, und so kam ich auf Sie.«

Ravensbrück überlegte kurz, drehte sich um und kam wieder zurück. »Um das einmal klarzustellen: Ich sage nicht, dass Sie recht haben. Aber selbst wenn: Wie wollten Sie es beweisen?«

Heppner stand auf und ging einige Schritte im Büro auf und ab, bis er stehen blieb und ihn ansah. Seine Antwort schmeckte wie Galle. »Gar nicht.«

Ravensbrück sah ihn überrascht an und setzte sich wieder.

»Ich kann nicht beweisen, dass Sie R sind. Dazu fehlt es an stichhaltigen Beweisen. Etwas zu wissen und etwas beweisen zu können sind manchmal zwei verschiedene Dinge.«

»Wem sagen Sie das?«, seufzte Ravensbrück, setzte sich zurecht und sah den Beamten prüfend an. »Sind irgendwelche Aufzeichnungsgeräte hier im Zimmer eingeschaltet?«

Er quittierte Heppners Kopfschütteln mit einem Nicken. »Gut, dann werde ich Ihnen mal eine Geschichte erzählen. Ich werde sie nicht mit Namen versehen, und ich werde meine Ausführungen niemals wiederholen.«

Auf ein weiteres kurzes Nicken hin legte er los. »Es war einmal ein junger Staatsanwalt in Brüssel, der zu der Crew gehörte, die hinter Marc Dutroux herjagte. Dutroux selbst wanderte hinter Gitter, aber die Suche nach seinen Hintermännern wurde von Politik und Presse massiv torpediert, wobei sich ein Verlagsunternehmen sehr hervortat.«

»Die Verlagsgruppe von Verstruycken«, warf Heppner ein, doch Ravensbrück wedelte mit der Hand. »Ich nenne keine Namen, habe ich doch gesagt. Ziehen Sie Ihre eigenen Schlüsse, aber ich werde nichts bestätigen. Damit nicht genug. Nur ein Jahr später führte er ein weiteres Verfahren, in dem ein deutscher Industrieller beschuldigt wurde, bei einem Kongress in Brüssel ein Zimmermädchen vergewaltigt zu haben. Alles sah wasserdicht aus, als das Mädchen plötzlich die Aussage zurückzog und erklärte, es habe sich um einvernehmlichen Sex gehandelt, obwohl sie Kieferbrüche, Brandwunden von Zigaretten und Platzwunden von Peitschenhieben erlitten hatte. Es stellte sich heraus, dass ihre Eltern in Deutschland bei einem Elektronikkonzern arbeiteten, und später gaben sie sogar zu, von ihrem Arbeitgeber massiv genötigt worden zu sein, die Anzeige zurückzuziehen.«

»Julius Lafarge?«, fragte Heppner, doch erneut erfolgte keine direkte Bestätigung. »Und der vergewaltigende Industrielle?«

»War der Bruder.«

War eigentlich klar gewesen, dachte Heppner.

»Die erwähnte Verlagsgruppe hat sich anschließend eingehend mit dem Mädchen befasst und es als Lügnerin, Diebin und Nutte dargestellt. Sie wurde richtig fertiggemacht. In völliger Verzweiflung hat sie sich kurz darauf vor einen Zug geworfen. Selbst das wurde von der Verlagsgruppe noch hämisch kommentiert. Als der junge Staatsanwalt diese Methoden anprangerte, wurde er vom Dienst suspendiert. Er zog die Konsequenzen, kündigte und begann, auf eigene Faust Nachforschungen zur Verstrickung von Sex, Medien und Politik anzustellen. Das Ergebnis war erschreckend, und ich habe hier festgestellt, dass es in Deutschland nicht anders aussieht.«

»Wieso Kollmann?«, fragte Heppner. »Was hatte er mit der Angelegenheit zu tun?«

»An der belgischen Sache war er nicht beteiligt. Mit Kollmann hatte V ein spezielles Hühnchen zu rupfen. Es ist so persönlich, dass er niemals darüber sprach. Vielleicht erzählt er es Ihnen.«

»Und Odin? Wie kamt ihr auf von und zu Steinfeld?« Jetzt hatte die Neugier Heppner endgültig gepackt.

Ravensbrück blickte zu Boden und presste die Lippen zusammen, bevor er antwortete. »Ach, verdammt. Der war mein Zielobjekt. Drei Jahre lang musste ich immer wieder hinnehmen, dass Urteile gegen Sexualstraftäter, die ich erstritten hatte, von den Revisionskammern kassiert wurden. Durch einen Insiderhinweis fand ich schließlich heraus, dass das Justizministerium die Kammern massiv unter Druck setzte, und im JM führte die Spur schließlich zu Steinfeld. Doch als kleiner Staatsanwalt war ich hilflos gegen ihn. Sein Wohnort ist geheim.«

Heppner verschränkte wortlos die Arme vor der Brust, als Zeichen, dass er weiter ganz Ohr war.

»Ich begann, Steinfeld zu beobachten, und fand schließlich zufällig die Regelmäßigkeit seiner Treffen mit den anderen Kerlen im Van der Valk heraus. Leider konnten sie mich abschütteln, als ich versucht habe, ihnen zu folgen. Im Oktober bemerkte ich plötzlich, dass neben mir noch zwei andere Männer ein Auge auf die Gruppe geworfen hatten. Wir kamen ins Gespräch, und das war der Beginn von Nemesis. Nachdem wir Thor zum Reden gebracht hatten, wussten wir, was die Männer trieben, und es stand für uns fest, dass sie ausgemerzt werden müssen. Wir haben sie das erleiden lassen, was sie ihren Opfern angetan haben. Klingt nach ›Auge um Auge‹, und so ist es auch. Sie haben einfach bekommen, was sie verdient haben.«

Nach kurzem Schweigen fragte der Staatsanwalt alias R: »Was gedenken Sie jetzt zu tun, Herr Heppner?«

Was sollte er antworten? Nach kurzem Überlegen wandte sich der Polizist ihm zu. »Das, was ich tun kann, obwohl ich fürchte, dass es zu wenig sein wird. Ausreichende Beweise gegen euch werde ich wohl nicht finden. Ich könnte beweisen, dass Sie im Van der Valk gewesen sind, wenn ich Glück habe und sich jemand an Sie oder die beiden anderen Nemesis-Mitglieder erinnert, aber was sagt das aus? Nichts. Als ich Sie in Ihrer Rolle als R lachen hörte, stand ich zudem unter dem Einfluss der Hellabrunner Mischung, und unter diesen Umständen kann jeder Winkeladvokat berechtigte Zweifel an der Identifizierung wecken. Und Sie waren so geschickt, die Folterhütte in Ihrer Eigenschaft als sachbearbeitender Staatsanwalt zu betreten und heftig herumzuhusten. Selbst wenn unser Erkennungsdienst jetzt genetische Spuren von Ihnen findet, beweist das nichts mehr.«

Nach einem längeren nachdenklichen Schweigen räusperte sich Heppner und sagte: »Nebenbei, stehen die Kürzel für die Initialen, oder ist das nur Zufall?«

Ravensbrück lächelte matt. »Bei mir, ja. R steht für ›Rache‹, V für ›Vengeance‹ und W für ›Wraak‹. Das ist das flämische Wort für Rache. Ich werde jetzt gehen, Herr Heppner. In der Staatsanwaltschaft wartet Arbeit auf mich. Es gibt noch etliche andere Straftäter, die auf ihre Bestrafung warten – durch die Gerichte, diesmal.« Er nickte ihm lächelnd zu und ging.

Heppner blieb mit geschlossenen Augen sitzen und dachte nach. Er würde zweifellos alles versuchen, Ravensbrück die Morde nachzuweisen, weil sein Schicksal und alle Grausamkeit der Asen gegenüber ihren Opfern keine Rachemorde rechtfertigten. Selbst wenn er damit erfolglos blieb, würde allein der geäußerte Verdacht Ravensbrücks Karriere beenden. Besser als nichts, dachte Heppner matt, aber ist das wirklich genug? Er hing seinen trüben Gedanken nach, bis seine Tür aufging und Hanna Karl hereinkam.

»Soll ich dir mal was erzählen?«, fragte sie, aber nur der Form halber, denn sie redete gleich weiter. »Wir haben gerade dem Sohn von François Kollmann die gezeichneten Bilder von W und V gezeigt. W kannte er nicht, aber bei V ist er zusammengezuckt, hat das Bild fest umklammert und etwa dreißig Sekunden darauf gestarrt. Dann hat er gesagt, dass das Bild ihn zwar an jemanden erinnere, der Abgebildete sei ihm aber unbekannt. Ich glaube ihm kein Wort. Im nächsten Moment hat er sich dann umgedreht und ist gegangen, während er etwas vor sich hin murmelte. Tom stand an der Tür und meinte, er habe ›Helden sterben einfach nicht‹ genuschelt. Sagt dir das etwas?«

»Ich weiß jetzt, wer V ist, Hanna. Nur wird es uns nicht viel nützen.«

»Und wieso nicht?«

»Weil er ganz offiziell tot und begraben ist, Hanna. Kannst du mir verraten, wie wir nach einem Toten fahnden sollen?«

Hanna Karl blieb mit offenem Mund stehen, während die Gedanken in ihrem Kopf sichtbar ratterten. Im selben Moment klingelte das Telefon. Es war eine Handynummer, die Heppner nicht kannte. Wer sollte das wohl sein.

»Hallo, V. Ich habe Ihren Anruf erwartet«, begann er das Gespräch.

»Guten Morgen, Herr Heppner. Es freut mich, Sie anzutreffen. R hat mir berichtet, Sie hätten noch Fragen an mich.«

»Eigentlich sind meine ursprünglichen Fragen bereits beantwortet, denn ich weiß, wer Sie sind.«

V sog überrascht die Luft ein.

»Ich habe stattdessen eine andere Frage: Wie konnten Sie den Flugzeugabsturz überleben?«

Hanna Karl machte wilde Gesten und rannte aus dem Zimmer. Wahrscheinlich wollte sie die Fangschaltung aktivieren lassen. Heppner wünschte ihr in Gedanken viel Glück.

»Dann wissen Sie es wirklich«, sagte V nachdenklich. »Woher?«

»Ihr Neffe, Herr Kollmann. Seine Reaktion auf das gezeichnete Bild war eindeutig. Er hatte immer an Ihrem Tod gezweifelt, weil ›Helden nicht so einfach sterben‹, wie er sagte. Und wie man sieht, hatte er recht.«

Kollmann atmete pfeifend aus. »Den Namen Kollmann trage ich seit dem Absturz nicht mehr. Ich habe mich geschämt, ihn zu tragen, und neue Papiere brauchte ich sowieso. Also bin ich abgetaucht, was durch mein Vermögen natürlich erleichtert wurde.«

»Zurück zur ursprünglichen Frage, Herr Kollmann: Wie haben Sie überlebt? Die Citation ist in der Schweiz gegen einen Berg geprallt, und es gab keine Überlebenden.«

Kollmann schnaubte verächtlich. »Wenn es nach meinem Bruder gegangen wäre, hätte ich auch ins Gras gebissen. Glauben Sie denn, der Absturz war ein Zufall? Wir waren in viertausend Metern Höhe, als James Clarke, mein Pilot, mich ins Cockpit rief. ›Hier stimmt etwas nicht, Chef‹, meinte er nervös. ›Was immer ich mache, wir verlieren an Höhe. Irgendetwas stimmt nicht mit dem Höhenruder und der Klappeneinstellung. Die Mühle schmiert ab, und ich kann nichts machen. Da! Jetzt ist schon wieder was passiert! Wir sind auf Autopilot, ohne dass ich ihn eingestellt habe! Die ganze Elektronik spinnt!‹ Dann hat sich mit einem Klicken plötzlich das Bordinterkom aktiviert, und die Stimme von François ertönte. ›Hallo, Bruderherz‹, sagte er ölig, ›ich wollte dir eine angenehme Fahrt zur Hölle wünschen. Dein Vogel befindet sich unter meiner Kontrolle, und ihr werdet in wenigen Minuten zu Asche verbrennen.‹ Er hat was davon erzählt, ich hätte ihn gedemütigt und ihm seine Spielzeuge genommen. Dafür werde er mich jetzt kaltmachen. ›Euer Funk ist ausgefallen und euer Vogel so abgeschirmt, dass eure Handys kein Netz haben. Die Notfallschirme sind übrigens nur noch Konfetti. Um Hilfe zu rufen oder anderen die Wahrheit zu erzählen, könnt ihr euch also abschminken. Dann betet mal schön, ihr Wichser!‹, hat er gehöhnt. Ich weiß nicht, wie oft mir seine Worte seitdem tags und nachts durch den Kopf gegeistert sind. Jedenfalls werde ich ihren Wortlaut wohl nie vergessen. Tja, und nach diesen Worten ertönte das Lachen, das er jedes Mal ausstieß, wenn er sich einen besonders grausamen Scherz ausgedacht hatte. Wir haben alles versucht, um den Vogel wieder unter Kontrolle zu bekommen, aber vergeblich. François' Beauftragte hatten ganze Arbeit geleistet.«

»Die Gebrüder Lafarge?«, fragte Heppner.

»So ist es. Erst kürzlich habe ich erfahren, dass sie sich hier ihre Sporen verdient hatten. Wir saßen also zu viert in der Kabine, und die drei anderen fingen an zu diskutieren, wie sie mich rechtzeitig aus der Maschine schaffen könnten. Ich protestierte, aber Chester Phillips, mein Steward, schnitt jede Diskussion ab. ›Chef, Sie sind die logische Wahl‹, sagte er scharf. ›Sie sind das Ziel des Anschlags, und Sie sind der Einzige, der nachher genug Einfluss haben könnte, gegen François vorzugehen. Überleben Sie und sorgen Sie dafür, dass der Schweinehund mit der Sache nicht davonkommt!‹ Das einzige noch funktionierende Notfallutensil war ein Rettungsfloß. Wenige Sekunden vor dem Aufprall stürzte ich mich mit dem Floß aus der Maschine und betätigte den Auslöser. Das Floß blies sich innerhalb einer Sekunde auf und bremste meinen Fall ab, aber dennoch schlug ich mit hoher Geschwindigkeit auf den Berghang. Das Letzte, was ich hörte, war die Explosion des Flugzeugs, dann wurde es um mich herum dunkel.«

Eine Weile drang kein Laut aus der Leitung. Dann sagte Kollmann alias V: »Ich weiß nicht, wie viel Zeit vergangen war, bevor ich wieder wach wurde. Ich lag in einem Krankenhaus in Zürich, und die Ärzte versuchten, meine gebrochenen Knochen zusammenzuflicken. Drei Rückenwirbel, beide Arme, das rechte Bein und mein Schädel waren zu Bruch gegangen, ganz abgesehen von Prellungen und Schnittwunden. Dass keine Lähmungen zurückblieben, war einfach nur unglaubliches Glück. Um François von weiteren Anschlägen abzuhalten, verschwieg ich meine Identität, solange ich hilflos im Streckverband lag, und täuschte eine Amnesie vor. Chester, dessen Anwesenheit in der Maschine nicht bekannt war, hatte mir seinen Pass in die Tasche gesteckt, und da eine vage Ähnlichkeit zwischen uns bestand, gab es aufgrund meiner Kopfverletzungen keine Probleme, vorübergehend als er aufzutreten. Das Floß verschaffte mir ein großartiges Alibi, denn ich behauptete einfach, ich sei beim ›Gletscher-Rafting‹ verunglückt. Damit erntete ich zwar Kopfschütteln, aber man hielt dies für das neue Spielzeug eines spinnerten Millionärs und brachte mich nicht in Zusammenhang mit dem Flugzeugabsturz. Nach meiner Genesung stellte ich fest, dass François in einem Handstreich die Firma übernommen hatte. Die Stiftung, der er die Aktien abkaufte, überließ mir einen Teil des Geldes, und durch meine Verbindungen habe ich im Laufe mehrerer Jahre daraus wieder ein kleines Vermögen gemacht. Genug, um gegen François vorgehen zu können. Ich habe ihn beobachten lassen und festgestellt, dass er immer noch dasselbe Dreckschwein war wie früher. Mit juristischen Mitteln hatte ich keine Chance gegen ihn. Der Absturz war als Unglücksfall festgestellt worden, also konnte ich ihm einen dreifachen Mord nicht mehr beweisen. Das Wort gegenüber den Opfern stand aber: François durfte nicht davonkommen. James Clarke war neununddreißig gewesen, verheiratet und Vater von drei Kindern. Simon Atwell, Copilot und Navigator, war einunddreißig und frisch verheiratet und Chester Phillips fünfundvierzig und soeben Vater geworden. Das alles hatte François nicht gekratzt, wenn er nur mich erwischen und es wie einen Unfall aussehen lassen konnte. Ich hatte zu diesem Zeitpunkt nicht vor, ihn zu töten, aber er sollte leiden.«

»Und dann stießen Sie auf den Dienstagsclub«, warf Heppner ein.

»Ja, und als ich zuerst W und dann R traf, überzeugte ich sie, mit François anzufangen. Natürlich haben wir ihn im Rahmen einer vorgetäuschten Verkehrskontrolle angehalten und betäubt. Den Streifenwagen hatten wir aus einem ausgemusterten, ersteigerten Polizeifahrzeug rekonstruiert, und die Hellabrunner Mischung stammte von W. Sein Bruder ist Tierarzt. Das Weichei François hat uns während der Folter alles erzählt, mehr sogar, als wir wissen wollten. Sie suchen doch noch nach dem Mörder von zwei Prostituierten, die 2008 in Essen und 2010 in Oberhausen ermordet wurden. Es war François. Ihr braucht also nicht weiterzusuchen. Als er uns von den anderen kaltblütigen Morden erzählte, war klar, dass wir ihn und die anderen würden hinrichten müssen. Sie hatten keine Gnade und kein Mitleid verdient.«

Wieder Schweigen in der Leitung. Die Geschichte war also wohl zu Ende. Trotzdem war sich Heppner sicher, dass V noch etwas zu sagen hatte, und er behielt recht.

»Leben Sie wohl, Herr Heppner. Bevor Sie mich geortet haben, sitze ich im Flieger nach Übersee. Selbst wenn Sie die Flughäfen dichtmachen, werden Sie mich nicht kriegen. Ich verfüge über mehr als genug falsche Identitäten. Vielleicht komme ich ja wieder – wenn es notwendig sein wird. Denken Sie immer daran: Nemesis ist der Dämon, der Verbrecher nachts unruhig schlafen lässt – und Sie nur ein bisschen ärgert. Gewöhnen Sie sich daran. Manchmal muss man einfach mit seinen Dämonen leben.«

V legte auf, und Klaus Heppner ließ die Hand mit dem Telefonhörer sinken. Wo war der Unterschied zwischen Gerechtigkeit und Rache? Er wusste nicht mehr weiter.

Hanna Karl stürmte in sein Zimmer und berichtete, dass das Signal des Handys abrupt abgebrochen sei. Ursprünglich sei es aus der Gegend um Brüssel gekommen. Heppner winkte ab. »Die sind längst außer Landes, Hanna. Schick die Porträts per Mail an die Flughäfen in der Gegend, aber wahrscheinlich starten sie ohnehin mit einer Privatmaschine.«

Müde stand er auf und klopfte seiner Kollegin auf die Schulter. »Ich nehme dienstfrei und gehe nach Hause. Die letzten Wochen waren hart, und ich brauche Ruhe. Ich bin morgen wieder im Büro.«

Das durch die Wolken brechende Sonnenlicht blendete seine Augen, als er nach Hause fuhr. Es wurde wärmer, aber die Wärme erreichte nicht die Kälte in seinem Inneren. Heppner und seine Kollegen hatten mit ihren eigenen Methoden jahrzehntelang Verbrecher gejagt, mal mehr, mal weniger erfolgreich. Sollte eine Zeit angebrochen sein, in der die Polizei einen Verbrecher nur mit gleicher brutaler Gewalt bekämpfen kann?, fragte er sich. Brechen jetzt amerikanische Verhältnisse an, wo jeder Halbintelligente zum sogenannten Selbstschutz mit einer Waffe herumläuft und auf jeden schießt, der ihm verdächtig erscheint? Was macht uns dann besser als die Verbrecher? Wo ist der Unterschied zwischen Gut und Böse? Warum kämpfe ich jeden Tag gegen das Verbrechen?

Zu Hause ließ er sich auf die Couch fallen und schloss die Augen. Stella strich um seine Beine, und Percy sprang auf seinen Schoß. Heppner sah in seine bernsteinfarbenen Augen und seufzte. Manchmal wünschte er sich, mit ihm tauschen zu können, erinnerte sich aber rechtzeitig daran, dass der Kater kastriert worden war. Würde mir nicht gefallen, dachte Heppner.

Er kraulte die beiden, bis sie schnurrend neben ihm eingeschlafen waren. Sie gaben ihm die Antwort auf seine Fragen.

Wer der Brutalität hilflos ausgeliefert ist, muss jemanden haben, der für ihn einsteht, dachte er. Wir kämpfen für die Schutzlosen, für die Opfer. Wir sind es, die den Bösen entschlossen entgegentreten, auch wenn diese manchmal Methoden anwenden, die uns überlegen scheinen, weil sie sich keiner Moral unterwerfen oder ihr verwerfliches Tun als Gerechtigkeit bezeichnen. Trotzdem kämpfen wir, und wenn das Böse auch manchmal zu siegen scheint – scheiß drauf. Wir geben nicht auf. Bei diesen Gedanken fielen ihm die Augen zu.

Er erwachte und sah in Marions liebevolle Augen. Noch ein Grund, weiterzukämpfen. Damit diese Welt für die Menschen, die wir lieben, lebenswert bleibt.